Blood Infernal
by James Rollins and Rebecca Cantrell

穢れた血　上

ジェームズ・ロリンズ&レベッカ・キャントレル
小川みゆき=訳

マグノリアブックス

ブラッド・ブラザーズ

BLOOD BROTHERS

BLOOD BROTHERS

現在、夏
カリフォルニア州、サンフランシスコ

アーサー・クレインは、クチナシの花の香りで目を覚ました。まぶたを開くよりも先にパニックが彼を襲った。恐怖に全身をこわばらせながら、甘ったるい香りをおそるおそる吸いこむ。プルメリアとスイカズラの芳香をブレンドしたような、あの独特のにおいが鼻腔に広がった。

これは夢だ……。

子ども時代をとおして、アーサーはイングランドのチェシャー州にあった屋敷の温室に籠もり、本を読んで数えきれないほどの時間を過ごした。日陰になった一角にコンクリート造りの硬いベンチがあり、そこで背中を丸めてディケンズやコナン・ドイルを読みふけり、腰が痛くなったのを今も覚えている。本の世界に没頭していれば、母親のヒステリックなわめき声にも、異様な静けさにも、簡単に耳を塞ぐことができた。しかし、どれほど物語に夢中になっていても、あの香りは常に彼を取り囲んでいた。

それは彼の子ども時代の象徴であり、安全と心の安らぎを意味していた。

だが、もはやそうではない。

今ではその香りが示すものはただひとつ。

死だ。

まぶたを開いて、においがするほうへと鼻を向ける。それは彼の枕の横に並ぶ、寝る者がいない枕の上から漂っていた。寝室の窓から差しこむ朝の光が、白いブラッソカトレアを照らした。蘭は、枕の中央をくぼませた上にのっていた。繊細な波を打つ花びらが彼の枕にそっと触れている。唇弁には淡い紫色の筋が走っていた。

恐怖が胸にのしかかり、アーサーの呼吸は重苦しくなった。心臓が激しい鼓動を打ち、去年六十八歳の誕生日に心臓発作に見舞われたのを思いだす。

アーサーはブラッソカトレアをまじまじと観察した。最後にこの蘭を目にしたとき、彼はまだ若く、二十代なかばに差しかかったばかりだった。真っ赤な血溜まりに落ちた蘭の花は甘ったるい香りをはなち、彼自身の血から漂う鉄の重いにおいがそれに混じっていた。

今さらなぜ……これほど長い歳月が経ったあとで？

彼は体を起こすと、アパートメントの狭い寝室に目を走らせた。物色されたようすはなかった。窓には鍵がかかり、彼の衣服は脱いだときのままだ。財布も書き物机の上にある。

気持ちを落ち着かせて、アーサーは枕の上から蘭を拾いあげ、ひんやりとする花をてのひらにのせた。こうしてふたたび蘭の花を受け取ることを、何十年も恐れて暮らしていた。

アーサーは重い体をベッドから引きずりだし、窓辺へと急いだ。彼の部屋は、ヴィクトリ

8

ア朝様式の古い建物の三階にあった。ここを選んだのは、どっしりとした風格のある造りが、屋敷があった敷地の入り口に建っていた門楼《ゲートハウス》を思いださせたからだった。母屋に吹き荒れる嵐があまりにひどくなると、彼は庭師やメイドたちが集まるその場所にたびたび避難したものだった。

アーサーは下の通りに目をやった。

誰もいない。

誰であれ、蘭を置いていった者はとうに姿を消していた。

息を吸って気持ちを静め、海岸線に沿ってブルーのラインを描く湾をじっと見つめる。この光景も、これが見納めになるのかもしれなかった。何十年も前、彼は蘭の花がからんだ奇妙な連続殺人事件を取材していた。朝、蘭の花があるのを見つけた被害者たちは、その日の夜には遺体となり、そこにはふたつ目の蘭が添えられていたのだった。

アーサーは窓に背を向けた。蘭がここにあるのは偶然のめぐりあわせではないとわかっていた。二日前にひとりの男から電話があり、相手はアーサーを何十年も苦しめてきた謎に答えを提供できると主張した。男は、自分はベリアルと称する強力な地下組織とつながりがあると言っていた。ベリアルの名は、アーサーが過去に蘭の花の殺人事件を調べたときにも浮上したが、関連性を突きとめることはできなかった。彼が知っていることと言えば、ベリアルという言葉はヘブライ語から来ており、〝悪魔の〟というような意味を持つことだけだ。

だが、それは過去の殺人事件が悪魔崇拝の儀式の一種であったことを示しているのだろうか？

それが彼の弟とどんなかかわりが？

「クリスチャン……」

弟の名前をささやくと、少年っぽい笑い声が耳によみがえり、輝くグリーンの瞳と、いつも伸びすぎで毛先が跳ねているブラウンの髪が目に浮かんだ。

あれから何十年も経つが、弟の身に何が起きたのかはわからずじまいとなっていた。しかし、電話の相手はアーサーに真実を明かすことができると言った。

今夜。

アーサーはてのひらにのせた蘭の花に視線を落とした。

自分はそれを聞くまで生きていられるだろうか？

窓辺にたたずむ彼の胸に記憶が押しよせてきた。

一九六八年、夏
カリフォルニア州、サンフランシスコ

また葬式だ。

窓のステンドグラスから降りそそぐ朝の光が、聖パトリック大聖堂の聖歌隊の若々しい顔を、グロテスクなまだら模様に染めていた。それでも、彼らの澄んだ美しい声は微かな悲しみを滲ませて、天上へと軽やかに舞いあがっていった。

心安らぐ清らかさだが、アーサーは安らぎを必要としていなかった。ここへは悼むために来たのではない。彼は侵入者、よそ者であり、ロンドンの《タイムズ》紙の駆けだし記者だった。

彫刻が施されたマホガニー材の棺の隣には、百合の花で飾られた大きな遺影がイーゼルにのっている。大聖堂の中にいる大多数の者と同様に、アーサーは故人とはまったく面識がなかった。もっとも、故人の名は世界中の誰もが知っている。ジャッキー・ジェイク。アメリカ全土を嵐のごとく席巻した、英国出身の人気フォークシンガーだ。

しかし、その嵐も終わった。

十日前、ジャッキー・ジェイクはサンフランシスコのミッション・ストリートにある小路で遺体となって発見された。アーサーはこの殺人事件の取材のためにロンドンから派遣されたのだ。彼は最も若く、なおかつジェイクの歌を聞いたことがあると申しでた唯一の記者だったからだ。だが、ふたつ目のほうは嘘だった。ジャッキー・ジェイクという名前はこの取材の話が出るまで聞いたこともなかったが、おかげでカリフォルニア行きの飛行機に乗りこめた。

アーサーがサンフランシスコに来たのには別の目的があった。

取り返しのつかない過ちを正す機会を彼は求めていた。

葬儀のミサが進行するにつれて、信徒席に座る者たちは落ち着かなげにもぞもぞと動きだした。洗っていない体から、きつい体臭が立ちのぼる。大聖堂に入ったときに、ジェイクのファンは観察しておいた。大半はロングスカートに白いブラウス姿の若い女性で、その多くは髪に花を飾っている。女性たちは心から悲しみにうちひしがれたようすで、苦行僧のような髭をはやした男たちによりかかっていた。

大多数の参列者とは異なり、アーサーは葬儀の場にふさわしい服装をと、黒いスーツを着用し、汚れひとつない革靴を履いていた。子どもの頃に叩きこまれたしつけを振り払いたいと願いながらも、時と場所に応じた服装の大切さから逃れることはできなかった。それに、ジェイクの事件を調べている警察の捜査官の前では、きちんとした格好でいたいという思いもあった。警察関係者がヒッピーの集団に好感を抱くとは思えない。

葬儀が終わり、フォークシンガーに別れを告げに来た者たちが帰りだすと、アーサーは身廊の入り口付近に、黒いスーツに警察バッジをつけたターゲットがいるのを目に留めた。外へ向かうふりをしながら、彼はわざと男にぶつかった。

「これはすみません」アーサーは声をあげた。「人がいるとは気づきませんでした」

「かまいませんよ」いかにもアメリカ風のアクセントだ。映画やテレビの番組から、アーサーはそれがカリフォルニア訛りだと知っていた。

アーサーは重々しいため息をついて、祭壇を振り返った。「彼が死んだなんて信じられません……」

警察官は彼の視線を追った。「亡くなられたかたとはお知りあいで?」

「ええ、実は幼なじみなんです」嘘をごまかすために手を差しだす。「アーサー・クレインです」

相手の握手は力がこもりすぎていた。「ミラー巡査だ」

巡査は外へと向かう人の流れに目を光らせ、不愉快そうに顔をしかめている。マリファナの強烈なにおいをあとに残して、ジーンズにサンダル履きの男がとおりすぎた。巡査の顎にぐっと力が入るが、彼は男を追わなかった。

ヒッピーに対する巡査の明らかな反感を利用して、アーサーは情報を引きだそうとした。「ジャッキーはぼくの親友でしたが、彼がこっちへ来てああいう連中と――」ヒッピーの集団のほうへ手をひらひらさせる。「かかわるようになってからは、すっかり疎遠になっていました。ああいうフラワーチルドレンのひとりが彼を殺したんだとしても、ぼくは驚きませんね。ぼくの経験では、熱狂的なファンはひとつ間違えばただの狂人ですよ」

ミラー巡査は参列者に目を向けたまま肩をすくめた。「そうかもしれませんな。実際、犯人は遺体のそばに花を一輪置いていった……蘭の一種をね」

アーサーがあの蘭の花について最初に知ったのはそのときだった。

さらに話を聞こうとしたとき、いきなりミラーが脇に飛びだした。入り口のそばにフォークシンガーの姿を引きのばした写真がイーゼルの上に飾られており、痩せこけた男がそれを盗《と》ろうとしたのだ。顔にかかるぼさぼさの髪の奥で黒みがかった目がぎらつき、汚れた手は骸骨のように肉がそげている。

巡査が邪魔に入ると、男は写真はあきらめてイーゼルをつかみ、棍棒のように振りあげて襲いかかった。ミラーはそれをかわそうとして、そばの信徒席に腰をぶつけた。イーゼルが肩を強打し、ミラーはその場にうずくまった。男がもう一度イーゼルを高々と掲げ、無防備な巡査の頭目がけて振りおろそうとする。

アーサーは考えるよりも早く前へ突進していた。弟のクリスチャンがこんな状況でやりそうな無鉄砲な行為だが、普段控えめなアーサーには柄にもないことだった。

まわりの者たちが遠巻きに見守る中、アーサーはふたりのあいだに駆けこむと、うずくまる巡査の頭部を殴りつけようとする男の腕をつかんでもみあった。ミラーはそのあいだにふらふらと立ちあがり、男の腕を取ってうしろにねじりあげ、すばやく手錠をかけた。男は目を剥き、周囲をにらみつけた。その目は瞳孔がすっかり開き、虹彩が真っ黒に見える。なんらかの薬物の影響下にあるのは一目瞭然だった。

ミラーがアーサーの視線をとらえた。「礼を言わせてくれ。おかげで助かった」

アーサーは苦しげに息を切らした。心臓の音が鼓膜に轟いている。なんとかうなずき返し、彼は出口へと向かった。

あんなことをして、ぼくは一体何を考えていたんだ……。

通りに出ると、サンフランシスコ湾を望む陽光に包まれた街が、ふいに日陰ばかりの暗い場所に変わったように感じられた。朝の光さえもその印象を消し去ることはできない。アーサーはつかの間街灯によりかかり、呼吸を落ち着かせようとした。そのとき、白くひらめくものが彼の目に留まった。

街灯にビラが貼られており、そこに書かれた手書きの文字が彼の注意を引いた。

〝**この男性を見かけませんでしたか?**〟

だが、アーサーの息を止め、血を氷と変えたのは、その下にあるもののほうだった。それは二十代なかばのハンサムな男が写った白黒の写真で、髪は黒っぽく、目は明るい色に見える。写真に色はついていないものの、アーサーはその目が鋭く、緑色なのを知っていた。

それは彼の弟の目だった。

クリスチャン。

ビラにはほかに何も記されておらず、電話番号があるだけだ。アーサーは震える指で、手帳の隅にその番号をひかえた。混雑する通りを急いで走り、あいている公衆電話を探す。ようやく見つけると、コインを投入して受話器を耳に当てた。呼びだし音が聞こえ、一回、二回、五回と鳴った。だが、受話器をおろすことはできなかった。

本当のはずがないという不信感と、ひょっとしたらという希望とのあいだで揺れながら、呼びだし音を鳴らしつづける。

ついに男が出た。その声は腹立たしげに尖っている。「一体なんなんだ、あんた？ こっちは寝てんだよ」

「すみません」アーサーは謝った。「通りでビラを見たんです。クリスチャン・クレインを捜しているって」

「知ってるのか？」希望が煩わしさに取って代わり、男の声が勢いこむ。「あいつ、どこにいるんだ？」

「いや、それは知りません」アーサーは言葉を探した。「ぼくはクリスチャンの兄なんです。もしかしたらと――」

「なんだ、くそっ」相手の声が遮る。「イギリス人のお兄さんでしょう？ あいつが引き取られた家の子でしたよね。おれはウエインですよ、ウエイン・グランサム」

アーサーがその名を弟から聞いていると思いこんでいるような口調だが、イギリスで喧嘩別れして以来、クリスチャンとは二年以上音信不通になっていた。アーサーがサンフランシスコへやってきたのはそのためだった。弟と仲直りをして、やり直すためだ。

だが、そのことは今はいい。「クリスチャンがいなくなってから、どれくらい経つんですか？」

「もう十一日になる」

ジェイクが殺される一日前か。何も人気歌手の殺人事件と関連づける必要はなかったが、葬儀の場から出てきたばかりで、つい考えてしまった。

「警察に連絡はしたんですか？」アーサーは尋ねた。

それへの返事は鼻を鳴らす音だった。「子どもならともかく、サンフランシスコで男がひとりいなくなったくらいじゃ警察は動きませんよ。一応届けを出そうとはしたが、ここじゃ日常茶飯事だって言い返された。ラブ＆ピースの街だとかなんとか。そのうちひょっこり帰ってくるって言われて終わりだ」

「でも、きみはそう考えていないんだね？」

「ああ」ウエインは逡巡した。「おれにひと言もなしにどこかへ行くやつじゃない。ああ、クリスチャンらしくないんだ。あいつなら、おれに何も言わずに出ていったりしない」

アーサーは咳払いした。「ぼくには何も言わずに出ていったよ」

「あのときはそうする理由があったって聞きましたが？」

罪悪感がアーサーの胸を貫いた。「そうだな」

ウエインはほかにつけ加えることもなく、アーサーは一番重要な問いを尋ねることのないまま通話を終えた。偏見と、体にしみこんだ厳格なしつけのせいで、いまだに一部の質問は口にするのがはばかられた。

アーサーはホテルへ引き返し、蘭に関する新たな事実を盛りこんで新聞社へ記事を送った。ついでに、クリスチャンの失踪届を警察に出した。

ウエインが言ったとおり、警察はなんの興味も示さなかった。


翌日の朝、新聞に目を落とすなり、アーサーは眠気が吹き飛んだ。そこには二番目となる殺人事件のセンセーショナルな見出しが躍っていた。キッチンのカウンターの横に突ったって記事を読んでいるあいだに、手に持ったコーヒーは冷たくなっていった。ジャッキー・ジェイクのときと同様に、被害者は喉を切り裂かれていた。青年の――法務書記だ――遺体が発見された場所は、ジャッキー・ジェイクの葬儀が執り行われた聖パトリック大聖堂からほんの数ブロック先だった。記事ではふたつの事件の関連性が示唆されていたが、具体的なことは何も書かれていない。

二時間後、アーサーは飲食店の中でミラー巡査と向かいあわせに座っていた。《タイムズ》紙の記者であることを明かして、話を聞きたいと呼びだしたのだ。

「こっちの《クロニクル》紙に載ってる以上のことは話せないが」地元の新聞紙を指で叩く。「また花が見つかってる。犯行現場で、蘭の花が一輪だ。ジェイクのルームメイトによると、被害者は殺害された日の朝にも寝室で蘭の花を見つけている。まるで犯人の名刺代わりだな」

「目撃者はいないんですか？　現場で誰か見かけたとか……蘭を置いていった人物を見た者は？」

「確実な目撃情報は何もない。黒っぽい髪の痩せた男が、犯行時刻に大聖堂のまわりで写真を撮っていたという話があるが、ただの旅行者かもしれん」

巡査の話からはそれ以上の収穫はなかった。写真を撮っていた謎の男というのは悪くない追加情報だが、それより確実におもしろいのは今度の現場にも蘭が置かれていたという事実だった。

その日の午後、アーサーは記事を書きあげて送った。彼はこの事件を〝蘭の花殺人事件〟と命名した。翌日にはその名はサンフランシスコ中の新聞を飾って全米各地でまで取りあげられ、彼の記者としての知名度は一気にあがった。

この殺人事件の取材のため、《タイムズ》紙の編集長はアーサーの滞在を延長させた。アーサーは経費を増額するよう交渉し、被害者の両方が多くの時間を過ごしていたヒッピー文化の中心地、ヘイト・アシュベリー地区の古びたアパートメントに部屋を借りた。わずかに残った資金で無線機を購入し、警察無線の周波数に合わせる。

翌日からは、仕事中も食事中も無線機をつけっぱなしにした。ほとんどは退屈な無駄話だったが、四日目の夜、無線機から慌ただしい声が響いた。遺体が発見されたのだ。場所はアーサーが借りている部屋からほんの数ブロックしか離れていない。〝蘭の花殺人事件〟の三人目の被害者である可能性があった。

タクシーを呼びとめ、急いで向かったものの、すでに現場周辺は封鎖され、報道関係者の立ち入りは禁止されていた。

黄色いテープの前に立ち、アーサーは望遠レンズ付きのニコンのカメラを持ちあげた。卒業祝いにクリスチャンからもらったものだ。予備の目をあげるよと、クリスチャンは言っていた。アーサー自身はいまだに扱い慣れていないが——彼は写真で伝えるよりも言葉で伝えるほうが得意だ——今回はカメラマンがいないのだから、自分でやるしかない。

よく見える場所を探し、彼は進入禁止のテープから離れて、すぐ横にあるヴィクトリア朝様式の民家のポーチにあがった。手ぶれしないよう、鮮やかな色のペンキが塗られた柱によりかかり、カメラのレンズをとおして犯行現場をのぞきこむ。レンズのリングを細かく操作して、ようやくピントが合った。

被害者は舗道に仰向けに横たわっていた。喉もとは黒いしみで汚れ、それが石畳にも広がっている。来もしない助けを求めるように、片方の手は通りへと伸びていた。開いたその手に、白い物体がのっている。

アーサーはさらにリングを回して拡大し、それが何か確認しようとした。ようやくひらひらと波打つ花弁と淡い色合いがわかるようになる。それは蘭の花だった。だが、ただの蘭ではない。見覚えのあるその花に、アーサーはみぞおちがずしりと重くなった。

ラン科の交配品種、ブラッソカトレア。

何も珍しい花ではない。強い香りをはなつこの品種は美しさが長持ちするため、コサージュによく用いられる。彼の母親が蘭の中でもこの品種を育てていたのは、その香りをこよなく愛していたからだった。

彼はもうひとつ思いだした。

クリスチャンも昔からこの蘭が好きだった。

アーサーの脳裏に、あのビラに載っていたクリスチャンの写真がよぎった。動くことのない弟の笑顔。写真でさえも生き生きとした目。

死体のてのひらにのった蘭の花を見ていると、通りを渡って甘い香りが彼のもとまで届くように感じた。距離が遠すぎてそんなことはあり得ないというのに、その香りは長いこと埋もれていたアーサーの記憶を掘り起こした。

母の温室の一角でコンクリートのベンチに座り、アーサーは園芸用のナイフを握りしめた。ガラスの中に閉じこめられた昼さがりの陽光が外の冬をじっとりと汗ばむ夏に変え、蘭と樹皮の慣れ親しんだ香りが彼を包む。

長い台に所狭しと並ぶ妖艶な蘭の鉢をアーサーは見つめた。

そのうちのいくつかは、もう何年もそこにあった。孤独な子ども時代のあいだ中、その鉢が何度も何度も花を咲かせるのを彼は見てきた。

幼い頃からここへ来ては、蘭の世話をする母の姿を眺めたものだった。母はやさしい声で鉢に話しかけ、霧吹きでそっと水をかけ、葉っぱをなでた。母は息子には与えることのなかった愛情を花に注いだ。蘭は特別で、希少で、美しく——でもアーサーはそうではなかった。大きくなったら何かすばらしいことをするんだと、アーサーは心密かに夢見ていた。そうすれば母も蘭の鉢から顔をあげて、彼に気がつくだろうと。

けれど、その夢が叶うことはもう二度となくなった。

母は二日前に死んだ。抑鬱の発作に見舞われて衝動的に自殺した。そして今日は母の葬式で、その亡骸は土中に埋められた。母が愛した蘭のように。

アーサーは鋭いナイフに親指をすべらせた。

母が蒐集《しゅうしゅう》した蘭の価値について、使用人たちが話をしているのを彼は耳にしていた。母は蘭を集めるのに生涯を費やし、山高帽をかぶった奇妙な小男から鉢をひとつひとつ購入した。全身黒ずくめのその男は、世界中の植物園や蘭の愛好家から蘭を集め、はるか遠くの熱帯雨林から麻袋に包まれて運ばれてきたものを入手することさえあった。

その貴重な蘭がすべて、枯れるか、売り払われるかすることになる。

冬の小雨がガラス張りの屋根をそっと叩きはじめ、筋となって流れ落ちる。アーサーはひんやりとする刃先を、あたたかくてやわらかな自分の前腕にあてがった。


母はこうやって……。


彼が行動に移すよりも先に、温室のドアがばんと開き、アーサーは跳びあがった。ナイフがタイル張りの床に音を立てて落ちる。

屋敷の中で、こんな大きな物音を平気で立てるのはひとりしかいなかった。ふたりの少年がともに十四歳のとき、クリスチャンはこの家に来た。彼の両親はサンフランシスコ郊外で自動車事故に遭い、死亡した。アーサーの父親がクリスチャンの父親のはとこに当たるということで、このアメリカ人の少年は彼らの家に引き取られたのだ。血はつながっているものの、ふたりの少年は見た目も性格も、似ているところは皆無だった。

「アーティ?」クリスチャンの大声が響く。「ここにいるんだろう」

アーサーはベンチの上で身じろぎし、それを見つけてクリスチャンが温室の中をやってきた。茶色い髪は雨に濡れてなでつけられ、鮮やかなグリーンの目はふちが赤く、まぶたは腫れぼったい。アーサーと違って、クリスチャンはつらいときには涙を流せた。アメリカ人の気質だろう。アーサーの父親と母親は、息子が涙を見せるのを絶対に許さなかった。

ベンチまで来ると、クリスチャンは自分のカメラから黒いレンズキャップをはずした。彼はどこにでもカメラを持っていき、昼間は一日中写真を撮り、夜は自分で部屋を改造して作った暗室で遅くまで現像した。アーサーの母は、クリスチャンの才能は本物だと言っていた。本気でそう思っているのでなければ、母はそんなことは口にしない。

クリスチャンはフォトジャーナリストを目指していた。世界の紛争地帯へ赴いて写真に収め、自分の作品で世界を変えたいと願っていた。記者として一緒に来るんだぞと、アーサーを説き伏せてさえいる。ふたりでチームを組む予定だ。アーサーは自分にそんな才能があるのか自信がなかったが、クリスチャンの突拍子もない話につきあうのは好きだ。アメリカ人の弟のどこまでも楽観的な性格に、アーサーの心は何度もあたためられた。

けれど、今日はそれさえ充分でなかった。

クリスチャンは床に落ちたままのナイフにカメラを向けて写真を撮ると、さまざまな品種の蘭が並ぶ台を振り返り、お気に入りの蘭へと、ブラッソカトレアへと歩みよった。

最初に花のアップを撮影してから、しおれた葉をむしり取る。母がよくそうしていたように、クリスチャンは葉の根もとに指をすべらせて、湿っているか確かめた。

「おかあさん、きっと花のことを心配してるだろうな」クリスチャンがぽつりと言った。

もちろんそうさ、息子のことよりもね。アーサーは苦々しい思いで胸の中でつぶやいた。

クリスチャンが蘭の花をもぎ取ったので、アーサーは息をのんだ。

母はそんなことは絶対に許さなかっただろう。

クリスチャンはその花をアーサーの膝に落とすと、床からナイフを拾いあげた。

アーサーはその刃をじっと見つめた。それが手首に食いこむ感触や、血が盛りあがって床にしたたり落ちるところを想像する。母なら知っているだろう。母はキッチンから持ってきた長いナイフを使って、風呂の中で手首を切ったのだ。アーサーが見つけたときには、浴槽の水は真っ赤に染まり、血でいっぱいの風呂に浸かっているかのようだった。

クリスチャンが手を伸ばし、アーサーの手首の内側に触れた。彼の指は、母がキッチンナイフをすべらせたのと同じ箇所を何度もなぞった。

「痛いのかな?」聞きづらいことでも気おくれすることなく、クリスチャンが尋ねる。その指はまだアーサーの手首に置かれていた。

質問の内容に対してではなく、肌を触れられていることに対して急に居心地の悪さを感じ、アーサーは肩をすくめた。

クリスチャンの指が横にずれ、それに代わってナイフの冷たい刃先が当たる。

アーサーは微動だにせず、じっと待った。

クリスチャンは深く息を吸いこむと、アーサーの手首にナイフをすべらせた。だが、あまり深くはない。想像していたほど痛くはなく、ちくりとした程度だった。

血が盛りあがった。

アーサーの白い手首を横切る鮮やかな赤いラインに、ふたりの少年は見入った。

「おかあさんはぼくのことも捨てたんだ」クリスチャンはそう言うと、アーサーのてのひらに花を置いた。

アーサーは拳を作って握りしめ、蘭の花を潰した。傷口からさらに血が流れた。「うん」

「次はぼくの番だ」クリスチャンは血のついた刃で自分の手首をすっと切った。

「どうして？」アーサーは驚いて尋ねた。

クリスチャンは腕をひねり、アーサーの傷口に自分の手首を重ねた。あたたかな血が混ざりあい、ふたりの腕を伝って、きれいに掃かれた床に落ちる。

あいているほうの腕でカメラを持ち、クリスチャンはパシャパシャと写真を撮った。白い石のタイルについた血のしずく。潰され、血がつき、ベンチの上にほうられた蘭の花。最後に、クリスチャンは腕を掲げてレンズをこちらへ向け、腕を重ねたふたりの少年の写真を撮った。

「ぼくは絶対にきみをひとりにしない」クリスチャンは彼にささやいた。「この血でぼくたち兄弟は結ばれた、これから先も永遠にだ」

真っ赤な水に浸かる母を発見して以来初めて――水面に広がる金髪には赤い色が滲み、のけぞった頭は漆喰塗りの天井を凝視していた――アーサーは心の堰が切れて泣き崩れた。

手が彼の背中を押し、アーサーはがくりとよろめいて現在に引き戻された。

「ここはうちのポーチよ、おりてちょうだい！」

振り返ると、中年女性が立っていた。母が生きていればこれぐらいの年齢だろう。女性はフランネルのナイトガウンを夜風になびかせて、文句を言いながら彼をポーチの外へと押しだした。

記者としての本能から、アーサーは反射的に質問した。「何か目撃されませんでしたか？」

「わたしが何を見ようと、あんたの知ったことじゃないでしょう」女性は胸の上で腕組みし、彼を品定めした。「だけどさ、今年のサマー・オブ・ラブ（一九六七年夏にサンフランシスコのヘイト・アシュベリー地区などに数万ものヒッピーが集った、若者文化の歴史的社会現象）はなんだか物騒になりそうじゃない」

そのあとアーサーが送信した記事には、〝サマー・オブ・ラブの次はサマー・オブ・デスか？〟との見出しがついていた。

「クリスチャンからはまだひとつも連絡がない」三日後、ウエインは電話口でそうぼやいた。「街にいる友人たちにも音沙汰なしだ」

アーサーは眉間に皺をよせた。受話器を肩にはさみ、今回起きた殺人事件、三番目の被害者に関する警察の捜査報告書と検死報告書をがさがさとめくる。青年の名前はルイス・メイ、カンザスシティからやってきたばかりだった。クリスチャンと同じように、フリー・ラブと自由を謳う夢のカリフォルニアにあこがれて来たのだろうが、舗道で殺されて一巻の終わりだ。遺体は喉を裂かれ、その手には花がのっていた。

クリスチャンの身にも同じことが起きたのだろうか？　まだ遺体が発見されていないだけか？

「ところがさ、今朝妙なことがあったんだ」数珠つなぎに出てくるアーサーの不安を、ウェインの声が断ちきった。

「聞かせてくれ」アーサーは書類をテーブルに落として背中を起こした。

「こっちはまだ寝てるっていうのに、今朝早く、カトリックの神父がうちの玄関を叩いたんだよ」

「神父？　なんの用だったんだ？」

「クリスチャンの居場所を知ってるか、いるとしたらどこだ、特に夜に行きそうな場所は、って矢継ぎ早に質問された。変な話だろう？」

変というレベルじゃない。その名前に反して、クリスチャンはキリスト教にはなんの関心も持っていなかった。それどころか、アーサーの両親のように無慈悲な神の前に信心深くひざまずく者たちには、軽蔑の念しか抱いてなかった。なのに、なぜ神父がクリスチャンに興味を抱いたのだろうか？

無言の疑問が聞こえたかのように、ウエインが説明する。「おたくの弟を見つけて、話さなきゃならないって言ってたな。クリスチャンは不滅の魂を失うかどうかの瀬戸際に立っているだとか。そうそう、クリスチャンにこう伝えるよう言われたよ、〝今からでも遅くはない、今の自分に背を向けて心の中にキリストを受け入れ、救済を求めよ〟。今のは神父が言ったとおりの言葉だ」

アーサーはごくりと息をのんだ。それは最後の夜に彼がクリスチャンにぶつけた言葉に、簡単には取り消すことのできない言葉によく似ていた。あの夜、アーサーはクリスチャンをののしり、彼が選んだ道の先にあるのは孤独な死だけだと言いはなち、今の自分を変えるよう要求した。ふたりの口論はどんどんエスカレートし、ついには互いに相手の前から逃げだした。

その翌日、クリスチャンは家を出た。

「あの神父の目ときたら」ウエインは話を続けている。「ぞっとして縮みあがったよ。あんな神父はお目にかかったことがない。本当のところ、あの神父はなんの用があったんだろうな？」

「ぼくにもさっぱりわからない」

その電話のあと、アーサーは借り物の狭い部屋で、壁にテープで貼り付けた写真や新聞の切り抜きを眺めた。クリスチャンと同様に、被害者は全員二十代の男性。黒みがかった髪に整った顔立ちだ。

アーサーはジャッキー・ジェイクの広告用写真を見つめた。跳ねた黒い髪は目もとにかかり、それがはっとするほどクリスチャンによく似ていた。ジェイクは目までが同じ鮮やかなグリーンだった。

そのときふと、彼はクリスチャンの写真を一枚も持っていないことに気がついた。あの喧嘩のあと、弟の写真は腹立ちまぎれにすべて残らず処分してしまっていた。さまざまな点において、自分は母親と同様に神経質で情緒不安定なのだろう。すべてを白か黒で判断してしまうところまでそっくりだ。

あのときの自分は愚かだったと、今の彼にはそれがわかった。クリスチャンを見つけて、謝ることだけを望んでいるが、そのチャンスはもう二度とないかもしれなかった。自分が犯した間違いを、永遠に正せないままかもしれない。

続く三日間、アーサーはこの事件の取材に没頭した。クリスチャンと三件の殺人のあいだにつながりがある気がしてならなかった。しかし、どんなつながりだろうか？　クリスチャンは犠牲者なのか、それともなんらかの形で犯人とかかわりがあるのか？　後者はあり得ないように思えるが、葬儀の場で暴れた男の常軌を逸した姿が頭から離れなかった。クリスチャンもドラッグに溺れたのかもしれない。もしかすると反社会的なカルト集団に洗脳され、人が変わってしまったのだろうか？

答えを求めて、蘭の線から調べてみたが、街でこの花を取り扱っている花屋はあまりに多かった。ウエインのビラにあったクリスチャンの写真を見せて回ったものの、事件の前後にブラッソカトレアを購入した客を覚えている店員は皆無だった。当然と言えば当然だ。季節は夏で、蘭の花は上流階級のダンスパーティでも需要があった。そういう富裕層は、ストリートや空き家で日々をしのぐ男たちや、蘭の花を手に死んだ男たちとは、別の世界に住んでいる。

アーサーは新しい情報を期待して、ミラー巡査とは毎日連絡を取った。そのあいだ中、街は固唾をのんで次の殺人を警戒していた。ミラーからの情報で、三番目の被害者もほかのふたりと同様に、殺された日の朝に蘭の花を受け取っていたことが判明した。ルイス・メイは家の玄関ポーチに花が置かれているのを見つけ、その十二時間後に殺された。アーサーはこの残酷さに思いをめぐらせた。玄関先に届けられる死の予告。彼は部屋へと引き返し、散らかったテーブルに目を落とした。

彼のタイプライターのキーの上に、白い花が一輪のっていた。

ブラッソカトレア。

「いいかな、ミスター・クレイン」ミラー巡査が声をあげた。「薄気味悪いのはわかるが、署内の者はあんたの自作自演じゃないかと疑ってる。記者が新聞の売りあげを伸ばすためにした芝居だとね」

人の出入りが多い執務室でミラーのデスクの向かいに座り、アーサーは唖然として目を丸くした。蘭の花を見つけるなり、彼は警察署に直行した。今その花はあちこちへこんだ金属製のデスクの上にある。「まさか本気でぼくが――」

ミラーは肉付きのいい手をあげてその先を遮った。「自分はそんなことは思っちゃいない。あんたのことはそれだけ信用しているが、力になるのは無理だ。警察としてはそれだけじゃ動けない」

アーサーの胃はずしりと沈んだ。身辺保護を求めてもう何時間も警察と交渉しているが、誰も彼の話を真に受けようとしなかった。「ぼくが署内に留まるというのはどうだ？　二十四時間でいい」

「許可するわけにはいかないな」そばかすだらけのミラーの顔は、心配そうだが、口はしっかりと引き結ばれている。彼はこっちの要求には応じないだろう。

「じゃあ、ぼくを逮捕してくれ」

ミラー巡査は笑い飛ばそうとした。「なんの容疑でだ？」

そばかすだらけの顔面に、アーサーはパンチをめりこませた。

《タイムズ》紙に保釈してもらうまで三日かかった。そのあいだに四番目の犠牲者が蘭の花を受け取って殺害された。新たに被害者が出たことにより、警察側はあの蘭はやはりアーサーの虚言だったか、それか誰かの悪質ないたずらだったのだろうと完全に決めつけた。

もちろん、アーサーはそうは思わなかった。

だが、あれはどういうことだったのだろう？　殺人犯は彼の順番は飛ばすことにしたのか？　それとも殺人を決行する時間を遅らせただけか？

確証がなく、アーサーは釈放後の第一夜を二十四時間営業の飲食店、〈スパーキーズ〉で過ごした。自分の部屋に戻るのは怖かった。店にいるあいだにこの殺人事件を取りあげた本の概要をまとめようと、大量の資料を持ちこんだ。数年前にトルーマン・カポーティの『冷血』が発表され、そこに綴られた、殺人を犯した者たちの生の声にアーサーは心を奪われていた。自分も何か同じような切り口からこの殺人事件に迫りたかった。被害者の死を理解するなんらかのすべを見つけて、本の冷たく、公平なページのあいだにそれを文章として残したかった。

すべての出入り口が見渡せる店内の一角にあるテーブルに陣取り、アーサーは三切れ目となるアップルパイをかじり、もう何杯目になるかわからないコーヒーを喉に流しこんだ。冷ややかなまなざしを送るウエイトレスを無視して、彼はひと晩中テーブルに居座っていた。

空が淡い灰色へと白みはじめ、そろそろ店を出る時間なのがわかった。永遠に店内に籠もっていられるわけじゃない。アーサーは荷物をまとめると、ウエイトレスへのチップをたっぷり置いて、自分のアパートメントへと重い足取りで向かった。歩きながら疲れた目をこすり、前方の建物の上から顔を出す太陽に顔をしかめる。五階建てのその建物は、廃業してウインドウには板を打ちつけられ、今では浮浪者の溜まり場となっていた。定期的に警察が追い払っては、浮浪者たちがまた戻ってくるというのを繰り返している。

建物があるほうへと進みながら、アーサーはメモの入ったバッグを持ち直した。陰惨なこの事件は大衆の興味を引き、社会にも影響を与えている。これを本にできる自信はあった。この題材なら、自分も作家の仲間入りをすることができるはずだ。

数メートル先で、廃墟となったその建物のドアが開いて人影が足を踏みだした。建物が長い影を落としていて、はっきりとは見えないものの、アーサーにはそれが誰かわかった。彼はぎょっとして足を止めた。自分の目が信じられなかった。

「クリスチャン……？」

アーサーが反応するよりも先に、弟は彼を勢いよく引きよせて抱きしめた。その抱擁は親密であるのと同時に恐怖を感じさせた。アーサーの肩と肘に指が食いこみ、骨にまで当たりそうだ。

彼はうっとうめいてクリスチャンの腕をほどこうとしたが、まるで鉄を延ばすかのようだ。あまりの痛さに力が抜け、バッグが地面に落ちた。

唇が彼の耳もとに近づく。「一緒に来てくれ」

吐息は冷たく、腐肉のにおいがした。その口調は誘いではなくて要求だ。アーサーは体を持ちあげられ、母親につかまえられた子どもさながらに、軽々と運ばれていった。

一瞬後にはドアを通過して今にも崩れそうな階段をのぼり、上階の部屋へ移動していた。床にはゴミが散らばり、壁際には先住者たちが置いていった汚らしい毛布が丸まっている。中央にある重厚なオーク材のテーブルだけは、整然と片付いて天板がぴかぴかに磨かれ、ひどく場違いに見えた。

この場にそぐわないものはもうひとつあった。

汗や生ゴミ、小便の臭気とは別に、スイカズラとプルメリアをブレンドしたような、甘いにおいが漂っている。その香りはテーブルに置かれた白い蘭の束からはなたれていた。すべてブラッソカトレアだ。

一連の殺人事件でクリスチャンが果たした役割にアーサーが疑問を感じていたとしても、目の前の光景がそれを消し去った。テーブルは邪神の祭壇か何かのようなありさまだ。

もがいてみたが、鉄のごとく前腕を締めつける手からは逃れられない。逆に、抵抗したせいで肩に痣ができんばかりの勢いで背中から壁に叩きつけられ、押さえこまれてしまった。命の危険を感じ、アーサーは唯一の武器を探した。かつてふたりの兄弟を引き離したのと同じ武器。

言葉だ。

だが、何を言えばいい？

アーサーは自分を襲った相手に目を向け、動揺した。クリスチャンは以前とまったく変わらない――しかし、完全に別人だ。顔も体つきもかつてと同じでありながら、今のクリスチャンは異様なほどにすばやく、力があった。何よりぞっとするのはその形相だ。やさしかった面立ちが、今では険しく、怒りに満ちている。明るさと楽しさに溢れていた目は、悪意でぎらついていた。

なんらかのドラッグだとアーサーは確信した。大聖堂で暴れた男のことを思い起こす。フエンサイクリジンという人への使用は禁止されている麻酔薬を幻覚剤として乱用し、妄想や幻覚などの深刻な中毒症状に見舞われる若者がヘイト・アシュベリー地区で続出したと昨年報告されたばかりだ。

自分はその症状を目撃しているのか？

「こんなことはやめよう」アーサーは説得にかかった。「力になってくれる人をぼくが探すよ。必ずもとの体に戻れる」

「もとの体に戻れる？」普段の楽しげな笑い方をわざとまねるかのように、クリスチャンは唇をねじって不気味な笑みを浮かべた。

作戦変更だと、アーサーはふたりが共有する過去に訴えかけて、弟にかつての自分を思いださせようとした。「ブラッソカトレア」テーブルのほうへうなずきかける。「母さんが大好きで、育てていたやつだ」

「あれはきみへのプレゼントだった」クリスチャンが言った。

「あの蘭の花を？　ぼくに？」

「死体のほうだよ」クリスチャンは彼と向きあった。ずらりと並ぶ歯がやけに近い。「蘭はアーサーをここにおびきよせるためだけに置いたものだ。《タイムズ》紙に入ったのは知っていたからね、蘭の噂を聞けばここに来るんじゃないかって思った。ロンドン出身の歌手を最初に殺したのも同じ理由さ」

アーサーは血の気が引いた。ジャッキー・ジェイクの顔がまぶたによみがえる。あの不運な歌手は自分のために殺されたのだ。

「思っていたよりも来るのが早かったね」弟が言った。「ここでもてなす前に、もっと招待状をまくつもりだったのに」

「とにかく、ぼくはこうしてここにいる」肩がずきずきと痛んで歯までうずきだした。「どんな問題があるにしろ、ふたりで力を合わせれば解決できるさ」

クリスチャンは自分の腕を出してひねり、手首にうっすらとついた傷痕を見せた。アーサーの手首にあるのと同じ傷。

「覚えているだろう」アーサーは言った。「ぼくたちは血で結ばれた兄弟だ」

「永遠に……」つかの間、クリスチャンは思い出に浸るかのような口調になった。

これがよい兆しであるようアーサーは願った。ドラッグにより引き起こされた妄想が覚めつつあるのかもしれない。「ぼくたちはまた兄弟になれるさ」

「だけど、あるのは血のつながりだけだ」クリスチャンは彼に顔を向けた。その目は険しく、冷たい。「そうだろう?」

返事をするよりも先に、クリスチャンはアーサーの体を床にほうり、その上に馬乗りになっていた。ほんの数センチ上から弟の顔が彼を見おろし、その目が本でも読むように彼の顔面をたどる。

アーサーは弟を自分の上から振り落とそうとしたが、その力はあまりに強かった。

クリスチャンが口づけをするかのように顔をよせる。冷たい吐息がアーサーの頬をかすめた。親指で押して彼の顎をそらせ、喉もとを露わにする。

被害者たちの遺体の写真がアーサーの脳裏を次々とよぎった。彼らは全員喉を裂かれていた。

まさか……。

両方の脚を振りあげて反動をつけ、再度体を起こそうともがいた。だが、クリスチャンから逃れるすべはない。あり得ないほど鋭い歯が、アーサーの喉のやわらかな皮膚を突き破った。

アーサーの悲鳴を血がかき消す。

死にたくないと抗い、もがき、叫ぼうとしたが、ものの数秒もすると、抵抗心は血とともに失われてしまった。アーサーはその場に力なく横たわった。しだいに弱くなる鼓動が、傷ついた体のすみずみに、痛みと至福の歓びを運んでいく。腕と脚が重くなり、まぶたがゆっくりと閉じた。衰弱し、おそらく死にかけているのだろうが、それも気にならなかった。

出血死しつつあるこんなときに、愛やドラッグ、宗教をとおして、人々がつながりを求める心境をアーサーはようやく理解した。彼は今、そのつながりを手にしたのだ。

クリスチャンと……。

これでいいんだ。

そのつながりはふいに断ちきられた。

目を開くと、クリスチャンが彼を見おろしている。その顎からは血がしたたっていた。

アーサーはクリスチャンの目に恐怖と、そして悲しみを見た。まるで自分の言葉の代わりに、彼の血が弟の心を説得したかのようだ。クリスチャンは氷のごとく冷たい手をアーサーの喉の傷口に置くと、そこから流れでる生あたたかい血を止めようとした。

「もう遅い……」アーサーはかすれた声で言った。

クリスチャンの手にさらに力がこもり、その目に涙が盛りあがる。「ごめん。本当にごめん」

彼を見おろす弟が、自分の中の悪を抑えこみ、自分自身を保とうとしているのが見て取れた。流れた血のにおいを嗅いで、弟の鼻腔が膨らむ。クリスチャンは渇望のうめき声をあげたが、そこに抵抗の響きが混ざるのが聞こえた。

弟を助けたかった。その苦しみを、葛藤を、取り除いてやりたかった。

その思いと兄弟としての愛情を顔に浮かべて、アーサーは弟を見上げた。

クリスチャンの頬を涙がひと粒こぼれ落ちた。「できない……ぼくにはアーサーを殺せない……」

両方の腕でアーサーの体を抱えあげ、クリスチャンは窓辺に歩みよった。朝日の当たる窓ガラスに向かい、兄の体を外へほうり投げる。アーサーは飛散するガラスの破片とともに落下しながら、クリスチャンが陽光の反対へと、影の中へと戻り、姿を消すのを見つめた。

そして舗道に激突した。

朝の光が降りそそぐ中にまで追ってきた闇が、彼の意識をのみこむ。意識を失う直前、彼の頭のそばの血溜まりに蘭の花が舞い落ちるのが見えた。甘い香りが彼の鼻腔を満たした。これがこの世で最後に嗅ぐにおいになるのだろうと彼は思った。

母ならきっとそれを喜ぶはずだ。

数日後、アーサーは痛みに目を覚ました。ベッドに寝かされている――病院のベッドだ。目の前でギプスに包まれて吊りさげられているのが自分の両脚だと気づいたのは、数回ほど呼吸をしたあとだった。顔を横に向けるのにも、持てる力すべてを必要とした。窓越しに、昼さがりの弱々しい日光が見えた。

「起きたようだな」聞き覚えのある声が言った。

ベッドの反対側に、ミラー巡査が椅子を置いて座っている。巡査はテーブルに手を伸ばすと、水の入ったコップにストローを挿して差しだした。アーサーはストローの先を唇のあいだに入れてもらい、生ぬるい水を飲み干した。

そのあと、アーサーはベッドに背中をもたせかけた。ちょっと水を飲んだだけでも体力を消耗した。それでも、ミラーの目をぐるりと縁取る紫色の痣には気がついた。アーサーのパンチをくらった痕だ。

ミラーの指が青痣をさする。「すまなかった、ミスター・クレイン。きみの話をもっとちゃんと聞くべきだったな」

「いや、ぼくも悪いことをした」アーサーはしゃがれた声で言った。

「話してくれ。襲ってきた男に見覚えはあったか？」

アーサーは目をつぶった。正直に言えば、自分を襲ったモンスターに見覚えはない。しかし、彼を太陽のもとへとほうりだし、ふたたび暴れようとするモンスターから引き離した男のことなら知っている。最後に、クリスチャンはアーサーの命を助けたのだ。そんな弟を断罪することが自分にできるだろうか？

「ミスター・クレイン？」

アーサーのまぶたの裏に、ジャッキー・ジェイクの顔、そして舗道に転がる男の体が映った。自分を襲ったことは赦せたとしても、クリスチャンの中にいるモンスターに殺人を続けさせることはできない。

アーサーは目を開けると、いつの間にか眠りに落ちるまで話をした。

目が覚めると夜だった。ひどく喉が渇いていて、目の前に吊りさがる脚が奇妙な彫刻のように見えた。左手のほうから小声の会話が聞こえてきた。そっちにナースステーションがあるのだろう。アーサーは呼びだしベルを押そうと手を伸ばし——。


彼は通りにいた。自分のものではない目をとおして周囲の光景が見える。前方には煉瓦造りの塔がそびえていた。教会だ。塔の中央のあたりにはドアがある。そこから溢れだす光が、正面の暗い段にこぼれ落ちていた。

涙を流しながら、彼は光のほうへと走った。想像を絶するスピードで動いている。すぐ横では行き交う車が騒音を立て、遠くからサイレンの音が響く。そんなことはどうでもよかった。彼はあの塔にたどり着かなければならないのだ。あのドアの奥へ入らなければならなかった。

だが、教会が近づくと、あたたかな光を背後から浴びた人影が、足を踏みだして彼の視界へと入ってきた。それは神父だった。まだかなりの距離があるというのに、ささやかれた言葉が彼の耳に届いた。「ここは神聖な場所だ。心するがいい、この場所はきみの中に巣くう穢れにとっては害毒となる。ここへ来るのなら、選択肢はひとつしかない。われわれの仲間になることだ。拒めば死あるのみだ」

奇妙な神父の言葉は真実であることがすぐにわかった。一歩ごとに彼の足から力が抜けていった。まるで地面にエネルギーを吸い取られているかのようだった。代わりに、足の裏から熱が伝わってきた。一瞬のあいだは心地よさを感じた。あまりに体が冷えきっていたのだ。しかし、その熱はすぐに容赦なく彼の体を焼いた。

それでも彼は立ちどまらなかった。全身の力をこめて重い足を前に出し、続いて反対の足と、熱と脱力感に抗って進む。あのドアのもとへ、あの神父のもとへ行かなければならなかった。それにすべてがかかっていた。

背の高いドアに施されたゴシック様式のデザインと、模様についた緑青が見えるまでに近づいた。彼は神父のローマンカラーに目を留めた。古いリネン製で、現代的なプラスチックではない。よろけるようにしてその男の前へと向かう。虚脱感に襲われながらも、相手が自分の同類なのはわかった。神父も呪われた者だ、しかし、どういうわけか自分自身を保っている。

どうしたらそんなことが？

神父はうしろへさがり、中に入るよう彼に促した。

彼はドアの中へと倒れこんだ。奥へと広い身廊が続いている。彼の両側には円柱とアーチがそそりたち、はるか奥に見える祭壇では蝋燭が燃えている。

彼はひざまずき、この場所に見出した神聖さにその身を焼かれた。

荒れ狂う炎が彼の体をのみこむ。

背後で神父の声がした。「ようこそ、クリスチャン」


アーサーはベッドの中で激しく身をよじった。夢の続きでまだ体が焼かれているのを感じる。吊り紐が切れて片方の脚が落ち、その新たな痛みが彼を炎の中から現実へと引き戻した。白いキャップをかぶった看護婦が部屋に駆けこんできた。その数秒後、注射針を打たれ、何もかもが穏やかな闇の奥へと消えていった。

数日後、彼はふたたび目を覚ました。頭はすっきりしているが、ひどく衰弱しているのを感じた。看護婦たちは、彼が教会で焼かれる幻を見たのは、モルヒネの副作用か、熱でうなされたせいだと説明したが、アーサーはそのどちらも信じなかった。代わりに、彼は頭の中に永遠に刻みつけられた、あの最後の言葉を思案した。

〝ようこそ、クリスチャン〟

炎に焼かれたあの苦悶の瞬間、アーサーは自分の感覚が弟とつながっているのを感じた。

血を飲まれたことでなんらかの絆が生じたのだろうか。クリスチャンを捜しにウエインのもとへ来たという、神父の描写を彼は思い返した。あれは同じ神父だったのか？　神父はクリスチャンになんらかの救済を、今からでもまだ歩くことのできる道を示したのか？

それとも、すべては幻覚だったのだろうか？

いずれにせよ、アーサーの体はゆっくりと治っていった。ほとんどベッドで寝たきりなので、彼は入院中の時間を使い、新聞社が彼につけてくれたアシスタントに本の内容を口述した。彼女の名前はマーニーで、立ちあがれるようになりしだい、アーサーは彼女と結婚するつもりだった。

彼が襲われたのを最後に、連続殺人はぴたりと止まったが、事件への関心が薄れることはなかった。翌年、彼が上梓した『蘭の花殺人事件』は世界的なベストセラーとなった。警察はクリスチャンの消息をつかめずじまいに終わったが、世間はアーサーの本をもって、この事件は区切りがついたものと考えた。

彼の弟は、まるでこの地上から姿を消したかのようだった。大半の者はクリスチャンは死んだのだろうと、おそらく自殺したのだろうと考えた。だが、教会の中へと這いずり、聖なる炎に焼かれたあの夢を、アーサーは忘れることはなかった。

彼はクリスチャンはまだ生きているという希望にしがみついた。

けれど、もしもそうなら、あの教会で生き残ったのはどっちだろうか？

彼の弟か、それともあのモンスターか？

現在、夏
カリフォルニア州、サンフランシスコ

太陽が水平線へと沈む頃、アーサーは蘭の花を顔の前に持ちあげて、その芳香を吸いこんだ。花弁が頬をくすぐる。彼はその花を書斎へと運んだ。壁には本が並び、オーク材の書き物机は書類で覆われていた。

クリスチャンの失踪後、アーサーはジャーナリストとして人生の大半を旅に費やし、残虐な殺人事件や謎めいた神父たちにつながる手がかりを追って、弟を見つけようとした。せめて、クリスチャンの身に何があったのかを知りたかった。彼の熱意を分かちあってくれたマーニーは、半年前に帰らぬ人となった。今のアーサーはこの仕事をやり遂げ、それでおしまいにすることだけを望んでいた。

すべてを終わらせたかった。

人生も終わるときになって、彼はようやく真実にたどり着きつつあった。

あの事件から数年後、アーサーはカトリック教会の中に秘密の騎士団が存在するという噂を聞きつけた。その起源はキリスト教の発祥にまでさかのぼるという、血で結ばれた聖職者の集団、〈血の騎士団〉だ。彼はデスクへと歩みより、古いノートのあいだから一枚の紙を取りだした。その縁はぼろぼろになっている。そこには一枚の写真がテープで貼られていた。二年前、匿名の相手からアーサー宛に送られてきたもので、その重要性をほのめかす短い走り書きが添えられていた。キリストが死者を復活させるようすをとらえたレンブラントの絵画、《ラザロの蘇生》の写真だ。アーサーは写真にしるしをつけて、謎の騎士団に関する数々の疑問と、自分が耳にした噂を書きこんでいた。

この写真は教会内の匿名の人物から送られてきたもので
“知るべきことはすべてここにある„と手書きのメモが同封されていた。
この絵にはさまざまな疑問点があり、調査が必要である。

ラザロの頭上にあるこの武具が意味するものは？

この奇跡の復活を見守るまわりの者は、
なぜ全員が恐れと狼狽の表情を浮かべているのか？

古代ローマでは、
てのひらを外へ向けて
腕をあげるこのポーズは
誓いを立てることを意味する。
イエスがこのポーズを取っている
理由は？

レンブラント
《ラザロの蘇生》
1630－1632年頃

ロサンゼルスカウンティ美術館の美術修復家に話を聞いたところ、
この絵に紫外線を当てると、死者の唇から
血で描かれているらしい赤い筋が垂れているのが見えるそうだ。
なぜ人間の目では見えないようなものが描かれているのか？

アーサーは教会で焼かれる夢を思い返した。彼の指から紙がすべり落ちる。

弟はこの騎士団に入ったのだろうか？

彼は蘭の花へと視線を向けた。

それなら、なぜ今になってぼくを殺しに来るんだ、クリスチャン？

その理由には心当たりがあった。デスクにきちんと積みあげられた資料の山がそれだ。この数十年、アーサーはさらに証拠を集め、教会内に騎士団が存在するのを証明できるところまで来ていた。今夜、ベリアルという組織の者が、最後の証拠の断片を、これが事実であるのは否定できない決定的な情報を、彼のもとへ持ちこむことになっている。

アーサーは蘭のやわらかな花弁をつまんだ。

これは自分を黙らせるための脅し、警告だろう。

脅迫に屈する気はなかった。その日の午前中、アーサーはベリアルのシメオンという名の男に連絡をして、会合の時間を日中に繰りあげるよう頼もうとしたが、相手をつかまえることはできなかった。午後になる頃には、いっそ逃げようかとも考えたが、隠れても無駄だと気がついた。自分はすでに知りすぎている。それに、マーニーを失ってからは自暴自棄に陥ってもいた。生きていることに執着はなかった。

夜を待つあいだ、アーサーはこの先の通りにあるイタリアン・レストランから彼の好きな料理を配達してもらい、自宅にあった最高級のピノ・ノワールを開けた。何も惜しむことはない。これが最後の晩餐となるのなら、せいぜい楽しもう。キッチンで食事をとりながら、彼はゴールデンゲートブリッジの背後で空がオレンジ色に移り変わるのを眺めた。

ついに、アパートメントのドアをノックする音が響いた。

アーサーは書斎から出てドアスコープをのぞいた。紺色のスーツ姿の男が廊下に立っている。相手の顔と刈りこまれた黒髪は、ベルリンのバーで手渡された画質の悪い写真で見覚えがあるものだった。確かにシメオンだ。

アーサーはドアを開けた。

「ミスター・クレインですね？」男は低くしゃがれた声で、スラヴ語訛りがあるが、国まではわからなかった。チェコだろうか。

「ええ」アーサーは進みでて相手に促した。「中へどうぞ、急いだほうがいい。危険かもしれないんです」

それを聞いて男は微笑を浮かべた。アーサーの警戒ぶりがおもしろかったのだろう。だが、相手はクリスチャンのことも、蘭のことも知らない。

客が中に入ると、アーサーは廊下に出て、古い建物の玄関口へ続く階段を確認した。異常はない。

それでも背中に悪寒が走り、うなじの産毛が逆立つのを感じた。危険が間近に迫っている気がする。彼はシメオンを追って急いで中へ入り、ドアを閉めて鍵をかけた。

シメオンは玄関の広間で待っていた。

「書斎へどうぞ」アーサーは先に立って案内した。

中へ入ってきたシメオンは、アーサーのデスクへと歩みより、室内を見回した。さまざまな疑問が書きこまれた《ラザロの蘇生》の写真の上で彼の目が留まる。シメオンはそれを指し示した。

「騎士団の血塗られた起源をすでに突きとめたようですね」相手が言った。「ラザロはその最初のひとりだと」

「非現実的な噂は耳にしました」アーサーはそう返した。「モンスターや夜を徘徊する生きものたちが出てくる怪談だ。無論、本当に存在するわけではない。人々を怖がらせて、真実から遠ざけるための作り話ですよ」

その真実が明かされるのを期待して、アーサーはシメオンに目を向けた。

ところが、シメオンは奇妙に長い爪で写真のキリストの顔に触れた。「存在するはずがないものが、存在しているとしたらどうでしょう」

なんと返事をすればいいかわからず、アーサーは沈黙を保った。

シメオンは爪を立てて写真をなぞっている。「どこまで調べたのか、拝見させていただきたい」

アーサーは書類ばさみを差しだした。中には現在執筆中の手稿が入っており、資料や写真を引用する箇所を指示した付箋も添えられている。

男は原稿をすばやくめくった。人間の目で読むにはあまりに速すぎるスピードで。「この内容はもう出版社には見せてあるんですか？」

「いや、まだだが」

そのとき初めてシメオンは彼と目を合わせた。彼の目は茶色く、濃いまつげが縁取っている。印象的な目だが、何よりアーサーの注意を引いたのは、その目が一度もまばたきをしないことだった。腕に鳥肌が立ち、男から一歩離れる。アーサーはふいに気がついた。さっき感じた悪寒はこの男に対するものであり、アパートメントの外に危険が潜んでいたわけではない。

「真実に近づきすぎましたね」シメオンはもはや殺意を隠そうとはせず、彼に迫ってくるかのように背筋を伸ばした。

「ご自分でわかっている以上に近づきすぎた。われわれにとって不都合なほどに」

アーサーはもう一歩さがった。「ベリアルのことか……」

「〈血の騎士団〉にはわれわれの活動を邪魔されつづけているが、その争いを白日のもとにさらされるわけにはいかないのです」シメオンが足を踏みだす。「われわれの闇は日光の下では存在できない」

通りに反響するオートバイのエンジン音がアーサーの注意を引いた。彼が音のほうへ目を向けた瞬間、シメオンが飛びかかってきた。

アーサーは床に叩き伏せられ、激痛が走った。シメオンが彼を上から押さえつける。アーサーはもがいたが、相手の力は容赦なかった。そんな怪力を相手取るのは、クリスチャンに殺されかけたあの日以来初めてだった。

「あなたが欲している真実は」シメオンが言った。「ここにある」

男の唇が開き、あり得ないほど長い歯が露わになった。

クリスチャンに襲われたあの一瞬がアーサーの脳裏によみがえった。心が直視するのを避けていたことを、記憶の中で空白となっていたことを彼は思いだした。

その空白は今、埋まった。

この世にモンスターは存在する。

アーサーはいっそう激しく抵抗したが、自分の力ではどうにもならないことはわかっていた。

そのとき、寝室で木とガラスが砕け散る音があがった。窓が破壊されたような音。しかし、ここは三階だ。

シメオンが振り返るのと同時に、黒い人影が部屋に飛びこんできた。アーサーの上からモンスターを引きはがして、からみあったまま横に転がる。アーサーは咳きこみながら、床に両手をついて争いの場から離れ、使用していない暖炉の中へと後退した。

狭い室内で激しい戦いが繰り広げられるが、あまりに速くて彼の目では追えなかった。残影と、雷雲の中の電光さながらに、銀色の光がときおりひらめくのが見えるだけだ。人影が机上に叩きつけられたかと思うと、すぐさま本棚に激突し、床一面に本がまき散らされる。

血と怒りに満ちた、獣のような叫びがそれに続いた。

一瞬ののち、切断された頭部が黒い血を噴出しながら飛び、板張りの床へと転がった。

シメオン。

アーサーのデスクの向こう側で人影が立ちあがり、その姿に明かりが当たった。黒革のライダージャケットの開いた胸もとから、ローマンカラーのシャツがのぞいている。デスクのこちら側へと回ってくる男は、顔にかすり傷を負い、血が流れていた。それぞれの手に握られた短剣は水銀のごとくぬるりと光り、堅木張りの黄金色の床に広がるのと同じ、黒い血で汚れている。

相手が浮かべた懐かしい笑みに、アーサーは目を疑った。グリーンの瞳をからかうようにきらめかせて、男は短剣を鞘に収めた。

「クリスチャン……？」

恐ろしさも忘れ、アーサーは床に座りこんで唖然として弟を見上げた。あれから四十年以上が経ったというのに、クリスチャンは何ひとつ変わらず、アーサーの年輪と皺が刻まれた顔とは対照的に、見た目は若者のままだ。

「どういうことだ？」アーサーは自分の目の前にたたずむ謎について答えを求めた。

だが、クリスチャンは笑みを広げただけだ。進みでて兄に手を差しだす。

弟の青い指を握ると、大理石の彫刻さながらに冷たくて硬かった。手を引っぱられて立ちあがりながら、アーサーは相手の手首に、自分と同じ傷痕があるのを目にした。信じられない話だが、本当にクリスチャンなのだ。

「怪我は？」弟が尋ねた。

なんと答えればいい？　自分が助かったのかどうかまだ判断しかねているときに。

それでも、アーサーはどうにか首を横に振った。

クリスチャンは彼をキッチンへと連れていった。テーブルには夕食の残りがまだ置かれている。弟はアーサーを座らせると、空《から》になったピノ・ノワールの瓶を持ちあげた。

「いいヴィンテージだ」そう言って、においを嗅ぐ。「オークとタバコの絶妙な香りがする」

アーサーは声を取り戻した。「どう……どうなってるんだ？」

クリスチャンはおもしろそうに片方の眉をあげた。それは、若々しさを湛える彼の顔とまったく同じように、アーサーの記憶にあるがままのしぐさだった。「もうわかってるだろう、アーサー。あとはその事実を自分に認めるだけだ」

クリスチャンは自分の太股に手を伸ばし、革製の水入れ《フラスク》を留め金からはずした。フラスクには交差する鍵と冠が描かれた、教皇紋章が入っている。クリスチャンはアーサーの空になったグラスを取ってフラスクの中身を注ぎ、兄のほうへ押しやった。

アーサーは警戒してグラスを見つめた。「ワインか？」

「聖別されたワインだ」クリスチャンが言い直す。「聖なる変化によってキリストの血と化したものだよ。ぼくはこれのみを口にすると宣誓している。ぼくと、仲間の修道士や修道女たちは、これによって生かされている」

「それが〈血の騎士団〉なんだな」

「キリストの血の加護を受け、ぼくたちは日中でも外を歩き、この世の暗い片隅に出没する者たちと戦うことができる」

「ベリアルのような連中か」シメオンの鋭い歯をアーサーは思い返した。

「それにほかのやつらもね」

クリスチャンはキッチンからもうひとつグラスを見つけてフラスクを傾け、兄と一緒にテーブルについた。

アーサーはワインをすすってみた。ワインの味がするだけで、奇跡の力らしいものは何も感じない。だが、今このひとときだけは、弟が語る真実を受け入れた。

クリスチャンは自分のグラスを持ちあげて喉にたっぷり流しこみ、そのグラスを掲げた。

「血で結ばれた兄弟の復活だ」

アーサーは照れくさそうに笑みを浮かべた。

クリスチャンは身を乗りだして、ふたりのグラスをかちんと合わせた。

「勤勉で、一度食いついたら離れない兄に乾杯だ。前に言っただろう、アーサーはいいジャーナリストになるって」

「ぼくが何を見つけたのか知ってるんだな」

「ずっと見守っていたからね。だけど、アーサーの取材は、スズメバチの巣をつついてしまった。世の中には——ぼくらの中にも——秘密が必要な者たちがいる」

ベリアルについて語るシメオンの言葉をアーサーは思い返した。

〝われわれの闇は日光の下では存在できない〟

どうやら、クリスチャンたちもその闇を必要としているらしい。

「危険だと、警告しようとしたんだ」クリスチャンが言った。「あの蘭か」

ほのかに混ざるクチナシの香りが今もするかのようだった。

「アーサーにしかわからないよう伝える必要があったからね。それで、これ以上の詮索はやめてくれるかと思ったけど、考えが甘かった。危険が迫っているのはわかっていたから、見過ごすわけにはいかなかった」

「おかげで助かった」

つかの間、クリスチャンは物思わしげな顔つきになった。「前にぼくの魂を救ってくれたお返しだ」

アーサーはどういうことだろうかと眉根をよせた。

クリスチャンが説明する。「アーサーの愛情、それに兄弟としての絆が、最後はぼくに自分自身を取り戻させて、奉仕と罪の贖いの道を示してくれた騎士団に救いを求めさせたんだ」

アーサーは炎の教会と、ドアの前に立つ神父の姿を思い返した。

クリスチャンはふたたび顔を輝かせ、背筋を伸ばした。「ぼくはアーサーの命を救い、アーサーはぼくの魂を救ったんだから、これでちょうどおあいこだ」

アーサーはさらに質問をし、いくつかは答えを得て、ほかは首を横に振られた。

しかたがないと、彼は徐々に受け入れた。この世界には秘密も必要なのだろう。

やがてクリスチャンが立ちあがった。「もう行くよ。二、三日はホテルに滞在するといい。ぼくが人を手配して——信用できる相手だ——そのあいだに窓の修理と室内の清掃を済ませておく」

言い換えれば、死体の片付けというわけか。

アーサーは彼について玄関へと向かった。「また会えるか?」

「それは禁じられてる」クリスチャンのまなざしに悲しさと名残惜しさが混ざる。「いまだってここにいるべきではないんだ」

すでに老いた心臓が壊れそうなほど、アーサーは胸がずきりと痛んだ。

クリスチャンは兄にそっと腕を回して強く抱きしめた。「ぼくはいつでも一緒にいる、兄さん」彼は抱擁を解くと、アーサーの左胸にてのひらを当てた。「ここにね」

そのてのひらの下に何かあるのが見えた。弟が手を離すと、四角い紙がひらりと落ちる。

アーサーは慌てて手を伸ばし、指先でそれをつかんだ。

顔をあげたときにはドアが開いて、クリスチャンは消えていた。

廊下に出たが、弟の姿は影も形もなかった。

アーサーはつかんだものを見おろした。クリスチャンからの別れの贈り物。

それは白黒写真で、わずかに黄ばみ、縁には皺がよっていた。雨に濡れた窓ガラスを背景に、ふたりの少年の悲しげな目がこちらを見つめ返している。クリスチャンはカメラを高く持ちあげ、アーサーは彼によりかかっていた。絶対にひとりにしないと誓いあった、血で結ばれたふたりの兄弟。

この古い写真を、クリスチャンはずっと大事に持っていたのだろう。

もう二度と彼の手に戻ることはない。

今それは永遠にアーサーのものとなった。

穢れた血　上

ジェームズより
レベッカに。
この旅に参加してくれたことに。
レベッカより
夫と息子に。

おまえが天から落ちるとは、おお、ルシファー、暁の子よ！　かつては国々を滅ぼしたおまえが、地へと投げ落とされるとは！

――『イザヤ書』第十四章十二節

主な登場人物

エリン・グレンジャー――考古学者。〈血の福音書〉で言及される〈学ぶ女〉。
ジョーダン・ストーン――アメリカ人軍曹。〈戦う男〉。
ルーン・コルザ――カトリックの神父。サンギニスト。〈キリストの騎士〉。
ベルナルド――カトリックの枢機卿。〈血の騎士団〉の長。
クリスチャン――カトリックの神父。サンギニストの戦士。
ソフィア――サンギニストの戦士。
バーコ――サンギニストの戦士。
エリザベータ・バートリ――かつて血の伯爵夫人と呼ばれていた。現代ではエリザベスと名乗る。
トミー・ボーラー――〈血の福音書〉をめぐる事件に巻きこまれた少年。
レオポルト――サンギニストの修道士で、ベリアルのスパイ。
ジョン・ディー――十六世紀の錬金術師。
エドワード・ケリー――十六世紀の透視者。
レギオン――レオポルトに乗り移った悪魔。

プロローグ

一六〇六年、夏
ボヘミア、プラハ

あともうひと息で……。

ジョン・ディーという名で知られる英国人の錬金術師は、秘密の実験室の中で、緑色のガラスで作られた巨大な鐘の前にたたずんだ。鐘は内部の中空に男ひとりが立てる高さがあった。この見事な芸術作品を手がけたのは、ヴェネツィア本島にほど近いムラーノ島で、最高峰の腕を持つガラス工芸家だ。ひと握りの名人しか知らない技術と大きなふいごを使い、竿に巻きつけたガラスを巨大な玉状に溶解し、空気を吹きこんでこの完璧な形を作るには、職人衆にも一年以上の歳月を要した。それからさらに五カ月をかけて、この貴重な鐘を、生まれ故郷の島からはるか北方にある、神聖ローマ皇帝ルドルフ二世のもとまで運送させたのだ。

鐘が到着すると、皇帝はそのまわりに秘密の実験室を作らせるよう命じ、プラハの街路の地下にまで延びる予備の工房で囲ませた。

それが十年前のことだ……。

今、その鐘は実験室の片隅で円形の台座にのっていた。鉄製の台座の縁に赤錆が浮いてずいぶん経つ。鐘の下側にはガラス製の丸い扉があった。それは外側から頑丈な横木で塞がれたうえに、空気の出入りがないよう密封されている。

ジョン・ディーはその場に立ったまま身震いした。あと一歩で自分の仕事が成就することに安堵を覚えながらも、それが恐ろしくもあった。そのおぞましい手段を知るがゆえに、錬金術師は目の前にある悪魔の装置を嫌悪するようになっていた。最近では、できる限り鐘を避けるようにしている。何日も実験室の中で無為に過ごし、薬品で汚れた長いチュニックをまとって白い髭をフラスコの中身に浸しそうになりながら、埃をかぶった鐘から、歳のせいでしょぼしょぼする目をそらしつづけた。

だが、わが使命はあと少しで果たされる。

鐘に背を向けて暖炉に歩みより、炉棚に手を伸ばす。節くれだった指で大理石をまさぐり、錬金術師は隠し穴を覆う蓋をずらした。この炉棚の細工を知っているのは、彼と皇帝、そして彼女だけだった。

中に手を入れようとすると、背後でカンカンと激しい音がした。ジョン・ディーは鐘を、鐘の中に閉じこめられている生きものを振り返った。皇帝に忠誠を誓う男たちがとらえて、つい数時間前にここへ連れてきた獣。

　手早く済ませてしまわねば。

　獣は内側から鐘を叩いていた、これからわが身に起きんとすることに勘づいたかのように。その尋常ならざる力をもってしても、鐘の外に逃れるのは不可能だった。これまでにも、もっと齢を重ねた、もっと強い獣たちが、それを試みて失敗している。

　この十年、錬金術師は同じような生きものを数多くこのガラスの牢に監禁していた。その数はあまりに多い……。

　自分の身の安全は承知していながらも、彼の老いた心臓は激しく脈打った。錬金術師の本能は、理屈で打ち消すことのできない危険を察知していた。

　震える息を吐いて、隠し穴に手を差し入れ、油布でくるまれた包みを取りだす。それは緋色の紐で縛られた上から蝋に浸されており、錬金術師は蝋を崩さないように気をつけて胸もとにしっかり抱き、カーテンが引かれた窓辺へと運んだ。布と蝋越しでさえ、包みからは異様な冷気がしみだし、彼の指と肋骨の感覚を麻痺させた。

　分厚いカーテンをわずかに開けて、朝の光を一条差しこませる。震える手で、ジョン・ディーは石造りの机にできた日だまりに包みを置くと、自分は机の反対側に回って、包みの表面にわずかな影も落ちないようにした。ベルトから皮はぎ用の鋭利なナイフを抜き取り、蝋と紐を切る。細心の注意を払い、白い蝋を机上にぱらぱらとこぼしながら、錬金術師は油布を開いた。

チェコの朝日が蝋と油布にくるまれていた中身を照らしだす。それは美しい宝石で、大きさは彼のてのひらほど。エメラルド・グリーンの輝きをはなっている。

しかし、それはエメラルドではなかった。

「ダイヤモンドだ」しんとした部屋で、錬金術師はささやいた。

部屋はふたたび静かになっていた。鐘の中の獣は、机の上の輝きからあとずさっている。獣の目はぎょろぎょろと動いて、石に反射する光が白壁に描くエメラルド色の脈を追っていた。

錬金術師は怯える獣を無視して、ダイヤモンドの中心部をのぞきこんだ。中では煙と油の混合物のような黒い渦が流動している。それは石の中にしっかり封印されていた。獣が鐘の外に出られないのと同様に。

神よ、感謝します。

ジョン・ディーは緑色のダイヤモンドを慎重に持ちあげた。彼がこの中をくりぬかせてから数十年が経っていた。極小の錐《きり》の先端にダイヤモンドを取りつけたもので、緑色に輝く石の懐に空洞を作るのに、宝石職人ふたりが失明した。表面に開いた小さな穴は、骨で栓をされている。ほとんど透けて見えるほど細いそれは、一千年前にエルサレムの墓所から持ちだされたイエス・キリストの骨――。

——だと言われていた。

錬金術師は咳きこんだ。鉄っぽい血の味が口の中に広がり、机のそばに置いている桶につばを吐く。内側から体を蝕む病のため、最近では安らぎを得ることはなきに等しい。今度こそ息ができないのではと、おそるおそる息を吸いこむと、彼の肺は、壊れたふいごのような音を立てた。

ドアをノックするくぐもった響きにぎくりとし、錬金術師の指から石がすべり落ちる。彼は悲鳴をあげて、大事な石へととっさに手を出した。

石は木製の床に落ちた。だが、壊れてはいない。

痛みが心臓から左腕へと突き抜け、錬金術師はくずおれて机の太い脚にぶつかった。ビーカーが落ちて割れ、黄色い液体が床板に広がり、熊の毛皮の敷物に触れて煙があがる。

「ディー博士！」ドアの向こう側から若々しい声が呼びかけた。「お怪我はありませんか？」

鍵を回す音がカチャリと響いてドアが勢いよく開いた。

「入っては——」ジョン・ディーはうめくようにして声を絞りだした。「——ならん、ヴァーツラフ」

しかし、若者は師に手を貸そうとすでに駆けこんでいる。若者は錬金術師を床から起こした。「お加減が悪いんですか？」

ジョン・ディーの病は、皇帝ルドルフの宮廷に集う選りすぐりの錬金術師たちの知識をもってしても、治癒できるものではなかった。弟子に体を支えられて、彼は息を吸いこもうとあえいだ。しばらくすると咳の発作は治まったが、普段とは違い、胸の鋭い痛みが引こうとしない。

若い弟子は汗で湿った師の額にそっと指で触れた。「昨夜はお休みにならなかったんですね。さっき来たときにのぞいてみたら、ベッドに眠った形跡がありませんでした。それで気になって——」ヴァーツラフの声は途切れた。鐘へと向けられた視線は、その中に閉じこめられた生きものを見つけた。それは、若くて無垢な弟子の目に触れさせるつもりは決してなかった光景だった。

ヴァーツラフの唇から、驚きと恐怖の入り交じった声が漏れた。

獣が若者のほうを見つめ返す。飢えた目をし、片方のてのひらをガラスに押しあてて。爪が鐘の内側を引っかいた。獣は何日も餌を与えられていなかった。

ヴァーツラフの目は、獣の裸体を食い入るように見つめた。金色の髪が、丸みのある肩から乳房へと波を打っている。その獣は美しいとさえ形容できた。しかし、カーテンの隙間から差しこむ微かな光のために、分厚いガラスが影を落とし、白雪を思わせる肌が緑色がかり、その目には肉体が腐敗しているかのように見えることだろう。

若者は説明を求めて師を振り返った。「博士?」

ヴァーツラフは八つの歳で彼に弟子入りしたときから利発だった。ジョン・ディーは、彼が薬品の調合と油の精製に長けた若者へと成長するのを見守ってきた。弟子には輝かしい未来が約束されていた。

本当の息子のように大事な愛弟子だ。

しかし、錬金術師はためらうことなく皮はぎ用のナイフを持ちあげ、弟子の喉を切り裂いた。

ヴァーツラフは裂かれた喉をつかんだ。この仕打ちが信じられずに、師を凝視する。指のあいだから血が噴きだし、床にぼとぼとと落ちた。若者は膝をついた。血とともに命が流れでるのを、両方の手が必死で受けとめようとする。

獣が鐘に体当たりし、重厚な鉄製の台が揺れた。

血のにおいがするのか？ それで興奮しているのか？

錬金術師は背中を折り曲げて、緑色の石を床から拾いあげると、日光に透かして封を確認した。石の中では黒い渦がうごめいてひび割れを探しているが、出口はどこにもない。ジョン・ディーは胸もとで十字を切り、感謝の祈りをつぶやいた。ダイヤモンドは完全なままだ。日光が燦々と当たる中に石を戻してから、ヴァーツラフの脇に膝をつく。錬金術師は若者の顔から巻き毛をそっとどけた。

血の気の失せた唇が動き、ヴァーツラフの喉からごぼごぼと空気が漏れた。

「赦してくれ」ジョン・ディーはささやいた。

若者の唇がひとつの言葉を形作る。

〝どうして？〟

その理由を説明することも、弟子を殺した罪を贖うことも永遠にできはしまい。錬金術師は若者の頬をてのひらで包みこんだ。「おまえはこれを見てはならなかったのだ。見さえしなければ、これから長い人生を研究に捧げられただろうに。だが、それは神のご意志ではなかった」

血まみれの指が喉からずるりと落ちた。茶色い瞳から生気が消える。二本の指で、ジョン・ディーは弟子のあたたかなまぶたを閉じてやった。

頭を垂れて、ヴァーツラフの魂のためにすばやく祈祷を唱える。無垢な魂は天国に召されることだろう。それでも、痛ましい損失だった。

鐘の中の生きものが、かつては人間だった怪物が、錬金術師と目を合わせた。その視線はヴァーツラフの遺体へとさっと動いてから、ジョン・ディーの顔へとふたたび戻った。そこに苦悩の色を見て取ったに違いない。ここへ連れてこられて初めて、女はにっと笑い、白く長い牙を剥いた。彼の不幸をあからさまに喜んで。

錬金術師はよろよろと立ちあがった。胸の痛みはまったくやわらいでいない。おのが使命をすみやかに果たさねばならなかった。

ふらつきながら部屋を横切り、ヴァーツラフが開けたドアを閉め、鍵を差しこんで回す。

この部屋の鍵はほかにひとつあるだけで、それはヴァーツラフの冷たくなっていく血溜まりに浸かっている。これでもう邪魔は入らない。

錬金術師は仕事に戻った。鐘の上部から机上へと延びるガラス管に沿って指を這わせ、ひびや傷が新たにできていないか、時間をかけて調べる。あと一歩で終わるこのときに失敗は赦されない。

ガラス管の先端は、縫い針よりもわずかに太い程度にまで狭まり、まさに職人技の結晶だ。ジョン・ディーはガラス管の先に日光が当たるよう、分厚いカーテンを開いた。

胸の痛みが増し、彼は左腕で脇をぐっと押さえこんだ。今こそ必要だというときに、彼の体力はみるみる失せていた。

震える右手で緑の石を取りあげる。石が陽光に輝くさまは、ぞっとするほど美しかった。錬金術師は唇を固く結んでまぶしさをこらえると、銀製の小さなピンセットを使い、石に差しこまれた骨片を引き抜いた。

膝が震えたが、歯を食いしばる。骨片を抜いたあとは、石に日光を浴びせつづけねばならなかった。一瞬でも石の上に影が落ちれば、中の黒い渦が外界に逃れる隙を与えてしまう。

そうなってはならなかった……少なくとも、今はまだ。

黒い渦はべたりと平たくなって小さな牢の側面を這いあがり、極小の出口に達したが、そこでぴたりと止まった。光の中に出るのを恐れているのは明らかだ。直射日光には、自分を滅ぼす力があるのをなんとはなしに察知しているらしい。黒い渦にとって、安全な場所は、緑色のダイヤモンドの中のみであるのはまだ変わらない。

ゆっくりと、そして最大限の注意を払って、ジョン・ディーはダイヤモンドに開けられた小さな穴に、ガラス管の先端をはめこんだ。日光がその両方を照らす。

薬剤で汚れた机上から火のついた蝋燭を取り、ダイヤモンドの上で傾けて蝋を垂らして、穴とガラス管の隙間を密封する。そこまでやってから、彼はふたたびカーテンを閉め、緑色の石に影を落とした。

蝋燭の明かりが、ダイヤモンドの中心でうごめく黒い渦を照らしだす。それはつむじを描いて出口へと這いあがっていった。錬金術師は息を凝らし、内側に沿って渦が流れるのを見守った。渦は骨片の代わりにガラス管があるのを探り当てると、その中を上昇しはじめた。そのまま管をとおって反対端へと、ガラス製の鐘と、その中にいる女へと向かいつづける。

錬金術師は灰色の頭をぶるりと振った。かつて人間であったとはいえ、あれはもう女ではない。女として見てはならないのだ。獣は静かになり、鐘の中央で立ち尽くしていた。青く輝く瞳が、錬金術師をしげしげと眺める。

獣の肌は白く輝き、その髪は紡いだ金糸を思わせた。分厚い緑色のガラスが影を落とし、その姿は水中に浮かぶかのようだ。ジョン・ディーはこれほど美しい生きものを見たことがなかった。獣は鐘の側面に片方のてのひらを当てた。ガラスに映った蝋燭の光が、長く愛らしい指の上で揺らめく。

錬金術師は部屋を横切ると、ガラス越しに獣とてのひらを合わせた。肌に、ガラスが冷たく感じる。胸の痛みと体の衰えがなかったとしても、これが最後の獣となるのはわかっていた。ガラスの棺の中に立つ生きものは、この獣で六百六十六番目となる。この獣の死をもって、彼の使命はまっとうされる。

獣の唇が、ヴァーツラフと同じ言葉を形作った。

〝どうして？〟

死んだ弟子にしてやれなかったのと同様に、獣にもそれを説明することはできなかった。獣の目が、自分を閉じこめる牢へと這いよる黒い渦に向けられる。

ほかの獣たちがそうしたように、女はガラスの牢に流れこむ渦に向けて手をあげた。声を発することなく唇が動き、恍惚とした表情になる。

研究に着手した当初は、黒い渦が獣の肉体を慰みものにするさまを観察するのに、常に羞恥の念を覚えたものだったが、そんな感情が失せてから久しい。ジョン・ディーはガラスによりかかり、できるだけ近づこうとした。じっと見ていると、胸の痛みさえも消えた。

鐘の中で、黒い渦は上部に集まったかと思うと、その中にただひとりいる者目がけて、霧雨のように降りそそいだ。黒い雨が白い指を、突きあげられた腕を、伝い落ちる。女は頭をのけぞらせて悲鳴をあげた。それが歓喜の叫びであるのは、陶然とするその姿を見ずともわかる。獣はつま先立ちになって胸をそらし、黒い雨滴がその肌を余すところなく覆い尽くして、全身を愛撫するのに身を震わせている。

そして最後にもう一度身震いすると、獣は鐘にぶつかり、命の抜けた体はそのままずるずると底に沈みこんだ。

黒い霧はその体の上で漂い、待っている。

完了だ。

錬金術師は鐘から離れた。ヴァーツラフの体をよけて、窓辺へと急ぐ。彼はカーテンを勢いよく引いて全開にした。鐘に朝日が口づけする。鐘の中で獣の呪われた体は燃えあがり、灰から立ちのぼる煙がその上で待つ黒い霧に加わった。

獣の霊気を取りこんだ霧は濃厚な煙へと変わり、日光から逃れようと、一カ所だけ残された暗がりへと上昇した。そこからダイヤモンドにつながるガラス管を引き返す。手に持った銀の鏡を使い、錬金術師は管に沿って日光を反射させ、黒い煙を追いたてた。エメラルド色の石の中へと、日に照らされたこの部屋で唯一安全な場所へと戻らせる。

霧が完全に中に入ると、錬金術師は注意深く蝋を崩して、ダイヤモンドをガラス管からはずした。石に開いている極小の穴に常に日光を当てたまま、はるか昔に床に描いた五芒星の上へと運ぶ。彼が石を置いたその図形の中央には、まだ日が当たっていた。

これさえやり遂げれば……。

精神を集中させて、ジョン・ディーは五芒星のまわりに塩で円を描いた。そうしながら、祈りの言葉を口にする。彼の命はほぼ尽きかけていた。しかし、ついに、人生を捧げた夢が実現しようとしていた。

これで天界への門が開く。

六百回以上も塩で同じ円を描き、六百回以上も同じ祈りの言葉を口ずさんできた。だが、心の中には、今回は違う結果となるという確信があった。錬金術師は『ヨハネの黙示録』の一節を思い返した。〝ここに知恵が必要となる。思慮のある者は獣の数字を解明せよ。それは人間の数を指すものである。その数字は、六百六十六である〟

「六百六十六」彼は繰り返した。

それと同じ数の獣を鐘に閉じこめ、それと同じ数の黒い霊気を燃やした死骸から集めてダイヤモンドの中に封印した。それほどの数の獣を探しだして監禁し、その呪われた体を動かしている悪の霊気を集めるのには、十年の歳月を必要とした。今、それと同じ数の霊気が持つ力が、天界の門を開けようとしている。

錬金術師は両方の手で顔を覆い、大きく体を震わせた。天使に問いたいことは山とあった。『エノク書』で記されているノアの曾祖父の時代までは、人は天使と交感していたという。それよりあとは、神の命令なしで天使が人のもとを訪れたことも、人が天使の智恵の恩恵に与かったこともない。

ちあうのだ。

だが、これよりわたしが天使の光を地上にもたらそう。そして、全人類とその恩恵を分かちあうのだ。

錬金術師は暖炉へ行き、細長い蝋燭に火を灯した。それを持って、五芒星の五つの角に立てられた蝋燭すべてに火をつける。日光の中で、黄色い炎は頼りなげに見え、窓から流れこむ隙間風になびいていた。

いよいよだと、ジョン・ディーはカーテンを閉めきった。薄闇が室内を包みこむ。

彼は急いで戻り、塩の円の端にひざまずいた。

石から、その極小の出口から、インクのような黒い煙がそろそろと流れでる。カーテンの外では朝日が燦々と輝いているのをおそらく感じているのだろう。やがてその動きが大胆になったかと思うと、錬金術師目がけていきなり飛びだした。彼をとらえて、これまで閉じこめられてきた恨みを晴らしたがっているかのように。しかし、塩の円が結界となって、それより先へは出られない。

そんな敵意は無視し、錬金術師は暖炉の炎がぱちぱちと音を立てるのに負けないよう声を張りあげ、エノク語の言葉を唱えた。それはアダムが楽園を追放されたときに人間が失ったとされる言語だった。「闇の支配者に命じる、汝の影と対極にある光をわれの前に召喚せよ」

円の中で、黒い煙は生きている心臓のように、膨張しては収縮するのを二度繰り返し、そのたびに大きさを増した。

錬金術師は胸もとで手を組んだ。「神よ、神の創りし栄光を見んとするわれを守りたまえ」

煙は男ひとりが立って入れるほどの楕円形になった。

ささやき声がジョン・ディーの耳をかすめた。

「わがもとへ……」

その声は煙の奥から響いていた。

「わたしに仕えよ」

錬金術師は火のついていない蝋燭を膝の横から持ちあげると、五芒星の一角に灯された蝋燭から火を移した。その火を高々と掲げて、もう一度神に加護を求める。

煙のはるか奥で何かが動いたような新たな音がジョン・ディーの耳に届き、鉄と鉄がぶつかる重々しい音がガチャリとあがる。

ふたたび響いた声は、彼の頭の中に直接語りかけた。「すべての人間の中で、わが声を聞くに値するのはおまえひとりだ」

錬金術師は立ちあがり、塩が描く結界へと一歩進みでた。そのとき、ヴァーツラフの力なく伸びた手に足が当たる。彼は静止した。自分はこのような栄光にまみえるに値しないと、罪悪感がふいに胸を突く。

わたしは罪のない若者を殺してしまった。

その無言の告白は煙の奥にまで届いていた。

「偉業には代価が伴う」声が告げた。「それを払おうとする者はまれだ。おまえはほかの者たちとは違う、ジョン・ディーよ」

その言葉に、中でも最後の言葉に、錬金術師はぞくりと身を震わせた。

天使がわが名を知っていた、天使がわが名を呼んだ。

彼の心は誇りと恐怖のあいだで揺れ動き、室内がぐるぐると回った。彼の指から蝋燭が落ちる。火がついたまま、蝋燭は塩の結界の中までころころと転がり、異世界への門から、その奥に隠れているものをぼんやりと照らしだした。

錬金術師は息をのみ、艶やかな漆黒の玉座に座る堂々たる姿に目を見開いた。人をよせつけない美しさをはなつその顔は、黒瑪瑙《オニキス》から削りだしたかのようで、蝋燭の明かりに瞳が黒油のごとくぬるりと光る。美麗な顔の上には壊れた銀の冠がのり、その表面は曇って黒ずんでいた。ぎざぎざと尖った上部はまるで角だ。広い肩のうしろには大きな翼があり、黒く艶やかな羽根は烏のそれを思わせた。二枚の翼が背中から抱えこむようにして、裸体を包んでいる。

声の主《ぬし》が身を乗りだすと、その完璧な体を玉座に縛りつける銀の鎖がガチャリと音を立てた。

錬金術師は自分が凝視している者の正体に気がついた。

「おまえは天使ではない」彼はささやいた。

「わたしは天使だ……それはいにしえより変わらない」声の主の唇は動かないというのに、なめらかな声がジョン・ディーの頭の中をいっぱいにする。「おまえの言葉に召喚されたのだ。それ以外のなんであり得るか?」

疑念が錬金術師の胸を揺さぶり、それとともに痛みが強まった。自分の理論は間違っていたのだと、ようやく気づく。闇が光を呼ぶのではなかった——闇は、闇そのものを呼びよせてしまった。

恐怖に目を剥くジョン・ディーの前で、鎖の輪がひとつ壊れて落下した。割れた断面が銀色に輝く。声の主は鎖から解きはなたれようとしていた。

その光景に、錬金術師はわれに返った。結界からあとずさり、よろよろと倒れるようにして窓へと向かう。この闇の王をこちらの世界へ入れてはならない。

「止まれ……」

そのひと言は火のついた槍のごとくジョン・ディーの頭に突き刺さった。激痛に貫かれて思考は停止し、動くこともままならないが、それでも無理やり前へと進む。硬直して鉤爪のように曲がった指で分厚いカーテンをつかみ、弱々しい力をすべて出して引く。

ベルベットの生地が裂けた。

日光が部屋に流れこみ、鐘を、机を、結界の円を、そして闇の世界へと通じる門を照らした。ジョン・ディーの背後で、頭蓋骨が破裂せんばかりの絶叫があがる。

それは人間に耐えられるものではなかった。

だが、彼の務めは終わった。

床に崩れ落ちながら、ジョン・ディーの目に最期に映ったのは、闇が日光を逃れて、石の中へとふたたび戻る光景だった。この世との別れに、錬金術師は最期の祈りを捧げた。

どうかこの呪われた石が何人《なんぴと》の目にも触れぬように……。

その日の真昼、兵たちは実験室のドアを丸太で突き破った。廊下にひざまずいて平伏し、皇帝を中へとおす。

「顔をあげるでないぞ」皇帝は命じた。

兵たちは疑問を口にすることなく従った。

皇帝ルドルフ二世は、頭を床につける兵たちの前をとおって入室すると、五芒星と溶けた蝋燭、そして床に倒れたふたつの遺体に目を向けた――錬金術師とその若い弟子。

ふたりの死が意味するものはわかった。

ジョン・ディーは失敗したか。

遺体には見向きもせずに謎めいた円へと進み、中央に置かれた貴重なダイヤモンドを拾いあげる。緑葉を思わせる石の中央では、黒い煙が憎々しげに震えていた。石からしみだす冷たい怒りが皇帝の頭の中を爪で裂こうとするが、それ以上の危害をなすことはできない。何が起きたのであれ、悪の霊気はディーによって封印されていた。

輝く石を陽光に当てたまま、皇帝は机の上に置かれていた骨片で栓をした。ひとひらの雪のように透きとおっていながらも、その骨は今もって強い力を有していた。皇帝は蝋燭に火をつけ、指を火傷しながら、栓を蝋で密封した。

それが終わると、皇帝は古びた椅子に腰をおろした。慎重な手つきで新しい油布を広げ、闇を封印した緑の石をくるんで、その上から紐で縛る。そのあとは紐の端をつまんで持ちあげ、ディーが暖炉の前に常備している鍋に包みを沈めた。鍋の中には溶けた蝋が入っており、皇帝は包みが完全に蝋で覆われるように浸した。

廊下にいる兵たちを振り返ると、全員が命令どおりに顔を床につけていた。誰にも見られていないことに満足し、皇帝は炉棚の隠し穴を開けて、呪われた包みを中にしまった。蓋を閉める前に、エノク語で加護の祈りをすばやくささやく。

これでとりあえずは、石の秘密は守られた。

疲労感が皇帝の足をずしりと重くした。心の安らぎを失って久しく、この日もそれを見出すことはないだろう。皇帝はため息をつき、ディーの机の脇にある木製の椅子にふたたび腰を落とすと、雑然と重ねられた羊皮紙を一枚取りあげた。銀製のインク壺に羽根ペンを浸して、エノク語のアルファベットを綴りはじめる。この秘密の言語を知っているのはごく限られた者たちだけだ。

書き終えると、皇帝は内側に三つ折りにして黒い蝋で封をし、指輪についている印章を押しつけた。これから一時間のうちに、信頼の置ける臣下にこの書簡を託して早馬で出発させる。

皇帝は継承者を求めていた。

光の天使と闇の天使の世界について、ディーと同等に深く精通しているただひとりの者に、実験を引き継がせる必要があった。皇帝は床に横たわるふたつの遺体を眺め、あの女性ならばディーの失敗をぬぐえるよう祈った。

皇帝は急いでペンを走らせた書簡を持ちあげた。黒いインクで綴られた、エチェドのエリザベータ・バートリ伯爵夫人という悪名高きその名前が、日光を弾いて輝く。

Countess Elisabeta Bathory de Ecsed

第一部

それはイエスが、「その男から出ていけ、穢れた魂よ!」

と言われたからである。

そしてイエスは、「おまえの名は?」とお尋ねになった。男はこう答えた。

「わが名はレギオン。われわれは大勢である」

——『マルコによる福音書』第五章八節〜九節

1

三月十七日、中央ヨーロッパ標準時午後四時七分
ヴァチカン市国

見つからないように。

ドクター・エリン・グレンジャーは、ヴァチカン図書館の閲覧室の中央で目録カードケースのうしろにしゃがみこみ、全身の筋肉をこわばらせた。はるか頭上では、アーチを描く白い天井を細密なフレスコ画が飾っている。左右の書架には世界で最も貴重な書籍がずらりと並んでいた。この図書館には七万五千冊以上の文書と百万冊を超える蔵書が収容されている。

普段であれば、いち考古学者として、何時間でも、何日でも、喜んで籠もっていられる場所なのだが、今はここが知的発見の場というよりも、監獄のように思えていた。

今日は絶対にここから脱けだしてみせるわ。

この計画は彼女ひとりのものではない。クリスチャン神父も共犯だ。彼はエリンの横に立

ち、周囲からは見えない手先だけをすばやく振って、彼女をせかしていた。彼は見た目は若い神父で、長身でダークブラウンの髪、グリーンの瞳ははっとするほど鮮やかだ。頬骨はくっきりとしていて、その肌はしみひとつない。二十代なかばの青年で容易にとおるだろうが、実際の年齢はそれを数十年ほど上回る。かつてクリスチャンはモンスターだった。生ける屍《ストリゴイ》と呼ばれる、人間の生き血を飲む生きものだ。だが、ずいぶん昔に、カトリック内の組織、〈血の騎士団〉に加わり、キリストの血――聖別されたワインのことだ――のみを口にすると誓いを立てた。今の彼はキリストに仕える騎士、血からなる者《サンギニスト》で、エリンが心から信頼をよせる数少ないひとりだった。

だからこそ、彼が連れてきた女性をエリンは信用するのだ。

若い修道女、シスター・マーガレットは、エリンと並んでカードケースの裏にかがみこんでいた。修道女は苦しそうに息を切らして修道服をもぞもぞと脱ぎ、頭巾《ウィンプル》はすでにエリンの横に置いてある。額に浮かんだ汗からすると、彼女は人間だ。どきどきと乱れた心音まで聞こえてきそうだ。きっとエリン自身の心音も似たようなものだろう。

「脱げたわ」マーガレットはそう言って、長い金髪をぶるりと揺さぶり、深みのある琥珀色の瞳でエリンの目をとらえた。シスター・マーガレットは、体形と肌の色がエリンとよく似ており、それが彼女をこの計画に必要不可欠な人材にしていた。

エリンはマーガレットの衣装を頭からかぶった。黒いサージ生地が頬をこする。修道服は洗いたてのにおいがした。袖に腕をとおして腰をなでつけ、しゃがんだ姿勢のまま、できる限り体裁を整える。マーガレットはウィンプルをつけるのを手伝い、おくれ毛までしっかり隠して、その上からかぶせた黒いベールで頬を覆った。

それが終わると座ったまま体を引き、エリンの変装を客観的に確認する。

「どうだい？」カードケースに片方の腕をのせてふたりの姿を隠しながら、クリスチャンがひそひそと尋ねた。

マーガレットは大丈夫だとうなずいた。今やエリンはただの修道女にしか見えず、シスターの数を上回るのは観光客と神父だけというここヴァチカン市国においては、まったく目立たない存在となっていた。

変装の仕上げにと、マーガレットは大ぶりの銀の十字架がさがる黒い紐をエリンの首にかけたあと、自分の銀の指輪を手渡した。ぬくもりを帯びた指輪をはめながら、薬指に指輪をするのはこれが初めてだとエリンはふと気がついた。

三十二歳独身、結婚歴はなし。

娘の現状を知ったら、亡くなった父は絶句することだろう。女にとって、神の僕《しもべ》となる子どもを産むことほど崇高な務めはないと、父は熱心に説いていたものだ。無論、娘が神学を学ばずに一般の大学へ進学し、考古学で博士号を取得したうえに、聖書に記された歴史の大半は奇跡によって起こされたものではないのを証明してこの十年を過ごしてきたと知れば、父は同様に呆然としたはずだ。ティーンエイジャーの頃、彼女は両親とともに住んでいた厳格なキリスト教徒のコミュニティーから逃げだして、父から勘当されていたが、今でも父は草葉の陰で娘のことを嘆いているだろう。けれども、父との関係については、彼女なりに心の中で折りあいをつけていた。

半年ほど前、エリンはこの世界の秘密の歴史を垣間見る機会を与えられ、学校で習った教科書や、彼女にとっては信仰も同然の学問では説明されない世界を目にした。そして初めてサンギニストと出会った。彼らはモンスターが実在していること、信仰の力でその獣性が制御できることの生ける証拠だ。

もっとも、エリンは基本的には以前と変わらず懐疑論者で、いまだにありとあらゆることを疑問視した。ストリゴイの存在を認めはしたが、それは実際に彼女が遭遇し、凶暴性をこの目で見、その鋭い歯を自分の指で触ったあとでのことだった。彼女が信用するのは自分で検証できるものだけで、そもそも、だからこそこの計画にこだわったのだ。

マーガレットは、いつものエリンのように、髪をポニーテールにまとめた。修道服の下にはすでにエリンの古いジーンズと白のコットンシャツを着ている。これなら遠目にはエリンに見えるだろう。

見えてもらわなくては困る。

ふたりは最終確認を求めてクリスチャンを見上げた。彼は親指をぐっと突きだすと、腰をかがめてエリンの耳もとにささやいた。

「エリン、ここから先は本物の危険が待っている。あなたは立ち入り禁止の場所に侵入しようとしてるんだ。万が一、見つかったら……」

「わかってるわ」

彼はたたんだ地図と鍵を差しだした。エリンがそれをつかんだが、クリスチャンは手を離さない。

「やっぱりぼくが一緒に行こう」鮮やかなグリーンの瞳に心配の色がよぎる。「そのほうがいい」

「でもそれは無理よ」エリンはそう返した。「あなたもわかってるでしょう」

彼女はマーガレットに目をやった。ふたりの入れ替わりがばれないようにするには、クリスチャンは図書館内に残らねばならない。彼はエリンのボディガード役を言いわたされていた。それには正当な理由もある。最近、ローマ全域でストリゴイの襲撃が激化していた。何かがモンスターたちを刺激している。しかも、それはこの地に限ってのことではない。世界中で飛び交う同様の報告が、光と闇の均衡が崩れつつあるのを示唆していた。だけど、一体何がこの状況を引き起こしているのだろう？

思いあたることはいくつかあるが、エリンはそれを口にする前に裏付けとなるものを求めていた。今日の侵入が成功すれば、必要な情報が得られるかもしれない。

「くれぐれも気をつけるんだ」クリスチャンは最後に念を押して、地図と鍵から手を離した。それからマーガレットの手を取って立ちあがらせる。クリスチャンの隣にブロンドの女性がいれば、誰もがそれをエリンだと思いこみ、本物のエリンの不在には気づかれないだろうという読みだった。

「あなたの血を」エリンはささやいた。それは鍵と同様に必須となる最終アイテムだ。

クリスチャンは小さくうなずき、黒い血が入ったガラスの小瓶を渡した。彼女は小型の懐中電灯が入っているポケットに冷たい瓶をすべりこませた。

クリスチャンは自分の十字架に触れてささやいた。「がんばってこい、無鉄砲者め」

そう言うと、彼はシスター・マーガレットを導いて、エリンがバックパックとノートを起きっぱなしにしているテーブルへと向かった。エリンは自分のバックパックに目を注いだ。本当は、置いていくのはいやだった。あの中に入っている特製の保護ケースには、ヴァチカンの機密公文書館に保管されている膨大な数の古文書をすべて合わせたよりも、さらに貴重な一冊の書物がしまわれている。

〈血の福音書〉だ。

その預言の書は、キリストが自身の聖なる血で記したものだった。預言の言葉はまだ最初の数ページしか現れていない。エリンは真っ白なページに真紅の文字が浮かびあがるさまを思い返した。それは謎めいた預言の文句で、すでに一部はその意味が明らかになり、キリストの奇跡の裏にあった知られざる物語もわかったが、残りの意味はまだ解読されていない。けれど、何より興味をそそるのは、数百ページにも及ぶ残りの空白だ。そこにはすべてを知りうる知恵が隠されており、宇宙、神、生命の意義、そして魂の先にあるものを知ることができると噂されていた。

そんな知恵の泉を置いていくのを思うと、エリンの口の中はからからに干あがった。自分はその知識の担い手なのだという誇らしさも心の中でうずく。エジプトの砂漠で、福音書はエリンのものとなり、預言の言葉がページに浮かびあがるのは彼女が手にしたときだけとなった。だから、この瞬間まで彼女はどこへ行くにも福音書を携帯して、決してそばから離さないようにしていたのだ。

けれど、今は例外だ。

バックパックを背負った修道女など見たことがない。変装のためには、福音書はクリスチャンに預けるしかなかった。

それに早く行けば、それだけ早く帰ってこられる。

そう自分に言い聞かせて、エリンは立ちあがった。かなりの距離を移動しなければならず、この図書館が閉まるまでに帰ってこなければ、マーガレットやクリスチャンにまで迷惑をかけてしまう。不安を頭から追い払い、エリンは顔を見られないよううつむいた。深呼吸をひとつしてカードケースの裏から離れ、ささやき声が静かにこだまする図書室の中を歩きだす。

正面のドアへとゆっくり歩を進めるエリンに、特に注意を払う者はいないように見えた。彼女はどきどきしないよう、意識して気持ちを静めた。サンギニストの聴覚は鋭く、人間の鼓動まで聞き取ることができる。静かな図書館を歩く修道女の心音が、暴れ馬のように跳ねていたら不審に思われかねない。

彼女は書架と磨きこまれた木製のテーブルのあいだを進んだ。机上に積まれた書物の横では、研究者たちが文献を読み耽っている。大半は何年も待って入館の許可を得た者たちで、どんな神父にも負けぬほど敬虔なまなざしを、手にした書物に注いでいた。エリンも以前は彼らとなんら変わりなかった――歴史のさらに奥深くにある別の流れを発見するまでは。世に存在を知られた文献や、聞き慣れた学説では、もはや彼女は満足できなかった。

それでよかったのだとも思う。学界で知識を探究する道は、彼女には閉ざされてしまっていた。イスラエルでの発掘調査で、引率していた学生が死亡した責任を問われ、エリンはつい先日、スタンフォード大学での教授の職を解かれていた。研究者として今後の身の処し方を案ずるべきなのはわかっているが、今はそれはどうでもいい。エリンたちが使命を果たさなければ、誰もが未来を失ってしまう。

図書館の重厚なドアを押し開け、まぶしい午後の日差しの中へと足を踏みだす。顔に降りそそぐ春の陽光が心地いいが、ゆっくり楽しんでいる暇はない。エリンは足を速めてサン・ピエトロ大聖堂へ向かった。観光客があちこちで地図を広げては指をさしている。

混雑しているせいで時間がかかったが、やがて彼女は壮大な大聖堂にたどり着いた。この建築物は教皇の力の象徴であり、それを目にする者は誰しもがその威容に強い感銘を受ける。視覚的に人々を圧倒するのがこの大聖堂の目的だとわかっていても、その美しいファサードと巨大なドームを見るたびに、エリンは畏怖の念で胸が満たされた。

二階上部にまで届く背の高い大理石の柱のあいだを、呼びとめられることなく通過し、玄関廊《ナルテックス》を進んで両開きの大きな扉の中へと入る。聖堂内の身廊を足早に歩きながら、エリンは右側の礼拝堂にさっと視線を投げてミケランジェロのピエタ像に目を留めた。息子の亡骸を抱く聖母マリアの悲しげな表情に、エリンの足がさらに速くなる。

わたしが失敗すれば、子どもを失って悲しむ母親が世界中に溢れることだろう。

けれど、自分がすべきことはまだ何ひとつわからなかった。この二カ月、エリンはヴァチカン図書館で文献をあさり、〈血の福音書〉に現れた、新たな預言の裏にある真実を解明しようとしていた。〈預言の三人はともに最後の使命に旅立たねばならない。ルシファーの枷《かせ》はゆるみ、彼の聖杯は失われたままである。三つの数をすべてそろえ、光をもって新たな聖杯を作ることで、ルシファーを永遠の闇に葬るべし〉

彼女の心の中にいる懐疑論者は、ストリゴイや天使、それに自分の目の前で起きた奇跡をいまだに現実として受け入れるのに苦労していて、預言で言われていることが本当に実現可能なのかさえわからないでいる。

ルシファーが地獄から出てくる前に聖杯を作れですって？　それは神話に出てくる神々の謎かけのようで、現実世界で実行しろと言われても途方に暮れてしまう。

それでも彼女は〈血の福音書〉に言及されている預言の三人のひとりだ。その三人は〈キリストの騎士〉、〈戦う男〉、そして〈学ぶ女〉からなる。その〈学ぶ女〉として、謎めいた預言の言葉の裏にある真実を見つけだすのはエリンの役目だと考えられていた。

彼女がヴァチカン図書館で答えを探すあいだ、ほかのふたりはそれぞれの任務に励んでいた。現在、ふたりのどちらもローマにおらず、エリンはそれが寂しかった。ふたりにそばにいてほしい、彼女の考えに対する意見を聞かせてくれるだけでいいから。

もちろん、ジョーダン・ストーン軍曹――〈戦う男〉――に、そばにいてほしい理由はそれだけではない。半年ほど前に出会ったばかりのタフでハンサムな軍人に、エリンはすっかり心を奪われていた。貫くようなブルーの瞳、気さくな性格、決して揺らぐことのない義務感。どれほど困難な状況にあっても、彼はエリンを笑わせてくれる。そしてこれまで数えきれないほど彼女の命を助けてくれた。

彼のどこに文句をつけろというの？

文句があるとしたら、それは彼がここにいないことだけだ。

身勝手な考えだけど、それは本当の気持ちだった。

この数週間、ジョーダンは彼女といても上の空で、何に対しても興味を失っていくようだった。最初は、希望していた陸軍の正規の任務からはずされて、サンギニストとともに活動するよう命じられたことに落胆しているのかと思ったが、この頃ではまるで彼の心そのものがどこか遠くへ離れていくかのようだ。

疑念がエリンの心を蝕んだ。

彼はわたしが望むような関係を求めていないのかもしれない……。

もしくは、わたしは彼が求める相手ではないのかも……。

それは考えるのもいやなことだった。

預言の三者の三人目、ルーン・コルザ神父のことを考えると、エリンの胸にはさらにもやもやとしたものが広がった。この〈キリストの騎士〉はサンギニストだ。今ではルーンの強い道徳観と卓越した戦闘技術、そして教会への忠誠心に彼女も敬意を抱いているが、その反面、エリンは彼が怖くもあった。ふたりが出会ったあと、闇に覆われたヴァチカンの地下トンネルで、ルーンはやむにやまれぬ事情から彼女の血を飲み、殺しかけた。こうして大聖堂の中を歩きながらも、彼の鋭い歯に喉を突き破られた感覚を容易に思いだすことができた。未知の快感に襲われたあの瞬間は、妖しく、心かき乱されるものとして永遠に彼女の心に刻まれた。エリンはその記憶を恐れ、それと同じくらいその記憶に魅了されていた。

今のところ、同じ使命を担う仲間として互いにうまくやっているものの、どちらもどこか相手を警戒していた。地下トンネルで一線を越えてしまった事実を消し去ることはできないんだと、ふたりとも知っているかのように。

この数週間、ルーンがローマに戻らないのはそのせいかもしれない。

エリンはため息をついた。ふたりがここにいてくれたらいいのにとまたも思ってしまう。でも、目の前にある任務は自分ひとりのものだとわかっていた。しかもそれは難題だ。〈ルシファーの聖杯〉なるものを作らなければならないのであれば、それが一体全体どんなものなのか、なんらかの手がかりを見つける必要があった。エリンはヴァチカンにある資料は手当たりしだい調べ、崩れかかった古い地下墓地から、ガリレオその人が歩いた長い階段をのぼって風《トーレ・デイ・ヴェンティ》の塔の書架まで当たってみた。けれど、そこまでして調査しても、これまでのところ成果はなしだった。調べていない場所はあとひとつだけで――そこは心臓が動いている者は立ち入ることを禁じられた場所だ。

サンギニストの書庫。

〈血の騎士団〉に属する者だけが見るのを赦された蔵書。

まずはそこまでたどり着かなければ。

サンギニストの書庫はサン・ピエトロ大聖堂のはるか地下にあり、そこへ続く通路はサンギニスト以外は立ち入り禁止だった。サンギニストとは、教会への忠誠を誓い、人間の血を飲むのをやめてキリストの血――正確に言えば祝福と祈祷によって聖別されたワイン――のみを口にする者たちのことだ。

壮大な大聖堂内を進む足をさらに速めながら、エリンは内部に配置されているスイス衛兵の数が以前より多いのに気がついた。ストリゴイによる襲撃の急増を受けて、ヴァチカン市国全体が警戒態勢を強めている。ずっと本に顔を埋めている彼女の耳にさえ、一部のストリゴイたちがなぜかパワーとスピードを増し、サンギニストたちが苦戦を強いられているという噂が入っていた。

だけど、なぜそんなことが？

このもうひとつの謎についても、秘密の書庫で答えを見つけられるかもしれなかった。

ここ二カ月、エリンは埃っぽいパピルスの巻物や、古い羊皮紙、文字が刻まれた粘土板を何千と読みあさったが、そのどれにも必要としている情報はなかった。

おとといまでは……。

風の塔で『エノク書』の写本を調べていたエリンは、そこに古地図がはさまっているのを発見した。ノアの曾祖父が記したとされるこの書には、堕天使たち、そして彼らと人間のあいだに生まれた巨人族《ネフィリム》に関する記述があり、それを調べるために彼女は本を紐解いたのだった。天国の戦争で堕天使たちの軍勢を率いたルシファーは、最後は人類を創造する神の計画を邪魔した罪により、天界を追放される。

風の塔でその古い書物を開くなり、地図が一枚すべり落ちた。黄色くなった紙に濃い黒インクで記されたそれには、中世の華やかな筆記体で注記が添えられ、ヴァチカン市国にあるもうひとつの書庫、ほかのどれよりも古い書庫の場所が示されていた。

そこで初めて、彼女はその秘密の書庫の存在を知ったのだ。

地図によると、書庫はサン・ピエトロ大聖堂の地下深く、聖域と呼ばれる場所にあるらしい。そこは入り組んだ迷路のようなところで、何十メートルも上の光に満ちた世界を捨てて瞑想と祈祷の暮らしに入ったサンギニストたちが、無限の歳月を静かに送っている。聖別されたワインのみで命を保ち、そこで何百年も生きている者もいる。毎日神父たちが、じっと動かない彼らのもとまでワインを運び、青白い唇に銀の杯をあてがうのだ。平安のみを求めてサンギニストたちが隠棲する聖域への出入りは、厳重に制限されていた。

今エリンのポケットに入っている地図によれば、その聖域にはヴァチカン最古の文書が収容されていた。そこについてクリスチャンにこっそり尋ねると、不老不死のサンギニストたちが残した記録が隠されていると教えられた。彼らは古代ローマの世界を実際に生き、キリストをその目で見た者もいれば、キリスト誕生よりさらに数百年も前から凶暴なストリゴイであったのが、悔い改めてサンギニストになったという者もいるという。

人間が聖域に足を踏み入れるのは禁じられているものの、エリンはルーンとジョーダンとともに、中へとおされたことが一度だけあった。預言の三人で聖域の最深部へ〈血の福音書〉を届け、サンギニストの騎士団を創設した人物より祝福を授けてもらったのだ。〈よみがえりし者〉として知られるその男性は、聖書の中では別の名を持つ。

ラザロ。

彼はキリストの命令により、一番最初に教会に仕えたストリゴイだ。

聖域にも書庫があるのを知ったエリンは、現在、騎士団の長を務めるベルナルド枢機卿と面会した。預言の解明のために書庫を調べたいと申しでたところ、けんもほろろに一蹴された。枢機卿は、聖域は人間が入るべき場所ではないと言って譲らず、書庫にあるのは騎士団に関する文献だけで、預言の解明の助けとなるものはないと断言した。

彼の反応は別に意外ではなかった。ベルナルドにとって、知識や情報は強力な武器であり、門外不出の宝なのだ。

エリンは奥の手に訴えた。「〈血の福音書〉が、わたしを〈学ぶ女〉として選んだんです」

彼女は砂漠で現れた新たな預言の言葉を引用した。「〈これよりは学ぶ女がこの本を所有し、何者もこれを妨げることはできない〉」

だが、ベルナルドは折れなかった。「あの書庫に収蔵されている文献なら、わたしは読み尽くしている。聖域の中にはルシファーやほかの堕天使たちとともに歩んだ者はひとりもいない。ルシファーの堕天が記録として残されたのは、それが起きてから長い歳月が経ったあとのことだ。だから、ルシファーがどこにどうやって堕ちたかを実際に見た者の証言は存在しない。ルシファーがとらわれている場所や、彼を永遠の闇に縛りつける枷について知っている者はいないのだ。たとえ立ち入り禁止でなくとも、あの書庫を調べるのは時間の無駄です」

エリンは険しさを湛える茶色い瞳をにらみつけて、相手には長年のルールを破る気はさらさらないのだと悟った。それは、書庫へ行く方法は自分で考えるしかないのを意味していた。

大聖堂の端まではあと数メートルほどで、エリンはそこにある聖トマスの像に目を向けた。この使徒は、証拠を提示されるまで奇跡を疑ったことで知られている。胸の中は不安でいっぱいだったが、エリンはふっと微笑んだ。

彼はわたしの同類だ。

その像へ向かって彼女は進みつづけた。ちょうど聖トマスのつま先の下に小さなドアがあるはずだった。普段は警備されていない場所だが、回りこんで見てみると、アルコーヴの陰に隠れてスイス衛兵が立っている。エリンは歯を食いしばり、衛兵の視野に入らないよう移動した。誰が見張りを立てさせたのかはわかっている。

先手を打ったわね、ベルナルド。

エリンに詰めよられたあと、枢機卿は彼女が忍びこもうとするのを見越してここにも監視をつけたのだ。

解決法を探して周囲を見回したエリンは、近くにいる女の子に目を留めた。八歳か九歳ぐらいのその少女は、いかにも退屈そうに美しい大理石の床の上で足を引きずり、緑色のテニスボールをてのひらにのせて転がしている。彼女の両親は少し先で熱心に話しこんでいた。

エリンは足を速めて少女の隣に並んだ。「こんにちは」

少女が顔をあげた。青い目が不審そうに細くなる。鼻の上にはそばかすが散り、赤毛は頭の両横で結んで三つ編みにされている。

「こんにちは」少女はおずおずと返した。シスターにはちゃんと挨拶をしなきゃと思ったのだろう。

「そのボールをちょっと借りてもいいかしら?」

少女はいやよとばかりにボールを持つ手を背中に回した。

オーケー、作戦を変えましょう。

エリンは五ユーロ札を指にはさんで差しだした。「それなら、わたしに売るのはどう?」

少女は大きく目を見開いて紙幣を見つめた。そして毛羽だったボールを突きだすと、両親の背中をちらちらと見ながらユーロ札と交換した。

ボールを手に入れたエリンは、少女が両親のもとへ行くまで待ってから、衛兵がいる数メートル先で固まっている観光客のグループのほうへと高々と放り投げた。灰色のコートを着た背の低い男の後頭部にボールはぽこんと命中した。

男は甲高い声をあげてイタリア語でののしり、広大な空間にざわめきが走った。そしてエリンの狙いどおり、何が起きたのか確かめるために衛兵が持ち場を離れた。

エリンは騒ぎに乗じてドアへと急ぎ、クリスチャンから借りた鍵を差し入れた。蝶番には油が効いていて、引くとすっと開いた。鼓動を轟かせながら、中へ入ってドアを閉め、手探りで鍵をかける。

彼女はてのひらをドアに押しあてた。胸の中には不安がこみあげている。ここから出るときはどうやって衛兵の目をごまかそう？

今さら考えても遅い。

彼女に開かれた道はひとつしかなかった。

懐中電灯のスイッチを入れ、エリンは周囲を見回した。目の前には下へとおりる長い階段が延びていた。丸い天井は三メートル近く高さがあり、壁は曲線を描いていた。ドアの横にある埃をかぶったオーク材の台の上に、蝋燭とマッチがのっている。彼女は火はつけずに、それぞれ数本ずつ手に取った。万が一、懐中電灯の電池が切れた場合の備えだ。

エリンはポケットから地図を取りだした。裏にはクリスチャンが地下トンネルの略図を描いてくれている。もう後戻りできないのはわかっており、彼女は重たい裾を持ちあげて足を踏みだした。聖域の入り口はここからまだ一キロ以上も先だ。

階段を駆けおり、懐中電灯が上下に揺れた。前方を照らす細い光線の中に次々と横道が浮かびあがる。彼女はひとつ目、ふたつ目と小声で数えた。

曲がり角をひとつ間違えれば、何日も地下をさまよいかねない。

恐怖が足を速めさせ、エリンは細い階段をくだって迷路のような地下トンネル内を移動した。クリスチャンの血が入った小瓶がポケットの中で太股にぽんぽんと当たり、時として、知識の代価は血と痛みであることを彼女に思い起こさせた。それは幼い頃にエリンが父親から叩きこまれた教訓で、ベッドのマットレスの下に隠しておいた本を読んでいるのがばれたとき、父はそれが単なるたとえではないのを娘に示した。耳にこだまする父の険しい声がエリンを過去へと引き戻した。

「知恵の樹になる実を食べたあと、イヴはどうなった？」農作業をする屈強な手を体の脇で握りしめ、彼女の父親は九歳のエリンをはるか上から見おろした。

答えていいのかわからず、エリンは何も言わずにいることにした。いつだって父は、娘が口をつぐんだままでいるときよりも、何か言ったときのほうが余計に腹を立てるのだった。

問題の本――『農業年鑑』は、塵ひとつなく掃かれた床板の上に開いたまま置かれ、クリーム色のページがランプの明かりを浴びて輝いていた。その日まで、エリンは聖書しか読んだことがなかった。必要な知識はすべてその中に詰まっていると、父に言われていたからだ。

けれど、『農業年鑑』を開いたエリンは、そこに新しい知識を発見した。種の作付け時期に収穫の時期、月齢カレンダー。本の中にはジョークのコーナーまであり、おかしくて大きな声をあげて笑ってしまい、机の下にもぐってあぐらをかいて読んでいるところを父に見つかった。

「イヴはどうなった？」不穏なほど低い声で父が繰り返す。

聖書の言葉を引用して弁解してみようと、エリンは思いあがっているふうに見えないように気をつけて言った。「〝するとふたりの目が開かれ、彼らは自分たちが裸であるのを知った〟」

「彼らにはどんな罰がくだされた？」父はさらに尋ねた。

「〝神は女に仰せられた。おまえの苦しみは大いに増し、おまえは苦しんで子を産む〟」

「おまえにはわたしがこの手で同じ教訓を与えよう」

父は彼女に柳の小枝を取ってこさせると、自分の前に正座するよう命じた。エリンは母がきれいに掃除した床におとなしくしゃがみこみ、ワンピースを頭から脱いだ。せっかく母が縫ってくれた服を汚したくなかった。ていねいにたたんで脇に置き、冷たい膝を握りしめて小枝で打たれるのを待つ。

いつも父は、一発目を振りおろすまで長々と時間をかけた。痛みへの恐怖を味わわされるのは、痛みそのものと同じくらいつらいのを知っているかのように。背中に鳥肌が立ち、視界の隅に『農業年鑑』が見えた。エリンは後悔していなかった。

小枝がぴしりと皮膚を叩き、彼女は唇を噛んで悲鳴をこらえた。声をあげれば、父にその分回数を増やされる。背中から流れた血が下着を濡らすまで父は小枝で娘を打ちすえた。壁と床に飛んだ血をあとできれいにするのはエリンの役目だ。けれど、まずは打たれるのを我慢しなければならない。娘は充分に血を流したと父が満足するまで。

エリンはぞくりと体を震わせた。暗いトンネルにいるせいか、あのときのことがよりリアルに思いだされた。古い痛みと教訓を思いだすかのように、彼女の背中は今もうずいた。

知識の代価は血と痛みだ。

背中の傷がまだ治りもしないうちに、幼いエリンは父の部屋へ行き、『農業年鑑』の残りの部分をこっそりと読んだ。年鑑には年間天気予測が載っている箇所があり、本当に当たるのか一年間天気を確かめつづけたが、たいていははずれだった。その経験は、書物に書かれていることが正しいとは限らないのを彼女に教えた。

聖書でさえ例外ではない。

あの頃、幼い彼女は罰の恐怖にもひるまなかった。

今でもそれは変わらない。

エリンの足は石段を踏みしめ、ついに聖域の入り口へと彼女を運んだ。そこは主要な出入り口ではなく、滅多に使用されない裏口で、書庫から近い場所にあった。入り口と言っても見た目はただの壁で、くぼんだ箇所に小ぶりのボウルとカップのような石造りの水盤がついていた。

ここでやるべきことはわかっている。

この秘密の扉を開けられるのは、サンギニストの血だけだ。

エリンはクリスチャンにもらったガラスの小瓶をポケットから取りだし、中で揺れる黒い血をじっと見つめた。サンギニストの血は人間のものより黒く、どろりとしている。彼らの心臓は動いておらず、その血はみずからの意志で血管を流れた。サンギニストとストリゴイの両方の体を支える血について、彼女が知っているのはそれだけだが、ふいに探究心が頭をもたげ、その血の秘密をもっと解き明かしたくなった。

けれど、今はだめだ。

彼女は小瓶の中身を水盤にあけながら、ラテン語の文句を唱えた。「これはわたしの血の杯、永遠に続く新しい契約である」

水盤の中で黒い血がひとりでに渦を巻く。それは人間の血とは異なる証だった。

エリンは息を凝らした。水盤はクリスチャンの血を受けつけるだろうか?

それに答えるように、黒い血は石にすっとしみこんで消えた。あとにはしみひとつ残っていない。

ほっとため息を漏らし、彼女は最後の言葉をささやいた。「信仰の神秘《ミュステリウム・フィディ》」

エリンは壁から一歩さがった。心臓がどくどくと脈打ちながら喉までせりあがる。これでは聖域の入り口の前に闖入者がいると、近くにいるサンギニストに教えているようなものだ。

石と石がこすれあい、彼女の前で入り口がゆっくりと開いた。

彼女を待つ暗闇へと足を踏みだしながら、エリンは痛みとともに刻みこまれた父の教訓を思い返した。知識の代価は血と痛みだ。

ええ、それでかまわない。

2

三月十七日、午後四時四十五分
イタリア、クーマエ

どうしておれは常に地下に埋もれてるんだ？

ジョーダン・ストーン軍曹は肘で這いながら、狭苦しいトンネルを前進した。上からも、下からも、両脇からも、岩が突きだし、先へ進むにはイモムシのようにのたくってすり抜けるしかない。体をひねると、土埃が髪に降りかかり、目に入った。

土埃程度に負けてたまるか。

彼は体を押しだしてさらに数センチ進んだ。

トンネルの前方で、訛りの強い声が彼を励ました。「あともう少しだ！」

バーコだな。アフリカのどこかからやってきた長身のサンギニストの姿がジョーダンの目に浮かんだ。先週、正確にはどこだと出身国をきいてみると、〝アフリカにあるたいていの国家と同じで、わたしの出身国はこれまで何度も名前が変わり、これからも何度も変わるだろう〟と、バーコにのらりくらりとかわされた。

いかにもサンギニストらしい返答だ――思わせぶりで、実際にはなんの意味もない。

ジョーダンは前方に目を凝らした。ぼんやりとした明かりがかろうじて見えた。この忌々しいトンネルは本当に中の洞窟に続いてるらしい。明かりを目指して彼は岩の隙間に体を押しこんだ。

その日、岩で潰れた洞窟の入り口のそばで新たに見つかったこのトンネルを調べていたバーコは、これが巫女《シビュラ》の神殿まで続いているとの知らせを持って戻ってきた。数カ月前、この中で激しい戦闘が繰り広げられ、地獄の門を開くために罪のない少年が生け贄の羊とされかけた。その陰謀は阻止されたものの、その後の大地震で洞窟への通路は岩に埋もれた。

ずるずると這い進むジョーダンのうしろから、インド訛りの陽気な声がからかう。「あんなにたくさん朝食を食べるから、お腹が引っかかるんだわ」

首をひねってうしろを見ると、ソフィアのしなやかなシルエットがうっすらと闇に浮かんだ。陰気なバーコと違って、このサンギニストは普段から今にも笑いそうな顔をしていて、唇には始終笑みの影が漂い、黒い目は楽しげに輝いている。彼女の陽気さはいつもジョーダンまで明るくした。

だが今は別だ。

彼は埃でちくちくする目をこすった。

「そっちと違って、おれはまだうまい食事を楽しめるもんでね」ソフィアに向かって言い返す。

ジョーダンは歯を食いしばって先へと進んだ。戦闘後の神殿内の状況を自分の目で確かめたい。地震のあと、ヴァチカンはこの火山全体を封鎖した。洞窟にある死体を外部の者に発見されるわけにはいかなかったのだ。ストリゴイやサンギニストの死体であればなおさらだ。

典型的な隠蔽工作というわけだ。

アメリカ陸軍からヴァチカンに派遣されたという形で、ジョーダンは気がつくと戦闘現場の事後処理をさせられていた。別に文句があるわけではない。エリンと過ごす時間が増えるのだから。

だが、それを喜ぶべきなのに、何かが心の片隅に引っかかり、暗い影が彼の気持ちを冷めさせた。エリンへの愛情が薄れたわけではない。今も彼女を愛している。エリンは前にも増して、知的でセクシーで愉快だが、彼女のそんなところにも、日に日に興味が失せていくようだった。

何もかもに興味がなくなっていく。

エリンもそれを感じているのは明らかで、問いかけるようなまなざしを彼に向けているときがある。傷ついた表情を浮かべていることもしばしばだ。どうかしたのと彼女にきかれると、ジョーダンは、冗談や心にもない笑顔でいつもごまかした。

本当に、おれはどうかしたのか?

それは自分でもわからず、ジョーダンはとりあえず自分が一番得意なことをした——足を一歩ずつ前に踏みだしていくんだ。働きつづけ、気分を紛らせていれば、いずれすべてまともな状態に戻る。

少なくとも、おれはそう願っている。

ともかく、ここで作業をしていればエリンからも距離を置くことができた。そのあいだに、いつの間にか見失ったらしい自分自身を取り戻せばいい。もっとも、自由な時間はほとんどなかった。この一週間は、落石で潰れた通路の入り口部分での遺体除去作業が続いていた。ストリゴイの死骸はイタリアの日光に当てて焼却し、サンギニストの遺体はちゃんとした葬儀のために回収した。陸軍で犯罪科学捜査に従事した経験がここでの仕事にも役に立っている。

このトンネルの発見で、彼の経験はさらに活かされるだろう。

この謎のトンネルに見覚えのある者はひとりもおらず、土の状態からすると、穴は最近掘られたばかりのようだった。

それが事実だとすると、興味深い疑問が出てくる。この穴は外から中へ掘られたものか、それとも中から外へと掘られたものなのか?

どちらにしても不吉だが、ジョーダンたちは調査のために中へ入ることにした。

ようやくトンネルの終わりにたどり着き、ジョーダンは苦労して穴から抜けだすと、ごつごつした石の床の上に手足を投げだした。バーコが彼に手を貸して、身長一九〇センチを超える軍人を、小さな子どものように軽々と立たせる。

床に置かれた小型ランプで洞窟内は少しは明るいが、ジョーダンはヘルメットのライトを点灯した。穴から出てきたソフィアが、くるりと体を転がして立ちあがる。髪にも衣服にも土埃ひとつついていない。

「いやみな女だ」ジョーダンは土埃まみれの服をぱんぱんとはたいた。

常に彼女の唇に漂っている笑みの影がさらに広がった。ソフィアは褐色の頰にかかった短い黒髪をうしろになでつけて、あたりを見回した。彼らの超人的な視力では、暗い神殿内を見渡すのにランプやヘルメットのライトは必要ない。

うらやましいもんだと思いながら、ジョーダンは首を伸ばして凝りをほぐし、自分も探索を開始した。深く息を吸うと、硫黄のにおいが鼻を突いた。戦闘中に床の亀裂から煙と炎が噴きだしたときと比べれば、まだましだが。

だが、硫黄に混じって新たなにおいがした。

今ではおなじみの死臭だ。

右側にストリゴイの遺体がいくつか散らばっている。体が焼けて四肢はちぎれ、肉が露出していた。ジョーダンの心の一部は、くるりと背を向けて逃げだせと彼に要請した。こんな地獄絵図に遭遇した際の本能的な反応だが、彼にはここでやるべき仕事があった。ジョーダンは軍での経験を思い返して気持ちを静めると、ビデオカメラを取りだして神殿内のようすを撮影した。これまで何度もそうしてきたとおりに、時間をかけてひとつひとつの遺体をカメラに収める。アフガニスタンの合同派遣犯罪科学捜査機関《JEFF》での経験で、彼はすべてにおいて徹底することを学んでいた。

洞窟の奥へ進んで黒い岩を映像に収めながら、ジョーダンはそこにあの少年、トミーが縛りつけられていた光景を思いださないようにした。少年の喉から床に垂れ落ちた血が触媒となって開かれた地獄の門は、最終的には同じ少年の勇気によりふたたび閉ざされた。

天使の霊気を宿したトミーの血は、ジョーダンを死からよみがえらせてもいた。その血が自分の体に流れるのが今も感じられ、しかも日に日に熱くなっていく気がした。

「さて、きみの感想は？」バーコに声をかけられてジョーダンはわれに返った。

ビデオカメラをさげる。「そうだな……最後にここを見たときとは明らかに違う」

「どう違うの？」ソフィアが近づいて尋ねる。

ジョーダンは隅で山になっている鼠の死骸を指さした。「前はあんなものはなかったぞ」

バーコは近寄って小さな死骸をひとつつまみあげると、顔を近づけてにおいを嗅いだ。ジョーダンは思わず顔をしかめた。

「興味深い」バーコが言った。

「どう興味深いんだ？」ジョーダンは尋ねた。

「血がすっかり抜かれている」

ソフィアはその鼠を受け取って調べ、うなずいた。「バーコの言うとおりだわ」

鼠の死骸をジョーダンに渡そうとする。

「いや、おれは遠慮する。だが、そうなると、何かがここで鼠の血を飲んでいたってことになるな」

それが意味するのはひとつだ……。

ジョーダンはホルスターでさげているサブマシンガンに手をやった。ヘッケラー&コッホMP7。小型だが、強力で、毎分九五〇発の連射性能を誇る。昔から彼が愛用している武器で、今は対ストリゴイ用の銀の銃弾が装填されている。彼は足首に手をやり、刃に銀をコーティングしたケーバー社のダガーも確認した。

「戦闘後も生存していたストリゴイがいたんだわ」ソフィアが言った。

バーコは自分たちが這ってきた穴に目をやった。「鼠の血で体力を回復させ、外へ脱出したようだな」

「そいつがストリゴイかはわからない」ふいにあることに気がつき、ジョーダンの心臓は喉までせりあがった。「遺体を全部確認したい、手伝ってくれ」

ソフィアはいぶかしげな視線を彼に投げながらも、バーコとともに手を貸した。三人で、ひとつひとつ遺体を仰向けにして、顔を確かめる。

「あいつがいない」ジョーダンは声をあげた。

バーコが眉根をよせる。「あいつとは誰のことだ？」

ジョーダンは、少年っぽさが残るかつての友の顔を思い返した。彼が心からよせていた信頼をこの洞窟で裏切った男。

「レオポルト修道士」暗闇に向かって小声で告げ、今も血のしみが残る床へと進みでる。「レオポルトは、ここでルーンに切られて倒れたんだ」

その遺体がなかった。

バーコは腕を大きく広げて洞窟全体を示した。「中はすでに調べた。ほかの通路は地震ですべて塞がっている」

ジョーダンは自分がとおってきた狭い穴にライトを当てた。「だから自分で掘ったってことか」

彼は目をつぶり、レオポルトの体の下に大きな血溜まりが広がっていた光景を思い返した。致命傷を負いながら、生きていただけでも驚きだが、そのうえトンネルまで掘るとは、そんな力をどこから得たんだ？　鼠の血でそこまで回復するとは考えにくかった。

ソフィアも同じ疑問を抱いたらしい。「ここから外まで、少なくとも三十メートルはあるわ」彼女が言った。「健康なサンギニストでも、手で土や石をかき分けてそれだけの距離を進めるかしら」

バーコはかがみこんで床に残る血のしみを調べた。「大量に失血している。その修道士は死んでいるはずだ」

ジョーダンは同意してうなずいた。「つまり、おれたちは何かを見落としている」

彼は外へ通じる穴まで戻ってあたりを調べてから、神殿の床を端から端へとゆっくり歩きだした。何が起きたか説明できるものをなんでもいいから探す。サンギニストたちと遺体を移動させ、その下も確かめた。黒い岩の脇に手と膝をつき、地面が裂けた箇所を探っていると、床に細い金色の線がついているのを見つけた。

ソフィアは彼の横にしゃがみこんで、褐色の手で裂け目を端までなぞった。「ぴったり閉じてるわね」

「そいつは朗報だ」立ちあがろうとして、ジョーダンは黒い岩のへりに頭をぶつけた。ヘルメットが傾く。

「気をつけてよ、軍人さん」ソフィアは小さな笑みを隠した。

ジョーダンはヘルメットをかぶり直した。その拍子に、ライトの光線がすっと動き、ガラスのようなものに反射した。岩の陰に、ビール瓶の破片によく似た緑色のものがふたつ転がっている。

あれはなんだ……。

ジョーダンはラテックスの手袋をはめて、その片方を取りあげた。「水晶みたいだな」

彼はそれを高く掲げた。ランプの明かりを浴びて、その表面から虹色の光の筋がはなたれる。割れた断面を調べてから、ジョーダンはもうひとつの横に並べてみた。どうやらもとはひとつの石だったものが、ふたつに割れたらしい。合わせてみると、石はトランプの箱ほどの大きさで、中には空洞がある。

バーコが彼の肩越しにのぞきこんだ。「前に見たことがあるものか？　ここでの戦闘の最中にはあったか？」

「見覚えはないが、あのときは大騒ぎのまっただ中だったからな」ジョーダンは石を持ちあげて傾け、さまざまな角度から眺めてみた。「これを見てみろ」

手袋をした指先で、透きとおった表面にあるラインを示す。それはひとつのシンボルを描いていた。

ジョーダンはソフィアに目を向けた。「これまでこんなシンボルを見たことはあるか?」

「わたしはないわね」

バーコはただ肩をすくめた。「杯のような形だ」

そうだな、とジョーダンは認めた。だが、ひょっとすると、ただの杯ではないかもしれない。「これは聖杯じゃないのか」

ソフィアは片方の眉を疑わしそうにあげた。「〈ルシファーの聖杯〉の聖杯ってことかしら」

今度はジョーダンが肩をすくめた。「少なくとも、調べる価値はある」

そのうえ、これに間違いなく興味を持つ女性をおれは知っている。

ジョーダンはスマートフォンで、石とシンボルの写真を何枚か撮影した。電波が届くところへ戻りしだい、すぐにメールでエリンに送信しよう。

「おれは外に出て、この写真を――」

土をかき分ける音がし、三人は同時にトンネルを振り返った。穴から這いだした黒い影にランプの明かりが当たる。牙が見えた次の瞬間、それはまっすぐジョーダンに跳びかかってきた。

3

三月十七日、東ヨーロッパ標準時午前十一時五分
エジプト、シワ

名残惜しさが、鼓動のないルーンの胸を打った。彼は小高い砂丘の裾にしゃがみこみ、エジプトの空のもとでさらさらと流れる砂音に耳を澄ました。こうしてひとり、神への奉仕に従事していると、心が深い安らぎに満たされた。

清らかさに包まれたルーンの胸に、穢れの気配が汚点のように広がった。不老不死の血が察知する気配を頼りに、ゆっくりと振り返る。彼は穢れの源を探して背中を折り曲げた。首にさげた銀の十字架に日光が反射する。黒いローブで砂をかすめながら、粒子の細かい熱砂にてのひらをすべらせる。彼の指先が、砂に埋もれた悪の種を感じ取った。

土中に隠れた虫を狙う鳥のように、ルーンは首を横に傾け、砂上の一点に意識を集中させた。ここだと確信すると、バッグから小さなスコップを引きだし、砂を掘りはじめる。

数週間前、この作業のために到着したときには、サンギニストの一団が一緒だった。しかし、砂から掘り返された穢れの種は、ほかの者たちの精神に強烈な影響を及ぼし、彼らの正気を脅かした。結局、全員をこの場所から強制的に引き離して、ローマに帰すしかなかった。ルーンにだけは、なんの悪影響も出ていない。

悪に免疫があるとは、わたしがそれだけ穢れているということだろうか？

彼はビーチで遊ぶ子どものように、砂をスコップですくいあげてはふるいにかけた。だが、これは子どものお遊びではない。ふるいの上に残るのは貝殻でも小石でもなかった。

彼が探しているのは黒曜石のごとく黒々とした、涙の形の粒だ。

ルシファーの血。

二千年前、両親とともにエジプトに避難していた幼いキリストは、この砂丘でルシファーに襲われ、大天使ミカエルによって助けられた。そのときルシファーの体から流れ落ちた血は不浄の炎をあげて砂漠の底へと沈みこみ、ガラス状の粒を形作った。長いこと砂に埋もれていたその悪の粒を回収するのが、ルーンの今の務めだ。

ふるいの底に黒い粒がひとつ現れた。

ルーンはそれをつまみあげて、てのひらにのせた。血の粒が皮膚を焼くが、彼の精神が侵される気配はない。ローマへ帰らせたサンギニストたちのように、恐怖と血にまみれた光景が見えることもなければ、肉欲や劣情に駆りたてられることもなかった。代わりに、彼の心には祈りの言葉が満ちた。

　彼は腰につけた革の小袋の口を開いて、小さな黒い粒を入れた。ほかのふたつの粒にぶつかる小さな音がした。今日見つけたのはそれだけだ。残りの粒は小さいものばかりで、滅多に見つからなくなっていた。ここでの務めもそろそろ終わりということだ。

　ルーンはため息を漏らし、渺茫《びょうぼう》たる砂漠に視線を走らせた。

　ここに残り、この砂漠をわが家とできたなら……。

　テントへ戻れば、聖別されたワインがひと樽ある。彼には、ほかには何も必要なかった。だが、ベルナルドからの伝言で、回収作業のペースをあげてローマに戻るようせかされていた。この務めを終わらせたくはなかったが、ルーンはやむを得ず、作業を急いだのだった。

　ルーンは数世紀ぶりに安らぎを感じていた。数カ月前、彼はおのれの最大の罪を贖い、かつて愛した女性をストリゴイから人間に戻し、彼女の失われた魂を復活させた。無論、エリザベータは——本人は今ではエリザベスと名乗っているが——普通の人間に戻ったのを喜ぶどころか彼を呪ったが、彼女の感謝は必要なかった。ルーンはただ贖罪を求め、希望をなくしてから数百年後に、ついにそれを見出したのだった。

　作業を中断して背中を伸ばすと、遠くから動物の鳴き声が彼の耳に届いた。ルーンはそれを無視して革の小袋の口をしっかりと結び、バッグの中に道具をしまった。だが、苦痛に満ちた悲しげな鳴き声はしつこく続いている。

砂漠の生きものだろう……。

テントのほうへと歩きだすが、耳障りな鳴き声は彼を追い、砂漠で見出した心の平安をかき乱した。甲高い、飼い猫のような金切り声。ルーンの中でいらだたしさが募り、同時に好奇心も頭をもたげた。

この動物は何を苦しんでいるんだ？

小さなテントに到着すると、彼はここにいた痕跡を何ひとつ残さないよう、テントを解体して道具を運びだす手順を考えた。

しかし、どんなに集中しようとしても、鼓膜を引っかくような音は小さくならない。それは夜、枯れ枝が窓ガラスをこする音が耳について眠れなくなるのに似ていて、気にしないようにすればするほど音が大きくなるように感じるのだった。

この砂漠で過ごすのもせいぜいあとひと晩だ。あの鳴き声をどうにかしなければ、心静かな最後のひとときを楽しめそうにない。

鳴き声がする方向をじっと見つめ、彼は足を踏みだし、さらにもう一歩進んだ。気がつくと、まぶしい太陽に照らされた砂の上を飛ぶように走っていた。近づくにつれて鳴き声は大きくなり、前へ前へと彼を駆りたてる。何か異様な力に引きよせられているのを感じながら、ルーンはいっそう足を速めた。

ようやく、アカシアが大きく枝を広げた茂みが遠くに見えた。鳴き声はその陰から聞こえてくる。乾燥地でも生息可能なこのたくましい木は、干あがった砂漠の地下に水源を見つけて根をおろしたのだろう。容赦ない風にさらされて、棘の生えた幹は横に傾いていた。

茂みにたどり着くよりもずっと先に、悪臭が鼻を突いた。こちらが風上にいるにもかかわらず、覚えのあるにおいがし、ストリゴイの血を飲まされて怪物と化した獣の存在を告げた。

穢れた獣《ブラスフェメア》。

獣の穢れた血が彼をここへ呼びよせたのだろうか？　砂漠で何週間も悪の滴《しずく》を探して鋭敏になった感覚が、獣の邪悪さに反応したのか？　ルーンはわずかに足をゆるめ、両方の手首に装着した鞘から刃を抜きはなった。陽光が銀のナイフに反射する。古い歴史を持つそのナイフはカランビットと呼ばれ、豹の鉤爪のごとく湾曲している。前方の陰に潜むものと戦うには、こちらも鋭い爪が必要だ。においから、すでに獣の種類は特定できた。ブラスフェメア化したライオンだ。

ルーンは距離をあけたまま茂みの横に回りこんだ。日陰に目を走らせ、枝で隠れた中に大きな黒い体を見つける。それは雌ライオンで、血を穢される前は美しい獣だったのが見て取れた。怪物と化してさえも、その優雅さは否定しようがない。ストリゴイの血により、雌ライオンの筋肉は分厚く盛りあがり、その毛はベルベットのごとくふさふさとしていた。前足のあいだに置かれたその顔には知性さえ感じられる。

しかし、力ない心音からは、雌ライオンの衰弱ぶりがうかがえた。

近づいてみると、肩に黒い血が固まっていた。脇腹の広範囲にわたって火傷を負い、毛がなくなっている。

この雌ライオンがどこから来て、どうして負傷しているのかは察しがついた。昨年の冬、この砂漠での決戦に、ユダの軍勢が引き連れてきたブラスフェメアを彼は思い返した。獣たちの中には、ジャッカルにハイエナ、それにライオンがいた。戦いの最後、天使の聖なる光がこの砂漠を掃き清めたが、その際にあのブラスフェメアたちはストリゴイとともに逃げ去るか、絶命したものと彼は思っていた。

その後、逃げ延びたものを追跡するため、サンギニストの一団が送りだされたが、この雌ライオンは天使の光も、追跡者の目も逃れたらしい。

負傷しながらも、今まで生きていたのだ。

雌ライオンは顔をあげると、彼のほうを向いてうなった。木陰の奥でその目が赤く輝く。本来の色は、その体を穢すストリゴイの血により盗まれていた。しかし、ただそれだけの動作で体力を消耗したようだ。獣の頭部はふたたび前足のあいだに沈んだ。もう長くは生きられないだろう。

苦しみを終わらせてやるべきだろうか、それとも死ぬのを待つか？

どうするか判断しかね、ルーンは前に進みでて距離を詰めた。だが、心を決める前に、雌ライオンが日陰の中から焼けつく陽光のもとへと躍りでる。ふいを突かれ、ルーンは真横に飛びすさった。しかし、鋭い爪が左腕を裂く。

彼は獣に向きなおった。熱い砂の上にぼたぼたと血がしたたる。

雌ライオンは頭を低くして身構えると、歯茎を剥きだしてうなり声をあげた。その声はルーンの冷たい心臓まで凍えさせた。手強い相手ではあるが、この獣は木陰の外には長くいられない。ライオンはブラスフェメアで、直射日光のもとでは急速に衰弱する。ルーンは安全な木陰の前に立ちふさがるようにして移動した。退路を遮られ、雌ライオンは尾をぴしゃりと叩いてすごんだ。うしろ足を深々と曲げて跳びあがる。黄色い歯がルーンの喉を狙った。

彼は今度は真正面から立ち向かい、自分もライオンのほうへと突進した。獣の顔が眼前に迫った瞬間、横にかわして潜りこみ、火傷を負った脇腹に銀の刃をすべらせる。そのまま砂上で前転して、即座に獣を振り返った。

裂けた腹からコールタールのように黒い血がどろどろと流れた。それは致命傷だった。ルーンは横へどき、雌ライオンが木陰に戻って静かに死ねるよう道をあけた。

ところが、獣は胸の奥から異様な叫びを絞りだすと、安全な日陰には目もくれず、燦々と照りつける太陽のもとでふたたびルーンに襲いかかった。

思いがけない攻撃を受け、彼は反応するのが遅れた。獣の歯が彼の左手首をとらえ、噛みしめて骨を砕こうとする。カランビットが彼の指からすべり落ちた。

ルーンは体をねじり、反対の手に握った刃を獣の眼窩に沈めた。

雌ライオンは苦痛の悲鳴をあげ、彼の手首を噛んでいた口を開けた。ルーンは左手を引き抜き、砂に踵をめりこませて獣から離れた。負傷した手首を胸に引きよせて、次の攻撃から身を守る。

しかし、彼の刃は獣の脳にまで達していた。雌ライオンは砂の上にどうと倒れた。残った隻眼がルーンを見つめる。ぎらぎらとした赤い輝きが薄れ、金色がかった深い茶色に変わったあと、その目は永遠に閉ざされた。

雌ライオンの穢れは消えていた。ブラスフェメアは常に死をもって浄化される。

ルーンはささやいた。「神がともにあらんことを《ドミヌス・ヴォビスクム》」

これでこの砂漠から穢れた血がもうひとつ消えたと、彼はアカシアの茂みに背を向けかけた――そのとき、悲しげな鳴き声がまたも彼の耳に届いた。

ルーンは足を止めて振り返り、小首をかしげた。とくんとくんと微かな心音が聞こえた。小さな影があたりをうかがうように木陰から出てきて、死んだ雌ライオンのほうへと向かっていく。

子どもか。

その毛は雪のように真っ白だ。

ルーンは驚いて目を見張った。あの決戦のとき、雌ライオンはすでに身ごもっていたのだろう。そして残された命を振り絞ってここで出産したに違いない。彼は獣が致命傷を負いながらも、日陰に戻らなかった理由をようやく理解した。雌ライオンは子どもを守るために、最後の最後まで外敵を追い払おうとしていたのだ。

子ライオンは雌ライオンの死骸に鼻をこすりつけている。ルーンの心は沈んだ。ブラスフェメア化した獣の腹から生まれ、その乳を飲んだのであれば、この子ライオンがブラスフェメアなのは確実だ。

わたしがここで始末しなければならない。

ルーンは落とした刃を砂の上から拾いあげた。

子ライオンは母親を起こそうとして頭を鼻でつついた。その鳴き声は、自分はもうひとりぼっちなのを知っているかのように悲しげだ。

じりじりと接近しながら、ルーンは慎重に獣を観察した。体高は彼の膝にも届かないが、ブラスフェメアの脅威は計り知れない。近くで見ると、丸みを帯びた額を中心に、真っ白な毛皮に灰色の斑点模様が散っている。ユダとの決戦後に生まれたのであれば、生後三カ月ほどというところか。

彼が発見しなければ、この子どもは太陽に焼かれて死ぬか、日陰で餓死するかだった。

苦しませずに終わらせてやるのが、この獣のためだ。

ルーンはカランビットを握る手に力をこめた。

彼が近づいてくるのに初めて気がつき、子ライオンは顔をあげた。陽光の中でその目がきらきらと輝く。獣がぺたりと尻をつくと、雄なのがわかった。それから頭をのけぞらせて大きな声で鳴く。ルーンに何かをせがんでいるのは明らかだ。

つぶらな瞳が、もう一度彼に向けられた。

相手が何をせがんでいるのかはわかった。すべての動物の子どもが求めるもの。愛情と庇護だ。

危険は感じられず、ルーンはほっとため息をついて腕をおろした。刃を鞘に戻してからそばへ行き、腰を落とす。

「おいで」

ルーンがゆっくり手を伸ばすと、子ライオンは滑稽なくらい大きな前足を踏みだして近づいてきた。彼があたたかな毛に手を触れるなり、小さな体からごろごろと声があがる。やわらかな頭がルーンのてのひらを押し、硬い髭が彼の冷たい肌をこすった。

顎の下をかいてやると、満足げな声はさらに大きくなった。

ルーンは焼けつく太陽を見上げた。子ライオンは日光を気にするようすはなく、平気そうにしている。

奇妙だ。

彼は注意深く獣を抱えあげて、においを嗅いだ。乳と、アカシアの葉のにおい。それに麝《じゃ》

って いる。

香《こう》を思わせる体臭。

ブラスフェメア特有の穢れたにおいは一切ない。うるんだ瞳が彼を見上げた。キャラメルブラウンの虹彩を、ゴールドの細いラインが縁取っている。

目も普通だ。

ルーンは砂の上に腰をおろし、この謎を思案した。彼の脚をよじのぼってくる子ライオンのなめらかな顎を、怪我をしていないほうの手でなでてやる。獣はルーンの膝に顎をのせ、くんくんとにおいを嗅ぐと、ズボンについた彼の血を舐めだした。

「それはだめだ」ルーンは小さな頭を押しやり、立ちあがろうとした。

革のストラップで太股に留めてある銀の水入れ《フラスク》が、日光を弾いてきらりと光った。子ライオンは喜んで跳びかかり、爪を引っかけて革に歯を立てた。

「そこまでだ」

子ライオンは明らかにじゃれているだけだが、ルーンはストラップを離そうとしない獣を押しやり、ストラップを直した。そこでふと、昨日からワインを一滴も飲んでいないことに気がつく。そのせいで気持ちが弱まり、この生きものに甘くなっているのだろうか。何か判断をくだす前に、ワインで心を強くすべきかもしれない。

神のご意志にかなった行動を取らなければ。情にほだされるのではなくて。

ルーンはフラスクを取って蓋を開け、唇へと持ちあげた。しかし、口をつける前に、子ライオンがうしろ足で立ちあがり、彼の指からフラスクを払い落としてしまった。砂の上に落ちたフラスクから、聖別されたワインが流れだす。獣は頭をさげて、フラスクの口をぺろぺろと舐めた。喉が渇いているだけなのだろうが、ルーンは恐怖に凍りついた。ブラスフェメアの血が体に一滴でも流れていれば、ワインの神聖な力は子ライオンを焼いて灰と化す。

彼は慌てて獣をワインから引き離した。子ライオンがきょとんとした目で彼を見つめる。白い口はワインで赤く染まっていた。ルーンは手の甲で口のまわりをぬぐってやった。獣の体はなんともないようだ。彼はさらに顔を近づけた。一瞬、そのつぶらな瞳が純粋な黄金色の輝きをはなったとルーンは誓って言えた。

子ライオンはルーンの膝にもう一度頭をこすりつけ、顔をあげたときには、その目はキャラメルブラウンに戻っていた。

ルーンは自分の目をこすった。さっきのは砂漠の強烈な日光が引き起こした目の錯覚か。だが、この子ライオンが日光のもとを歩き、聖別されたワインを飲んでもなんの影響もないのは事実だった。それにより、ブラスフェメアでないのは証明された。天使の聖なる炎が、母ライオンの腹にいた命を浄めたのだろうか。母親が衰弱しながらもこの新たな命を産み落とし、これまで生き延びられたのも同じ理由かもしれない。

神が救われた命を、どうしてわたしが見捨てられようか？

心が決まり、ルーンは子ライオンを抱えあげてテントへと引き返した。サンギニストがブラスフェメア化した生きものを所有するのは禁じられているが、普通のペットを飼うことに関してはなんの規定もない。もっとも、うれしそうに喉を鳴らすあたたかな子ライオンを抱いて砂漠を進みながら、ルーンははっきりと確信した。

これは普通の生きものではない。

4

三月十七日、中央ヨーロッパ標準時午後五時十六分
ヴァチカン市国

サンギニストのみが入ることを許されている聖域へと足を踏み入れながら、ダンテの〈地獄篇〉の言葉がエリンの頭の中をいっぱいにした。〝ここより先へ行く者は、すべての希望を捨てよ〟地獄を旅したダンテによると、地獄の門にはその言葉が刻まれていたという。

ここの入り口にもぴったりの警告だわ。

中の壁には等間隔で燭台が並び、束ねた灯心草が燃えていた。煙が籠もっているものの、長い通路は充分に明るく、エリンは懐中電灯を消した。

奥へ進みながら、彼女は壁に目を留めた。サン・ピエトロ大聖堂とは違って、豪華なフレスコ画は一切ない。騎士団の聖域は、禁欲的と言えるほど飾り気ひとつなかった。煙とは別に、ワインと香のにおいが漂い、その点は教会とよく似ている。

通路の先には、同じく飾り気のない円形の部屋があった。

しかし、ここは空っぽというわけではない。

岩肌が剥きだした壁には、なめらかな壁龕《へきがん》がいくつも彫られている。いくつかの壁龕の中には、精巧な白い彫像に見えるものがあった。目をつぶって手を合わせ、顔はうつむくか、天を仰ぐかしている。けれども、その彫像は動くことができた。実際には、彼らはいにしえのサンギニストたちで、深い瞑想に沈んでいるのだ。

彼らは〈眠りし者〉たちと呼ばれていた。

彼女がクリスチャンとともに選んだ通路は、聖域の最奥部に直結していた。〈眠りし者〉たちが瞑想に耽るこの一角に、サンギニストの書庫はあった。黙考の際に、知識の宝庫が手近にあるのは便利なのだろう。

エリンは広々とした空間に入り、足を止めた。〈眠りし者〉たちは、近くの入り口が開く気配を感じたはずだ。狂ったような彼女の鼓動も聞こえているのだろうが、誰ひとりぴくりともしない。

少なくとも、今のところは。

エリンはそのまましばらく待った。クリスチャンから、ここにいるサンギニストたちが彼女の存在に慣れる時間を与え、彼らの出方を見るよう指示されていた。侵入を拒絶する場合には、その旨を告げられるらしい。

部屋の向こう側を彼女は見つめた。そこにはアーチ状の入り口があり、地図によれば書庫はその先だ。ほとんど無意識のうちに、エリンはその方向へと足を踏みだしていた。彼女はゆっくりと歩を進めた。足音を忍ばせるためではなく、瞑想に耽る者たちを尊重して。

制止の腕があがったり、しわがれた声が呼びとめたりするのではないかと思いながら、エリンは壁に視線をすべらせた。じっとして動かぬ姿の中には、地上からはすでに消えた騎士修道会の衣服を着ている者もいる。エリンは彼らが活躍していた時代に思いを馳せた。

この静かな瞑想者たちは、かつてはルーンのように教会のために戦っていたのだ。

ルーンも一度は外の世界に背を向けて、この聖域に籠もった。しかし、〈血の福音書〉をめぐる預言のために呼び戻され、この世の終末を食いとめる使命を担って、今もエリンとジョーダンとともに戦っている。けれど彼女は、ルーンがこの世界に対して虚無感を抱いているのをときおり感じた。彼が体験した流血と恐怖は、今もその肩に重くのしかかっている。

取り憑かれたような表情を浮かべるルーンの心境を、彼女も理解しはじめていた。エリン自身、この頃は喉まで悲鳴がこみあげたところで目が覚めるのを繰り返している。夢の中では自分が目にした恐ろしい光景が延々と再現されるのだった――凶暴なストリゴイによって体を引き裂かれる兵士たち……ルーンの命を救うためにエリンが射殺した女の澄んだ銀色に近い灰色の瞳……雪の中で次々と絶命するストリゴイの子どもたち……みずから剣で体を貫いた少年……。

預言のために、あまりに多くの者が犠牲になった。

そして終わりからはまだほど遠い。

エリンは像のように動かない〈眠りし者〉たちを見つめた。

ルーン、あなたが聖域に求めていたのはこの静けさなの？　それとも本当はここに隠れたかっただけ？

もしもここで静かに研究に耽ることができるとしたら、自分はそうするだろうか？

そっとため息をつき、エリンは広い部屋を進んだ。〈眠りし者〉たちが彼女の通行に反応する気配はない。ようやく真っ暗な書庫へと続くアーチ状の入り口にたどり着いた。彼女の指は懐中電灯に触れてから、さっきポケットに入れた蝋燭へと動いた。近くの松明から火をもらい、エリンは書庫へ足を踏み入れた。

蝋燭を掲げると、揺れる炎に六角形の空間が照らしだされた。壁には書架と、巻物を収めた棚が並んでいる。椅子も、読書灯も、人間が読書に必要とするものは何ひとつない。蝋燭の明かりを頼りに足を進めると、遠い過去の世界にさまよいこんだかのようだった。

そんな考えに笑みを漏らし、エリンは地図を出して調べた。左側にある小さな入り口は、隣の部屋に続いているらしい。中世にこの地図を記した者によると、サンギニストが所有する最も古い文献はその部屋にあった。ルシファーの堕天や地獄への収監に関する記述があるとすればそこだろう。

中へ入ると、そこにはまたも六角形の部屋がある。どうやら同じ形の部屋が連なって、ひとつの書庫になっているらしい。エリンは頭の中で蜂の巣の構造を思い浮かべた。もっとも、ここに眠るのは金色の蜂蜜ではなく、いにしえの知識の源泉だ。ここは最初の部屋と似ていたが、書物よりも巻物のほうが多かった。埃をかぶった棚には銅板や粘土板に記された文書まであり、この部屋の収蔵物の古さを物語っている。

エリンはぴたりと立ちどまった。それは貴重な文化遺物を目にしたからではない。

部屋の中央に、うっすらと埃に覆われた人影がたたずんでいた。〈眠りし者〉たちと同じで、これも像ではない。彼女に背を向けているが、それが誰かはわかった。エリンは相手の熟成途中のオリーブを思わせる濃い茶色の瞳を見つめ、深みのある声を耳にしたことが一度あった。二千年前、彼の灰白色の唇が発した言葉がすべてを変えた。ここにいるのはサンギニストの騎士団の創設者、友のあいだで聖者の中の聖者とされた者、キリストその人の手により死からよみがえった男だ。

ラザロ。

エリンは一礼した。ほかにどうすればいいかわからず、永遠とも思える時間、そのまま立っていた。自分の鼓動が耳にどくんどくんと響く。

けれど、彼は微動だにしない。

しばらくすると、エリンは震える息を吸いこみ、彼の脇をとおって中へ進んだ。明確な目的を持ってここへ来たのだ、誰も止めないのなら、始めたことを続けるまでだ。

だけど、どこから手をつけよう。

エリンは書架と巻物の棚を調べてみた。ここにあるものすべてを訳して読み解くには、何年もかかるだろう。エリンは途方に暮れて、そこにいる唯一の相手に向きなおった。彼に臨時の司書を務めてもらうしかない。見開かれたままの濃い茶色の瞳に彼女の蝋燭の光が映りこむ。

「ラザロ」名前をささやいただけでも、この空間では大きく響いたが、彼女はかまわず続けた。「探しているものが――」

「わかっている」言葉とともに、彼の唇から埃がこぼれた。「ずっと待っていた」

片方の腕がすっとあがり、さらに埃が舞う。長い指が棚の端にしまわれた粘土板を示した。

エリンはそこへ歩みよって板を見おろした。大きさはトランプカードの箱ほどしかなく、色は煉瓦色。表面には文字がびっしりと記されていた。

エリンは慎重な手つきで板を持ちあげ、文字を調べた。それはキリストの時代に使われていたアラム語で、彼女が精通している言語だ。最初の数行に目をとおしてみると、そこに書かれているのは誰もが知っている物語だった。エデンの園にやってきた蛇とイヴの対話だ。

「『創世記』だわ」彼女はつぶやいた。

多くの解釈では、イヴを誘惑しに来たこの蛇はルシファーの化身とされている。けれど、ここに記されている話では楽園に住むただの動物らしく、ほかの生きものより狡猾なだけのようだ。

彼女は蝋燭を近づけて、その蛇の最も重要な特徴を表す単語を読みあげた。「〝コックマウ〟」

賢い、ずるがしこい、利口な、狡猾な。それがその単語の意味だ。

頭の中で訳しながらさらに読み進むと、話の内容は十七世紀にジェームズ一世の命で刊行された欽定訳聖書とほぼ同じだった。ここでもイヴは木の実を食べるのを拒絶し、従わなければ死ぬと神に警告されたことを話している。だが、蛇は反論し、食べても死にはしない、それどころか知識を得て、善と悪を知るようになると教えるのだ。

エリンはふうっと息を漏らした。よくよく考えれば、この場面での蛇は神よりも正直だ。このあと、木の実を食べてもアダムとイヴは死なないのだし、蛇が言ったとおりに知識を得ている。

それはここでは関係ないわねと、エリンは続く文章に目をやり、そこではっとした。こんなくだりは聞いたことがない。手にした蝋燭が震え、彼女はアラム語を訳しながら読みあげた。

「〝そこで、蛇は女に言った。『木の実を食べたら、それをわたしと分かちあうと約束しなさい』〟」

さらに二度音読して、訳し間違えていないのを確かめてからその先を読む。続く文章で、イヴは蛇にも木の実を分け与えると誓っている。そのあとは、聖書で語られる物語と同じだ。イヴは果実を食べてアダムと分けあい、ふたりは神の怒りに触れて楽園から追放される。父親から教えこまれた教訓がエリンの頭にこだました。

知識の代価は血と痛みだ。

エリンは粘土板の文書をもう一度読み直した。

これによると、イヴは蛇と木の実を分かちあう約束は果たさなかったらしい。

初めて聞くこのくだりについて、エリンは思案した。そもそも蛇は知恵の実で得た知識をどうしたかったのだろう？　聖書では知識をほしがる動物はほかに登場しない。普通の聖書にはないこの箇所は、楽園にいた蛇はやはりルシファーの変装だというさらなる裏付けなのだろうか？

エリンはぶるりと頭を振り、この話からなんらかの意味を引きだそうとした。彼女は説明を求めてラザロを見上げた。

彼の目はエリンを見つめ返すだけだ。

ラザロに問いかける間もなく、音が響いた。石が重々しくきしむ音が書庫の外から聞こえる。

エリンはその方向を凝視した。

誰かが近くの入り口を開ける音だ。

彼女は腕時計で時間を確認した。サンギニストの神父たちが〈眠りし者〉たちの世話をしにここへ来ることは、クリスチャンから聞いていた。彼らはワインを持ってきて、瞑想者たちの口まで運んでやるのだ。けれど、それがどういうスケジュールになっていて、どれほど頻繁に来るのかまではクリスチャンも知らなかった。運よく鉢合わせせずに済むよう願っていたが。

そううまくはいかないものだ。

神父たちは、近くへ来ればすぐに彼女の心音に気づくだろう。それで地上にいるのが彼女の替え玉だというのもばれてしまう。手伝ってくれたクリスチャンとシスター・マーガレットが罰を受けませんようにとエリンは心の中で祈った。

エリンは粘土板を棚に戻すと、観念して振り返った。するとラザロが身を乗りだして、彼女が手にした蝋燭を吹き消した。エリンはぎょっとしてうしろへよろめいた。書庫は闇に沈み、瞑想者たちがいる空間から松明の明かりが差しこむだけとなる。

ラザロは冷たい手を彼女の腕に置き、指に力をこめた。どうやら静かにするよう命じているらしい。彼はエリンを書庫の入り口へと誘導し、〈眠りし者〉たちの部屋をのぞかせた。いにしえのサンギニストたちが微かに動いた。衣擦れの音がし、古びた衣服から埃が落ちる。

エリンの隣では、ラザロが口を開いて歌いだした。ヘブライ語の賛美歌だ。書庫の外で、〈眠りし者〉たちも声を合わせて詠唱を始める。打ちよせては返す波のごとく、心を落ち着かせるなめらかな旋律は、エリンの心から恐怖を消し去り、代わりに感動で満たした。

部屋の反対側に、複数の人影が現れた。ワインの入った大瓶と銀の杯を手に持ち、黒衣のサンギニストたちが部屋に入ってくる。彼らは唖然として口を開け、〈眠りし者〉たちを眺めた。ここで賛美歌が歌われるのはよくあることではないようだ。

ラザロの指が、エリンを安心させるようにもう一度腕を握ってから離れた。エリンは理解した。ラザロと瞑想者たちは、彼女を神父たちから守るために賛美歌で心音をかき消してくれているのだ。

それがうまくいくよう祈りながら、エリンは動かずに立っていた。

若いサンギニストは務めに従い、調べが流れでる唇に杯をあてがうが、ワインは無視されて、歌が続くばかりだ。サンギニストたちは明らかに困惑して、目を見交わした。再度試すが、結果は同じだ。

力強く重厚な合唱はいっそう高々と響いた。

やがて神父たちの集団は世話をあきらめ、引き返して部屋を去っていった。遠くで石造りの扉がこすれて閉まる音が聞こえたあと、ようやく歌声がやんだ。

〈眠りし者〉たちはふたたび口を閉ざして動かなくなり、ラザロは松明に照らされた部屋へとエリンを導いた。彼は出口のほうを指さした。

エリンは彼に向きなおった。「けれど、わたしは何も学んでいません。ルシファーをどうやって探せばいいのかわからないんです。ましてや新しく聖杯を作る方法なんて」

ラザロが口を開いた。深みのあるその声は、独り言のように響いた。「ルシファーと対峙したとき、歩むべき道は心が示す。約束を果たしなさい」

「でも、一体どうすればルシファーが見つかるんです？　それに、約束って、なんの約束ですか？〈血の福音書〉の預言のことでしょうか？」

「人は知りうることはすべて知っている」ラザロの声はさらに遠のいていくかのようだ。

「道はおのずと開ける。それを歩めばよい」

もっとはっきりとした答えを求め、エリンは詰めよるように足を踏みだした。いくつもの問いが頭の中を駆けめぐるが、口をついて出たのは一番知りたいことだった。

「わたしたちは成功するんでしょうか？」

ラザロはそれには答えず、目をつぶった。

5

三月十七日、午後五時二十一分
イタリア、ローマ

ここから抜けだすんだ……。

レオポルトの意識は、黒煙の海の底に沈んでいた。サンギニストである彼は痛みに慣れていたが――かつては常に胸にさげていた銀の十字は肌を、聖別されたワインは喉を焼いた――そんな痛みは今の苦しみに比べればささいなものだった。

黒煙の底にとらわれ、彼の体はまわりの世界を一切感じることができなかった。自分自身に四肢があるという感覚さえない。

痛みの欠如が、感覚の喪失が、最悪の拷問となるとは。

けれどもさらに恐ろしいのは、闇が薄れて、自分の目でふたたびまわりが見えるときだ。往々にして彼の目に映るのは、自分が血みどろの死体に囲まれている光景だった。それでも、果てしない闇から解放されるその短い瞬間を、レオポルトは歓迎した。彼の肉体を奪った悪魔に再度闇の底に沈められる前に、レオポルトは必死で自分を取り返そうとした。しかし、どれほど自分の肉体にしがみつこうとしても長くはもたず、最後は、希望をちらつかされるのはどんな拷問よりも残酷だと思い知らされた。

あきらめたほうが楽だ。わずかに残る命の炎を吹き消して煙となり、同じように煙と化した大勢の者の中に取りこまれてしまえ。

彼は気がついていた。自分を覆うこの黒い煙は大勢の者たちの変わり果てた姿なのだと。煙がすっとかすめる際に、別の誰かの人生が一瞬だけ見えることがあった。恋人の顔、振りおろされる鞭、シロツメクサの原っぱを駆ける子どもの笑い声。

自分もこうなってしまうのか？　風に巻きあがる紙くずのような記憶の断片に？

そのとき、強風に散らされたかのように、彼を取り巻く闇が引いて視覚が戻った。レオポルトの体の下には裸の女がいる。彼の手でベッドに押さえつけられたその女の喉から胸の谷間まで血が流れ、胸にさげた金色のロケットを赤く濡らしていた。女の目が彼を見た。樫の葉色の瞳は恐怖と苦痛に見開かれ、逃がしてと彼に哀願していた。

レオポルトは息をのみ、派手な室内に無理やり視線を転じた。日光を避けるために、すべての窓には銀色の分厚いカーテンが引かれている。だが、それももうじき開かれるだろう。サンギニストである彼の体は常に太陽の動きに敏感で、日没まであと一時間もないと告げていた。

ベッドの両脇では、ねじ曲がって動かない裸体が冷たい大理石の床に転がっていた。

死体は九体あった。

彼の体を奪った悪魔はよほど飢えているらしい。

しかし、飢えているのは悪魔だけではなかった。

室内にはストリゴイが五、六匹おり、眠りこけている者もいれば、まだ死体を漁っている者もいた。濃厚な血のにおいが漂い、血肉をむさぼるようレオポルトを誘う。だが、彼は自分の腹がいっぱいなのを感じた。

だから、つかの間とはいえ、こうして闇から解放されたのだろうか。

彼はこのチャンスを利用するつもりだった。

体を起こしてなんとか女から離れるが、片方の手は彼女の腕をつかんだままだ。女は体を縮こまらせ、その鼓動は傷を負った小鳥のように力ない。女はすでに大量の血を奪われていた。助けることはできないが、女を放して、安らかに死なせてやることはできる。レオポルトは集中力をかき集め、一本、また一本と指を伸ばしていった。

額に汗が噴きだしたが、なんとか成功し、彼は女の腕を自由にした。言葉を発するのはかなわず、頭を振って行けと命じる。

女はがたがた震えながら自分の腕に目を落とし、視線を彼に戻した。

蝋燭の明かりが緑色の目に揺らめき、レオポルトは同じ色の輝きをはなつ別のものを思いだした。緑色のダイヤモンド。やり場のない嫌悪感が彼の胸を突いた。あの石のことを考えるだけで体が麻痺し、動くのが余計に難しくなった。

わたしはこの手で自分自身を闇へと突き落とし、多くの者に破滅をもたらした。

レオポルトはかつての主《あるじ》により、あの穢れた石を壊すよう命じられていた。それがキリストの再臨をもたらすと信じて。ところが、割られた石の中からは悪魔が解きはなたれた。ダイヤモンドの中心から冷たい闇が流れでたさまをレオポルトは思い返した。闇は彼の体に入りこみ、それとともに無数の声と、他人の人生の切れ端が彼の中に注ぎこまれた。またたく間に彼の感覚は失われ、神経をかき乱す雑音が耳を聾《ろう》したが、その中でひとつの名前がはっきりと聞こえた。

レギオン。

彼をのみこんだ闇、彼に乗り移った悪魔の名だ。

それからは、レオポルトは意識が戻ったり、消えたりを繰り返している。

こうなってから、どれほどの時が経ったのだろう?

それは見当もつかなかった。はっきりわかるのは、あの悪魔は味方を集めて、ストリゴイの軍団を作っているらしいということだ。

レオポルトは力を振りしぼり、自分の手を顔の前まで持ちあげた。女がシーツを体に巻きつけてずるずるとしりぞく。彼は衝撃に打たれて女を無視した。いつも青白い自分の皮膚がインクのように真っ黒だ。顔を横に向けると、壁にかかる鏡が目に留まった。

そこに映ったのは、黒檀を彫ったかのような彼の裸体だ。

レオポルトは悲鳴をあげたが、唇からは音ひとつ出なかった。

女がベッドから転げ落ち、うとうとしていたストリゴイが目を覚ました。モンスターは低くうなり、血の混じったつばを吐いた。ストリゴイが上体を起こすと、剥きだしになった胸板の中央に黒々とした手形がついているのが見えた。見た目は焼き印かタトゥーのようだが、その手形からは、ストリゴイ自身の体臭よりもはるかにひどい、腐臭と瘴気がしみだしていた。

何よりぞっとするのは……ぬるりと光る手形の黒さが、レオポルトの新たな皮膚の色合いと完全に一致していることだ。

しかし、それで終わりではなかった。

レオポルトは腕を伸ばして指を広げ、新たな恐怖に愕然とした。

ストリゴイの胸についた手の跡は、大きさも形もこの手と同じだ。

あの手形はレギオンの所有物であるしるしに違いない。レギオンは彼を奴隷としたように、あのモンスターも自分のものとしたのだろう。

ストリゴイが女をつかんで体をぐいとねじり、喉を裂いた。

レオポルトが反応するよりも先に、ふたたび闇がわきあがり、彼は黒煙の海に引きずり戻された。それとともに女の哀れな姿も見えなくなる。今回は彼も闇に抗わず、部屋のおぞましい光景が消えていくのにほっとした。虚無の中へと落ちながら、レオポルトは悪魔から逃れる希望を捨てた。

新たな望みが彼の心を満たした。

自分の罪を贖うすべを見つけるんだ……。

その使命とともに、とある疑問が彼の頭に浮かんだ。それは重要な鍵となるかもしれなかった。なぜ今回に限って、これほど長いあいだ闇から解放されていたんだ？　何がレギオンの注意を引きつけたんだ？

午後五時二十五分

イタリア、クーマエ

くそっ、なんてすばやさだ……。

ジョーダンはサブマシンガンを構え、襲撃者目がけて三発撃ちはなった。銃弾が洞窟の壁を穿って砂利を散らす。標的はすでに消えていた。

またはずしたか……。

あの牙はストリゴイのものだが、あんな動きをするやつは見たことがない。そこにいたかと思えば、次の瞬間には洞窟の反対側にいる。まるで瞬間移動だ。

彼はバーコ、ソフィアとともに、背中合わせに円陣を組んでいた。バーコはアフリカの長剣を握り、ソフィアは湾曲した二本のダガーを振るっている。

祭壇の裏でストリゴイがうなり声をあげた。胸板に一本走る傷から血が流れている。最初に獣が襲いかかってきたときにバーコがつけた傷で、このおかげでジョーダンは命拾いした。

あいにく、三人がかりで敵に与えたダメージはまだこれひとつだ。

「こっちの体力を消耗させてから殺すつもりよ」ソフィアが言った。

「となると、そろそろ戦術を変えるか」ジョーダンは相手に狙いを定めて銃を構えた。引き金にかけた指を動かす直前、銃口をすっと脇へずらし、ストリゴイが再度移動するのを見越して何もない空間を撃つ。

彼の読みは当たり、ストリゴイはみずから弾道に飛びこんできた。

サブマシンガンのうなりを絶叫が引き裂く。ストリゴイは後方へと弾かれ、壁に血が飛び散った。

まぐれ当たりでも、ヒットはヒットだ。

ストリゴイはすぐさま身を起こしたかと思うと、その姿が消えた。ジョーダンは銃口を左右に振りながら相手を探した。だが、突然冷たい手に足をつかまれ、壁へとほうられる。ジョーダンは空中で足首のストラップからダガーを引き抜き、飛びかかってくる相手を切りつけようとした。

しかし、獣のほうも同じく武器を構えている。ジョーダンの足をつかむのと同時に、バーコの長剣を奪っていたのだ。ジョーダンは壁に激突し、次の瞬間には腹を長剣で刺されていた。

彼はうっとあえいで崩れ落ちた。

バーコとソフィアが即座に助けに駆けよる。ソフィアのダガーが弧を描き、長剣を握るストリゴイの腕を切断した。彼女は反対の手に持つダガーの切っ先を相手の腹に沈めると、そのまま喉まで一気に切りあげた。

冷たく黒い血が噴出し、ジョーダンの顔にかかった。

彼は自分の腹に刺さったままの長剣を見おろした。

万事休すか。

午後五時二十八分
イタリア、ローマ

レオポルトを包む闇を激痛が引き裂き、血塗られた部屋へと彼を連れ戻す。肉が裂けて、はらわたがこぼれる腹を彼は抱えこんだ。だが、指に触れたのはなめらかな皮膚と無傷な腹部で、悪魔が最後に飲んだ血でまだ膨れている。

痛みが残る腹をレオポルトはさすった。

彼がいるのはさっきと同じ、屠殺場と化した部屋だ。しかし、彼の目にはその光景に別の場所が重なって見えた。暗い洞窟。中央に黒い岩がある。

この場所なら知っている。

クーマエの火山の懐に隠された、巫女《シビュラ》の神殿。彼がレギオンという悪魔をこの世に解きはなったまさにその場所だ。

だけど、どうしてあの場所が見えるんだ?

それはまるで別の誰かの目をとおして見ているかのようだった。こわばった手が腹へとあがるのが視界に入り、ぎらつく黒い血とこぼれ落ちる内臓を必死で押さえこむのが見えた。

しかし、レオポルトがその相手と共有しているのは視覚だけではない。痛覚までが感じられる。

遠くにあるその体が、ずるりと横に倒れた。おそらくストリゴイなのだろう。レギオンの軍団のひとりで、奴隷化された者に違いない。レオポルトはここにいるストリゴイの胸にあった黒い手形を思い浮かべた。

あの手形をつけることで感覚を共有できるのか？　ストリゴイが死ぬと、そのつながりも消えるのだろうか？

黒い煙がレオポルトのまわりでうねり、彼を闇の底へと引きずり落とそうとする。それでもなおレオポルトは神殿内のようすに目を凝らした。ストリゴイはすでに虫の息だが、その目は逃げ場を探すかのように洞窟内をさまよっている。

ストリゴイの視線が黒い岩で止まり、緑色に輝くふたつの石に注がれた。

緑色のダイヤモンド。

あれを回収するためにあそこにいるのか？

レギオンのあの石への執着心は、奪われた体をとおしてレオポルトにも感じられた。通路を塞ぐ岩や土をかき分け、自分があの神殿から抜けだしたのはぼんやりと覚えている。悪魔に取り憑かれた彼の四肢は信じられない力を得ていたが、レギオンは火山の牢から脱出しようと半狂乱になってもいた。石の中に何百年も封印され、あれ以上閉じこめられているのは一秒たりとも我慢できなかったようだ。そして慌てるあまり、石を持っていくのを忘れたらしい。

けれど、どうしてあの石が必要なのだろうか？

レギオンの失敗をあざけるかのように、ダイヤモンドが岩の上できらりと輝く。ストリゴイの目がかすみはじめ、視界がぼやけた。ストリゴイは絶命寸前だった。視界の隅を脚が横切り、ストリゴイの視線がそれを追う。脚のあいだから、床に倒れた男の姿が見えた。腹には剣が刺さっている。

ストリゴイの目をとおして、レオポルトは男のブルーの瞳を見つめた。

それが誰かに気がつき、彼ははっとした。

ジョーダン……。

その名前が浮かんだ瞬間、洞窟で死にかけているストリゴイの灰に埋もれていたレギオンの意識がこちらへ向いた。レオポルトの中で闇が大きく波打ち、あの悪魔がその中に潜りこんで彼の記憶を探るのが感じられた。レオポルトは必死で自分の知識を隠そうとした。ジョーダンのことや、ほかの者たちのことを教えてはいけない。

しかし、彼は失敗した。

虚無の中へと落ちながら、レオポルトは自分の唇が動くのを感じた。自分の声が耳に届くが、ジョーダンのもうひとつ名を、真実の呼び名を口にしたのは、彼自身ではなかった。

「〈戦う男〉か……」

神よ、わたしは何をしてしまったのです？

レオポルトは闇から逃れると、切れかけているつながりを伝って、最期の息をするストリゴイの意識をとらえた。

午後五時三十一分
イタリア、クーマエ

自分の腹から流れでた血溜まりの上で、ジョーダンは仰向けに横たわった。バーコはその大きな手でジョーダンの傷口を押さえこみ、ソフィアは長剣をほうり捨てた。剣が腹から抜かれても、ジョーダンは何も感じなかった。腹部は奇妙にしびれ、体の下に広がる血が熱く感じられた。

バーコが彼をのぞきこみ、励ますように微笑む。「止血して、すぐにローマへ運ぶからな」

「嘘がへただな……」ジョーダンはうめいた。

腹が裂けたままあの狭いトンネルを引きずられたら、外へたどり着く前に死ぬだろう。穴の入り口まで移動できるかさえ疑わしかった。

死を覚悟した彼の脳裏に、エリンの顔がきらきらと輝いた。笑いを湛えた琥珀色の瞳、弧を描く唇。彼女の笑顔に別の思い出が重なっていく。頬にかかる金髪、バスローブが肩をするりとすべり、あたたかな体が露わになって……。

こんな洞窟で死にたくない。彼女から遠く離れたこんな場所で。

さらに言うなら、そもそもジョーダンは死にたくなかった。

今ここにエリンにいてほしかった。この手をつかんで、嘘でもいいからすべて大丈夫だと言ってほしい。もう一度彼女に会い、愛していると伝えて、その愛を彼女に感じさせたかった。エリンが愛を恐れているのは知っていた。彼女は、愛とは雪のように消えてなくなるもので、ずっとあるものではないと思いこんでいる。

そして自分は、彼女にそのとおりだと証明しようとしている。

ジョーダンはバーコの鋼のような腕を握りしめた。「エリンに伝えてくれ……ずっと彼女を愛してると」

バーコは傷口を圧迫しつづけている。「自分で言うんだ」

「それから、おれの家族にも……」

家族にも知らせなければならない。母は打ちのめされることだろう。妹たちと兄たちにはつらい思いをさせてしまう。幼い姪っ子や甥っ子は、数年もすればこんなおじさんがいたことさえ忘れるだろうか。

もっと母に電話しておけばよかったな。

最近、彼の心を蝕んでいる病がなんであれ、それはエリンとの関係だけでなく、自分の家族との関係にまで影響を与えていた。ジョーダンは家族の全員と連絡を絶っていた。

彼は歯を食いしばった。死にたくなかった。家族やエリンとの関係を修復したかった。彼の頭の中には赤ん坊とか、子どもとか、ポーチでロッキングチェアに座ってトウモロコシ畑の成長を見守るだとか、さまざまな将来の計画が詰まっていたが、傷ついた体のほうはそれにはおかまいなしに、生あたたかい血溜まりを広げていった。

少なくとも、おれの死にざまのほうがあっちよりはましか。

襲撃してきたストリゴイのほうも死にかけていた。その目がふいにジョーダンをまっすぐ見つめた。冷たく血の気のない唇が、しゃべろうとするかのように動く。

ソフィアも気がつき、片方の眉をあげて、ストリゴイの体に手を置いた。「何か言ってるわ」

ストリゴイは震える息を吸いこむと、ジョーダンがよく知っているドイツ訛りの英語を発した。「ジョーダン、わたしの友《マイン・フロイント》……すまない」

ソフィアがぎょっとして手を引く。衝撃を受けたのはジョーダンも同じだった。

レオポルト。

どういうことだ？

ストリゴイの体は痙攣し、動かなくなった。

ソフィアは体を起こして、首を横に振った。獣はすでに死んでいた。それ以上は説明することなしに。

ジョーダンは頭を働かせて理解しようとしたが、流れでる血とともに命が尽きかけ、まわりの世界がかすんでいった。洞窟内の光景が遠ざかり、落下するような感覚にとらわれた。だが、落ちていく先は暗闇ではなくて、光の中だ。そのまぶしさに、腕をあげて遮りたくなる。どんどん強烈になって、体の中にまで焼きつくのだからなおさらだ。まぶたをきつく閉じるが、それでもまぶしくてたまらない。

以前、一度だけ似たような体験をしたことがあった。ティーンエージャーの頃に、落雷にあったときだ。彼は雷に打たれて生き返り、電流が流れた痕が体に残った。リヒテンベルク図形、もしくは雷の花《ライトニング・フラワー》と呼ばれる、不思議な樹形模様だ。

そして今、肌に残るその跡に沿って液状の炎が走り、模様のすみずみにまで火をつけ、さらに先へと広がっていた。熱が触手を伸ばして彼の腹部に潜りこみ、焼けつく激痛が炸裂した。ジョーダンの腹の中では、炎が生きもののようにうねっていた。

死ぬときはこういう感覚なのか？

だが、体が衰弱していく感じはない。それどころか、なぜか力が増していく気がする。

ジョーダンは息を吸いこみ、さらにもう一度吸った。

洞窟内の光景へと目の焦点がゆっくり戻っていく。それまでと何も変わったようすはなかった。彼は冷たくなった自分の血の上に横たわったままで、バーコは傷口を圧迫しつづけている。

ジョーダンはアフリカ出身の男の目をとらえると、相手の手を押しやった。「おれはもう大丈夫だ」

それどころか、力が溢れてくる。

バーコは押さえていた手をずらし、長剣で刺された箇所を見おろした。皮膚を覆う血を力強い指でぬぐう。

バーコの口から低い口笛が漏れた。

ソフィアがのぞきこむ。「どうかしたの？」

バーコは彼女を見上げた。「出血が止まってる。誓って言うが、傷口まで小さくなっている」

ソフィアも傷を調べたが、その顔には安堵よりも不安の色が濃い。「これだけ失血して、生きてるなんておかしいわ」言葉を濁すことなくはっきりと言い、血溜まりを示す。「腹部を剣で刺されたら人は死ぬ。わたしは何百年もそれを見てきたわ」

ジョーダンは体を起こした。「おれは前にも一度死亡宣告された。いや、二度か。いちいち数えることでもないだろう？」

バーコがふうっと息を吐く。「きみは癒やされた。まさに預言のとおりだ」

ソフィアが〈血の福音書〉の預言を引用する。「〈戦う男はこれより先、天使とともに限りある生涯をまっとうすべし〉」

バーコはジョーダンの肩を叩いた。「どうやら天使の加護は今も続いているようだ」

それは、まだおれには利用価値があると天使に思われてるってことだろうな。

ソフィアは息絶えたストリゴイに注意を戻した。「あなたの名前を知っていたわね」

話題がそれたことにほっとしながら、ジョーダンは死に際に獣の唇からこぼれた言葉を思い返した。

〝ジョーダン、わたしの友《マイン・フロイント》……すまない〟

「あれは……」彼は言った。「レオポルト修道士の声だった」

「それが本当だとしたら、奇跡だわ。だけど今はとにかく、キャンプにいる医療班のところへあなたを連れていかなきゃね」

ジョーダンはシャツをめくりあげた。刺された箇所はすでにかさぶたで覆われているだけで、それも数時間もすればつるりときれいにはがれそうだ。長剣が自分を突き刺すさまを思い返し、彼は別の謎に首をかしげた。

「これまであんな動きをするストリゴイを見たことがあるか？」

バーコは彼女のほうが経験豊富だというかのように、ソフィアに目をやった。

「一度もないわ」彼女が答える。

「動きが速いだけじゃない」バーコが言った。「力まで強かった」

ソフィアは死んだ獣に近寄ると、ごろりと仰向けにさせて、服を脱がせはじめた。遺体の横腹に銃痕が三つ並んでいる。よく命中したものだと、ジョーダンはわれながら感心した。

ソフィアがシャツを全部はぎ取ったところで、彼は驚いて息をのんだ。

ストリゴイの青白い胸板に、黒い手形がついている。それとよく似たものをジョーダンは前に見たことがあった。かつての戦いで死んだ、バートリ・ダラボントの喉にあった痣だ。ダラボントはその主により手形をつけられ、絶対服従を強いられていた。

ここにある手形が意味することはひとつしかない。

「こいつは誰かの命令で送りこまれたんだ」

午後五時三十五分
イタリア、ローマ

わたしはレギオン……。

銀の鏡の前に立ち、レギオンはあの忌々しい洞窟から自分の器へと意識を完全に引き戻した。鏡に映るのは貧弱な肉体だ。ひょろりとした四肢、薄い胸板、やわらかな腹。しかし、その皮膚は星々のあいだに広がる虚空のごとく黒々と塗りつぶされている。死んだ太陽のように黒光りする瞳が鏡の中から彼を見つめ返した。

レギオンはその目をつぶり、彼の存在をなす六百六十六の霊気を探った。細くたなびく無数の煙となった霊気が彼の意識をまさぐるに任せ、彼らの記憶のかけらに目を凝らして答えを求める。すべての霊気が共有する過去が、全員が味わわされた苦痛の記憶が、彼の意識をよぎった。ガラスの鐘、嫌悪の表情を浮かべてこちらをのぞきこむ白髭の男。

しかし、あの苦痛が存在したからこそ彼は誕生した。

わたしは大勢だ……わたしは複数である……わたしは大群《レギオン》だ。

彼を作りあげる煙の渦の中でひとつだけ輝く炎が、影の海に淡い光を投げかけている。レギオンはその炎に近づくと、火先からのぼる煙に見入った。

レギオンはその炎の、彼の所有物となった器の名前を知っていた。

レオポルト。

この弱々しく燃える炎の煙から、レギオンは現代の世界に関する知識を得ていた。レオポルトの記憶をひっくり返してその経験をつぶさに調べ、来《き》る戦争に備えた。そして軍団を築きあげた。彼が手で触れるだけでストリゴイは奴隷となる。レギオンは自分の邪気を注ぎこんで彼らを強化した。奴隷が増えるごとに共有する感覚が増え、レギオンの目と耳は増殖し、どんどん地上を覆っていった。

彼の目的はひとつだ。

黒い玉座に座る偉大なる闇の天使の姿を、レギオンはまぶたに思い浮かべた。

四百年前、六百六十六の霊気は闇の天使によって織りあわされ、ひとつの集合体となって緑の石に戻された。レギオンはこれより起きることの種としてそこに残されたのだ。新世界に根をおろして地上に繁茂するのを待つ悪の種として。

ついに石の中から解放されると、レギオンは石を割った男の肌にからみついた。それがレオポルトだ。その男の体を新たな器にして深く根をおろし、ふたりはひとつとなった。それからはストリゴイたちをとらえては、手形をつけて奴隷とし、自分の枝葉を広げていった。地上での存在は器であるレオポルトの命にかかっているとはいえ、レギオンは張りめぐらせた枝をとおして、遠くから大勢を操ることができた。

主が戻るための道を開く――それがレギオンの使命だった。闇の天使の帰還によりこの世は浄化され、地上の園から人間という害虫は駆逐される。しかし、その栄光を目にするためには、まずは使命を果たさねばならない。

そして今、それを阻止せんとする勢力がいるのが判明した。

自分の中で揺らめく炎を読んで、そのことがわかった。

だが、レギオンは自分の器が彼に抗い、一部の記憶を隠しているのを感じた。一瞬前、レオポルトの命の炎は闇の中で動揺したように揺らぎ、それがレギオンの注意を引いた。その煙の中から、レギオンは呼称と顔を読み取った。

〈戦う男〉

呼称はそれだけではなかった。記憶が燃えて煙となり、ほかの呼称もそれとともに立ちのぼる。

〈キリストの騎士〉

〈学ぶ女〉

その三人にまつわる預言の言葉をささやく声が煙に交ざり、神の子により記された本が見えた。レギオンは命の炎をのぞきこんでさらに知識を引きだそうとした。

ほかにわたしの邪魔をする者は誰がいる？

6

三月十七日、太平洋標準時午前八時三十二分
カリフォルニア州、サンタバーバラ

やるんじゃなかった……。

歯をぎりぎりと食いしばり、トミーは体育館の中央にぶらさがるロープをさらに数センチよじのぼった。つま先の下ではクラスメイトたちが盛んにはやしたてている。声援なのか揶揄なのかはここからではよくわからない。どくんどくんと轟く心音と、ぜいぜい切れる息のせいでなおさらだ。

何を言ってるかわかったところで、なんの助けにもならないんだけどね。

癌と診断される前から、運動は苦手だった。運動神経が鈍いうえに足も遅いから、陸上競技ではいつもビリだ。それに球技では、どんな形のボールであれ、近づくものじゃないとすぐにわかった。

だいたい、ボールを追いかけ回して何が楽しいんだ？

心から興味を持つことができた運動はひとつだけだ。クライミング。実際、彼はロープを登るのは上手で、この運動のシンプルさが好きだった。あるのは自分とロープだけ。クライミングをすると、どんなときでも悩みや不安が消えた。

でも、今は例外だ。

トミーは膝でロープをしっかりとはさみこんで、体を引きあげた。汗が背中を流れ落ちる。サンタバーバラの気候は年中温暖で、ほとんどいつでも晴れている。彼はそれが気に入っていた。ロシアや北極海上の砕氷船で暮らしたあとでは、あんなに寒い思いは二度としたくなかった。

天使の像の中で氷漬けにされたら、誰だって南カリフォルニアの太陽をありがたいと思うさ。

トミーは体育館の上部に並ぶ窓から注ぎこむ、そのありがたい太陽の光を見上げた。

もう少しだ……。

あと二メートルも登れば、天井に取りつけられた照明に手が届く。この学校では、照明を保護するワイヤーにタッチできる者は毎年ひとりいるかいないかで、トミーは絶対に成功させるつもりだった。

最後の部分を登る前に、彼はひと休みした。最近、息が切れやすかった。大丈夫だろうか。

三カ月前まで、彼は不死身だった……本当に、何をやっても死ななかったのだ。体に天使の血が流れて癌も治り、しばらくのあいだは不老不死になっていた。けれど、その不思議な血はエジプトの砂漠で天へ帰っていった。

今のトミーは普通の少年だ。

そして、普通の少年のままでいるつもりだ。

彼はロープをつかんで止まったまま、上を見て深呼吸をひとつした。

ぼくならできる。

下からひときわ大きな声が彼の耳に届いた。「もう充分だ！　おりてきなよ！」

あの声はマーティン・アルトマンだ。新しい学校でできた、トミーの唯一の友だちだ。トミーはおじとおばに引き取られて転校し、古い友人をみんな失っていた。両親が死に、彼の親戚はこのふたりだけとなった。

つらい思い出に押し潰される前に、トミーはそんな考えを頭から振り払った。下を見おろすと、つま先のあいだからこちらを見上げるマーティンの姿が見えた。ひょろりと長身で、腕と脚が妙に長いこの友人は、くだらないジョークを言ってはよく笑っている。

気楽なもんだよな。親が自分の腕の中で死んだぼくとは大違いだ。

友人に対して急にいらだたしさがこみあげたが、自分が意味もなくむかついているだけなのはわかっていたので、トミーはそんな気持ちをもみ消した。てのひらが汗で濡れてロープがすべり、指に力をこめる。

やっぱり、マーティンの言うとおりかもしれない。

ふいに襲ってきためまいが、その考えをさらに後押しした。下に目をやると、クラスメイトたちの顔がどんどんぼやけていく。意識が遠くなり、トミーは急いでおりはじめた。途中からはてのひらが焼けるのもかまわず、すべりおりる。

手だけは絶対に離しちゃ——。

あとは落下していた。トミーは窓から流れこむ陽光を見上げた。これよりはるかに高い場所から落ちたときのことが頭をよぎる。あのとき、彼はまだ不死身だった。

こういうときは不死身のほうがよかったと思うな。

床に敷かれたマットにトミーは背中から叩きつけられた。肺から空気が押しだされて、うっと声をあげる。呼吸をしようとするが、息が吸いこめない。

「どきなさい！」体育を教えているレッシング先生が怒鳴っている。

目の前が灰色になり——そのあと呼吸が戻ってきた。慌てて思いきり息を吸いこむと、アシカみたいなしわがれた声が出た。

生徒たちが彼を見おろしていた。笑っている者もいるし、心配顔の者もいる。中でもマーティンは不安そうに彼をのぞきこんでいた。

レッシング先生が生徒たちを押しのけて進みでた。「大丈夫だろう」先生が言った。「背中を打っただけだ」

トミーはなんとか呼吸を落ち着かせようとした。このまま床に沈んでしまいたかった。自分を見ている生徒の中にリサ・バレンタインの顔を見つけ、余計に恥ずかしさが増した。好きな子の前で、ばかみたいだ。

急いで体を起こそうとすると、打った背中をひねってしまい、痛みが走った。

「ゆっくりでいい」先生が彼に手を貸して立ちあがらせる。そのせいでトミーはさらに顔が熱くなった。

壁がゆがんで見え、トミーは教師の腕にしがみついた。今日は本当に最悪だ。

マーティンがトミーの左手を指でさした。「それ、ロープで火傷したのか?」

トミーは自分の手を見おろした。確かに、てのひらは真っ赤だが、マーティンの指は手首の内側に広がる黒いしみをさしている。

「見せてみろ」レッシング先生が言った。

トミーは教師から慌てて体を引き離し、よろけながら左手を隠した。「ロープでこすって火傷したんです。マーティンもそう言ったでしょう」

「そうか、それなら一時間目の授業はこれで終了だ」教師は全員に向かって告げた。「シャワーに行きなさい。駆け足だ」

トミーは急いで出ていった。まだ頭がふらふらしているが、ロープから落ちたせいではない。彼は左手首の黒色腫を隠しつづけた。誰にも知られたくない、おじさんとおばさんにはとりわけだ。できるだけ長く秘密にしていよう。自分の体に何が起きているのかはわからないけど、ひとつだけははっきりと言える。

化学療法はもういやだ。

トミーはしみを消そうとするかのように手首の内側を親指でこすった。だが、奇跡が起きないのはわかっている。

癌が再発したんだ。

恐怖と絶望が少年の胸にこみあげた。母か父に相談したいが、それはもう叶わない。だけど、電話で話せる相手ならまだひとりいた。秘密を打ち明けられる人が。

トミーが信用しているその相手は、彼と同じでかつては不老不死だったが、今は普通の人間に戻っていた。

彼女なら、どうすればいいかきっと教えてくれる。

中央ヨーロッパ標準時午後六時二十五分

イタリア、ヴェネツィア

女子修道院内の庭園にたたずみ、エリザベス・バートリは夕日が目に入らないよう、麦わら帽子の広いつばを目深にさげた。昔からの習慣で、外で作業をするときは、帽子をかぶって日焼けから肌を守るようにしている。それは四方を壁に囲まれた、この狭いハーブ園でも変わらない。

王族の血を引く者が、野良で働く農婦と同じ肌色になることなどあってはなりません――何百年も前、彼女はそうしつけられた。当時、エリザベスはチェイテ城の中に自分の庭園を所有しており、そこで薬草を育てては治癒法を研究し、花弁や根っこから薬を調合した。その頃も、はさみと籠を手に屋外に出るときには、必ず日よけとなるものを持っていたものだ。

城の庭園と比べればここのハーブ園はちっぽけなものだが、監獄代わりのこの女子修道院で、タイムにチャイブ、バジルにパセリの香りに包まれて過ごす時間をエリザベスは大切にしていた。その日の午後は、大きくなりすぎたローズマリーの幹を地面から抜いて、そこに新たにラベンダーとミントを植え直した。早春のあたたかな風に、ハーブのほっとする香りが舞いあがる。

目をつぶればここは自分の城で、今は夏の日だと想像できた。もうすぐ城の中から子どもたちが走りだしてきて、彼女は集めたハーブを子どもたちに渡し、一緒に庭園を歩きながら、子どもたちがその日の出来事を話すのに耳を傾けるのだ。

けれど、彼女のまぶたに浮かぶあの世界は四百年前に終わっている。

子どもたちは全員死んでしまった。彼女の城は今では廃墟だ。エリザベータ・バートリの名前さえ、忌むべきものとして声高に口にする者はない。それもこれも、彼女が呪われたストリゴイに変えられたせいだった。

エリザベスはルーン・コルザの顔を思い返した。自分に覆いかぶさる彼の姿を、彼女の血を味わう唇を。情欲に流されたあの一瞬が、エリザベスの運命を永遠に変えてしまった。ルーンの手でストリゴイとして生き返った彼女は、初めは衝撃を受けたものの、やがてその呪われた生を受け入れ、新たに得た能力を存分に楽しむようになった。ところが昨年の冬、彼女はその新たな生さえも、それを与えた同じ手によって奪われたのだ。

今やエリザベスはふたたびただの人間だ。ひ弱で、寿命があり、軟禁されている。

覚えておきなさい、ルーン。

彼女はしゃがみこむと、ローズマリーの枝をはさみで乱暴に切り、石畳の小道に投げ捨てた。一緒に庭の手入れをしているマリエが、手作りの箒でそれをせっせと掃く。マリエは少なくとも八十歳はいっており、乾燥させたアプリコットのようなしわくちゃ顔で、青い瞳は高齢のせいで濁っている。この修道女はエリザベスにやたらとやさしく接した。精神的に大人になれば、彼女の問題行動もいずれ収まると考えているかのように。四百年も生きていて、これ以上大人になりようはないのだけれど。

だが、マリエはエリザベスの過去は何ひとつ知らなかった。彼女の正式な名前さえ。数名を除いて、ここにいる修道女たちは彼女については何も知らされていない。

膝が痛み、エリザベスは反対の脚に体重を移した。その痛みが何によって引き起こされたものかはわかっている。

老化だ。

不老不死の呪いが解けたかと思えば、今度は老いの呪いだなんて。

エリザベスは視界の隅に、中庭を横切って夕食のためにダイニングホールへ向かうベルント・ニーダーマンの姿をとらえた。この上品なドイツ人は、修道院の客室に宿泊している。折り目のついたズボンに、仕立てのいいブルーのジャケットは、この時代では正装でとおる服装だ。彼はエリザベスに手をあげて挨拶した。

彼女はそれを無視した。

なれなれしくされたい気分ではない。

少なくとも今は。

エリザベスはこわばった背筋を伸ばすと、ベルントがいる方向だけは避けて、あたり一面を見回した。このヴェネツィアの修道院には独特の美しさがあった。かつては個人の邸宅だったもので、風格のある正面入り口からは広い運河が見渡せる。背の高い二本の円柱にはさまれた、重厚なオーク材の扉の先は乗船場だ。エリザベスは部屋の窓から、運河を行き交う人々を眺めて何時間も過ごしていた。ヴェネツィアには車も馬も走っていない――移動手段は船か自分の足だけだ。時間に取り残されたようなこの街は、彼女の時代からほとんど変わっていない。

あのドイツ人の宿泊客とは、この一週間で何度か言葉を交わす機会があった。ベルントは作家で、本の取材のためにヴェネツィアを訪れていた。取材というのは、石畳の街路をぶらぶら歩き、おいしい料理に舌鼓を打って高価なワインを飲むことらしい。もしもエリザベスが一日だけ彼に同伴することを許されるのなら、もっとさまざまなヴェネツィアの顔を見せ、この水上都市の歴史をたっぷり教えてあげられるのだが、それは叶わぬ話だ。

ここでは常にシスター・アビゲイルの監視の目が光っていた。この修道女はサンギニストで、建物の外には一歩たりとも出てはなりませんとエリザベスに言明した。生きていくには、エリザベスはこの立派な壁に囲まれて囚人でいるしかなかった。

ベルナルド枢機卿はその点に関して明確だった。過去の罪を贖うため、彼女はここに閉じこめられたのだ。

だが、あのドイツ人は利用できそうだ。そう考えたエリザベスは、ベルントの著作を読み、ワインを飲みながらその内容について彼と話し、称賛の言葉をはさむように気をつけた。そんな短い会話でさえも、ふたりきりではさせてもらえなかった。外部の者と話すときは、マリエか、灰色の髪のぎすぎすしたサンギニスト、アビゲイルに必ずそばで監視された。

けれど、ときおり監視の目がゆるむことにエリザベスは気がついた。最近ではそれが特に多い。彼女がここに軟禁されて数カ月になり、アビゲイルたちの警戒心が薄れてきたようだ。二日前の夜、エリザベスはベルントの外出中に彼の部屋へ忍びこんだ。そして所持品の中に、彼がレンタルしているボートのキーを見つけた。エリザベスはとっさにそれを盗み、どこかに置き忘れただけだとベルントが思うよう期待した。

これまでのところ、盗難騒ぎにはなっていない。

うまくいったわ。

彼女がハンカチで額をぬぐっていると、青いキャップをかぶった若い配達人が庭の反対側に姿を見せた。トミーと同じ、いかにも現代風のしまりのない歩き方で、手脚をぶらぶらさせている。彼女の息子のパルは、小さいときからもっとしゃんと歩いたものだけれど。

マリエが老いた足を引きずるようにして配達人のもとへ行き、エリザベスはふたりの会話を聞こうと耳をそばだてた。今では現代のイタリア語にもすっかり慣れていた。庭の手入れと勉強のほかは特にすることもないのだから当然だ。彼女は夜遅くまで勉強した。学ぶことすべてが、いつの日か脱出するときに武器となる。

蜜蜂が手に止まり、エリザベスはその手を顔のそばへと持ちあげた。

「危ない」背後で声があがり、彼女はびくりとした。ストリゴイだったときには絶対に起きなかったことだ。あの頃ははるか遠くからでも心音を聞き取ることができたのに。

振り返ると、そこにはベルントがいた。彼女にこっそり近づこうと庭を回りこんできたに違いない。アフターシェーブ・ローションの香りが鼻をくすぐるほど、彼は近くに立っていた。

エリザベスは蜜蜂を見おろした。「この小さな生きものが危ないとおっしゃるの？」

「蜂に刺されるとアレルギー反応が起きる人も多いんですよ」ベルントが説明する。「ぼくなんて、刺されたら死ぬ可能性さえあるぐらいだ」

エリザベスは眉をあげた。現代の男はなんとひ弱なのだろう。彼女の時代には蜂に刺されて死ぬ者など皆無だった。それとも実際には大勢いて、単に死因がわからなかっただけなのだろうか。

「まあ、そんなことになったら大変ですわ」ベルントから遠くへと手をやり、息を吹きかけて蜂を飛びたたせる。

それと同時に庭の薄暗い壁際から人影が現れ、こちらへと向かってきた。

もちろん、シスター・アビゲイルだ。

このサンギニストの監視人は、一見、人畜無害な英国人修道女に見える。細い四肢は弱々しく、青い目は歳のせいでかすんでいる。近づきながら、修道女はこぼれ落ちた灰色の髪の毛を頭巾《ウィンプル》に押しこんだ。

「こんばんは、ニーダーマンさん」アビゲイルが挨拶をする。「もうすぐ夕食のお時間です。

ダイニングホールへ行かれたほうが——」

ベルントは彼女を遮った。「実は、夕食を一緒にどうかとエリザベスを誘おうとしていたところです」

アビゲイルはエリザベスの腕をつかみ、青痣ができそうなほど指を食いこませた。エリザベスは抵抗しなかった。うまくやれば、ベルントの同情を買うのにその青痣が使えるかもしれない。

「残念ですが、エリザベスはご一緒できません」有無を言わせぬいらだたしげな口調でアビゲイルが言った。

「でも、よろしいでしょう、シスター?」エリザベスは食いさがった。「わたしは囚人ではないんですもの」

アビゲイルの角張った顔が怒気で赤く染まる。

「じゃあ、決まりだ」ベルントが言った。「食事のあとは、少しボートに乗りませんか?」

急に心拍があがればアビゲイルに気づかれると、エリザベスは反応しないよう努めた。キーがないことに気づかれてしまうだろうか?

「エリザベスは体調がかんばしくないのです」アビゲイルはエリザベスを修道院の壁の中に閉じこめておく口実をひねりだそうと躍起になった。「疲れては体に毒ですので」

「潮風は体によいと聞きましたわ」エリザベスはにっこりと笑った。

「外出を認めることはできません」アビゲイルがぴしゃりと返す。「あなたの……あなたのお父様がお怒りになります。あの方……ベルナルドの耳に入れば、困るのはあなたでしょう？」

修道女いじめは愉快でならなかったが、エリザベスはそこまでにしておいた。確かに、ベルナルド枢機卿の注意を引くのは避けたい。

「残念だな」ベルントが言った。「ぼくは明日には出発しなきゃいけないんですよ」

エリザベスは彼に鋭い視線を向けた。「あと一週間はいらっしゃると思っていましたのに」

彼女の焦りようにベルントは微笑んだ。自分に気があると勘違いしたらしい。「あいにく仕事で呼び戻されて、予定よりも早くフランクフルトに帰ることになったんです」

困ったことになった。この男のボートを使って逃げるのなら、今夜実行するしかない。やはり、これが絶好のチャンスなのはわかっており、エリザベスはすばやく考えをめぐらせた。これには脱出だけでなく、もっと多くのものがかかっていた。

エリザベスには単に自由になるよりもさらに重要な計画があった。

太陽のもとを歩けるようになるのと引き替えに、彼女はあまりにも多くを失った。人間の体では、それまでのように、ささやかな音を聞き取ることも、微かなにおいを嗅ぎ取ることも、夜の闇に滲む色彩を見ることもできない。それはまるで常に分厚い毛布にくるまれているかのようだった。

エリザベスは、人間でいるのが不満だった。ストリゴイに戻りたかった。あの驚異的な力が自分の四肢を流れる感覚をもう一度味わいたかった。そして何より、不老不死の体に戻りたかった。エリザベスはこの修道院の壁からだけでなく、時の流れから解放されることを求めていた。

それを叶えるためなら、誰にも邪魔はさせない。

彼女が行動に出る前に、スカートのポケットに隠してある携帯電話が振動した。

この番号を知っているのはただひとりだ。

トミー。

エリザベスはドイツ人から離れた。「お誘いは感謝します、ベルント。ですがシスター・アビゲイルの言うとおりですわね」彼女はすっとスカートを広げて頭をさげてから、現代ではこんなお辞儀は誰もしないのを思いだした。「庭作業のせいで少し疲れましたの。夕食は部屋で取ることにしますわ」

アビゲイルの唇が固く引き結ばれる。「それが賢明でしょう」

「残念だな」がっかりとした声で彼が言った。

アビゲイルはエリザベスの腕にさらに指を食いこませて、彼女の部屋へと引いていった。

「自室にいなさい」小さな部屋の前にたどり着くなり、命令する。「夕食はわたしが運んできます」

修道女はエリザベスを室内に押しこみ、外からドアに鍵をかけた。足音が消えるのを待ってから、エリザベスは鉄格子のはまった窓辺に向かった。ようやくひとりきりになり、携帯電話を取りだして電話をかけ直す。

トミーの声を耳にした瞬間、何かあったのがわかった。涙が少年の声を詰まらせている。

「癌が再発したんだ」トミーが言った。「どうすればいいかわからない。誰にも相談できなくて」

彼女は携帯電話を強く握りしめた。電波と呼ばれるものをとおして、今では自分の息子も同然に大事に思うこの少年に触れるかのように。「何があったのか話してごらんなさい」

トミーの病歴は知っている。少年はかつて重い病にかかり、天使の血によりそれが治って不老不死となった。今のトミーは彼女と同じ普通の人間で、以前のようにその病気で苦しむことになってしまったのだ。トミーが前にも〝癌〟という言葉を使うのを聞いたが、それがどういう病かエリザベスは今ひとつ理解していなかった。

もっと理解したいと、彼女は質問した。「その癌という病気について、聞かせてちょうだい」

「この病気は、体の中から人を食べ尽くすんだ」すべてをあきらめたかのように、少年の言葉からふっと力が抜ける。「ぼくの体の皮膚や骨を蝕んでいくんだよ」

エリザベスは胸が締めつけられた。自分の息子によくそうしたように、トミーを慰めてやりたかった。「現代なら、その病気も医者に治せるわ」

長い沈黙のあと、疲れたため息が聞こえた。「ぼくの癌は無理だ。前のときは何年も化学療法を受けて、吐いてばかりだった。体毛が全部抜けて、骨まで痛むんだ。それでも、医者はぼくの癌が進行するのを止められなかった」

漆喰塗りの冷たい壁によりかかり、彼女は窓の外の暗い運河の流れを見つめた。「その化学療法をもう一度受けることはできて？」

「化学療法は二度と受けない」きっぱりとした声は、大人びて聞こえた。「本当なら、ぼくはとっくに癌で死んでた。だから、これでいいんだと思う。あんなつらい治療は絶対に受けない」

「あなたのおばさまとおじさまは、なんとおっしゃっているの？」

「ふたりには言ってない。言うつもりもないよ。おじさんとおばさんは、またぼくに癌治療を受けさせるだろうけど、そんなことをしても治らないんだ。ぼくは知ってる。このままでいいよ」

その声に滲む敗北感に、エリザベスの胸に怒りがこみあげた。

あなたに闘う気がなくても、わたしは違うわ。

「あのね」少年が声をあげる。「治らないのはもういいんだ。電話をしたのは、ただ話したかっただけだから。信頼できる誰かに、病気のことを打ち明けたかった」

トミーの率直な言葉にエリザベスは胸がじんとした。世界中で自分を信頼してくれるのは、この少年だけだろう。そして彼女が信頼しているのも彼だけだ。エリザベスの胸の中で決意が大きくなっていく。実の息子が死んだのは、彼女が守ってやれなかったからだ。この少年を同じ目には遭わせない。

トミーはさらに数分ほど、主に亡くなった両親のことについてしゃべった。それを聞きながら、エリザベスは心の中で新たな目的を定めた。

この壁の中から脱出し……わたしがトミーを救ってみせる。

7

三月十七日、午後六時三十八分
ヴァチカン市国

一難去ってまた一難だわ……。

聖域内の書庫から無事気づかれずに戻ることができ、エリンはクリスチャンとシスター・マーガレットと落ちあってふたたび衣服を取り替えた。そしてそのあとすぐに、ヴァチカン宮殿内にあるベルナルド枢機卿の執務室へと呼びだされたのだ。黒いローブをまとった神父に導かれて、エリンは羽目板張りの長い通路を進み、教皇の居住区の中をとおってサンギニスト専用の翼へと向かった。

突然召喚された理由を考えてみたが、何も思いあたらない。

地下へ行ったのがばれたのかしら？

エリンは緊張しないようにして、足を運んだ。前を歩く神父には、すでに理由を尋ねたあとだ。彼の名前はグレゴリー神父。ベルナルドの新しい補佐官だが、口が堅いのは枢機卿に仕える者には必須の資質で、彼の口は閉ざされたままだ。

この新たに採用された神父をエリンは観察した。なめらかな白い肌に、黒々とした太い眉。黒い髪は襟にかかる長さだ。前任の補佐官とは違い、人間ではない――彼はサンギニストだ。見た目は三十代前半だが、それより何百歳も上という可能性もある。

ベルナルドの執務室に到着し、グレゴリー神父がドアを開けた。「どうぞお入りください、ドクター・グレンジャー」

彼女はアイルランド訛りに気がついた。「ありがとう、ファーザー」

グレゴリーは彼女に続いて中に入ると、鎖にさげた古めかしい懐中時計を取りだした。「少し早かったようですね。枢機卿もすぐにいらっしゃるでしょう」

ベルナルドはわざと彼女を待たせて、自分のほうが上であることを見せつけようとしているのだろう。新しい預言が彼女を〈血の福音書〉の所有者に指名したせいで、枢機卿とのあいだには今もわだかまりが残っていた。

グレゴリー神父はマホガニー製の広々とした机の前から椅子を引き、彼女にすすめた。エリンは腰をおろすと、椅子の横にバックパックを置いた。

待っているあいだ、彼女は室内を眺めた。ここは見るたびに新たな発見がある。天井まで届く書架には古い革装の本がぎっしりと並んでいた。卓上で輝く宝石をあしらった地球儀は、十六世紀の世界の図だ。ドアの上には十字軍の時代の剣が飾られている。一千年前、ベルナルド枢機卿はまさにその剣を振るって、サラセン人からエルサレムを奪還した。エリン自身、彼の卓越した剣さばきを数カ月前に目撃している。ベルナルドは裏側から物事を取り仕切るのを好みはしても、今も猛々しい戦士であるのは変わらない。

その点は忘れずにおこう。

「一日中調べ物をされて、お疲れでしょう」グレゴリー神父がドアへと引き返す。「待っているあいだ、コーヒーをお持ちします」

ドアが閉まるなり、エリンは枢機卿の机の正面に回りこみ、卓上に置かれた書類に目を走らせた。数カ月前なら、枢機卿の私物を勝手に調べることに尻ごみしただろうが、ベルナルドの秘密主義のせいで人が死ぬのを見るのはもうたくさんだった。

知識は力だ。それを枢機卿にひとり占めはさせない。

一番上にあるのはラテン語の文書で、エリンはそれに目をとおしながら頭の中で訳した。二匹のストリゴイがローマにあるナイトクラブを襲い、三十四人が殺害されたと報告されている。ストリゴイによるこれほど公然とした襲撃は異例で、現代ではほとんど皆無と言ってもいい。この数世紀でストリゴイたちもおのれの存在を隠すことを学び、捕食した遺体は闇から闇へと処分している。

けれど、それが変わったのは明らかだ。

エリンは大量殺人事件に関する報告書を最後まで読み、さらに衝撃的な事実を発見した。殺された者の中には三名のサンギニストが含まれていたのだ。彼女はまさかと息をのんだ。戦いのプロであるサンギニストが、ストリゴイ二匹に三人も殺された？

次の報告書に目を移すと、それは英語で書かれていた。ロンドン郊外にある軍用基地の食堂内で、武装した兵士二十七名が殺害されたという同様の報告だ。

エリンは残りの書類を手に取り、ぱらぱらとめくった。どれも異様で残虐な襲撃に関する報告で、場所はイタリア、オーストリア、そしてドイツにまたがっている。彼女はその内容の残酷さに呆然とし、ドアが開くのにも気づかないところだった。

エリンははっと顔をあげた。

枢機卿の地位を表す緋色のローブをまとい、ベルナルドが入ってきた。白髪と穏やかな物腰は、一見、やさしい祖父といった印象だ。

枢機卿はため息をつき、机に向かってうなずいた。「報告書を読んだようですね」

今さらごまかしても無駄だ。「どれも詳細に関する記述が不充分です。襲撃者について、新たにわかっていることはないんですか？」

「いいえ」枢機卿はエリンと入れ替わりにデスクチェアに座り、彼女はもとの椅子に戻った。「われわれにわかっているのは、彼らの攻撃は凶暴で統率性がなく、予測不可能だということです」

「目撃者はどうなんです？」

「これまでのところ、ひとり残らず殺されている。ですが、一番最近の襲撃では、ナイトクラブの監視カメラに映像が残っていました」

エリンは背筋を伸ばした。

「目をそむけたくなるような光景ですよ」枢機卿は警告して、コンピューターの画面を彼女へと向けた。

エリンは身を乗りだした。「かまいません」

枢機卿がファイルを開くと、粒子の粗い映像が現れ、薄暗いフロアで踊る人々の姿が見えた。音声は入っていないが、ストロボライトが点滅するクラブ内に、音楽の重低音が響いているのが聞こえてきそうだ。

「このふたりに注目してください」ベルナルドは指で示した。

画面の端に暗い色の服を着たふたりの男が現れ、ダンスフロアへゆっくりと進んでいく。ひとりは白人で、もうひとりは肌が真っ黒だ。エリンはその人物をよく見ようと顔をよせた。画質が悪くて顔立ちははっきりしないが、その男の肌は光を吸収するかのようだった。男の顔はどこか不自然で、人間の皮膚というより、仮面を思わせた。

捕食者の気配を感じたのだろうか、踊っていた集団が分かれて、ふたりのまわりにいびつな形の丸い空間ができた。彼らの警戒心は正しかった。その直後、二匹のストリゴイが襲いかかった。その動きはあまりにすばやく、画面上のふたりの姿がぼやける。エリンはこんなスピードで動くストリゴイを見たことがなかった。

十秒もせずに、フロアに立っているのは二匹のストリゴイだけとなった。彼らの足もとには血まみれの胴体や、引きちぎられた腕や脚が転がっている。ストリゴイは床から女をひとりずつ拾いあげて肩に担ぎ、画面の外へと消えた。

哀れな女性たちのその後を思い、エリンはぞっと身震いした。

枢機卿がキーを叩き、画面が静止する。

フロアにいた者たちが最後に感じた苦痛と恐怖を想像して、エリンはごくりと息をのんだ。彼らは一方的に虐殺されたのだ。

「警察は殺人犯を捜索しているんですか？」彼女は尋ねた。

枢機卿は画面の向きをもとに戻した。「捜索はしているが、自分たちが何を追っているのかは知らされていない」

「どういう意味です？」

「この映像を警察に見せるわけにいかない。あなたもご存じのように、ストリゴイの存在を示す証拠を公開することはできないのです」

エリンはあきれて体をそらした。「では、一般市民はどうやって自分たちの身を守ればいいんですか？」

「われわれは警邏《けいら》の者を増員し、昼夜をとおして市街の見張りに当たらせている。このふたりの殺人鬼は必ず見つけて始末します。それが騎士団に神より与えられた使命なのですから」

それまでに罪のない命がどれだけ奪われるだろう。「こんなに敏捷なストリゴイは見たことがありません」

枢機卿は顔を曇らせた。「この二匹だけではない。世界中から類似の報告がもたらされている。どういうわけか、ストリゴイが変化しはじめ、より強くなっているのです」

「それはわたしも耳にしました。けれど、なぜそんなことが起きてるんでしょうか？　それにどうして今なんです？」

「はっきりしたことは言えませんが、預言と関係しているのかもしれません」

エリンはその言葉が示唆するものを考え、眉根をよせた。「ルシファーの枷がゆるんだということでしょうか」

「それにより、地上における悪が力を増しているようです。均衡が崩れつつある。呪われた生きものたちのほうへと力が傾き、その一方で神の勢力の力は減じている」

エリンはベルナルドを改めて見つめた。「それは枢機卿ご自身も感じているんですか？」

彼は机の上で片方の手を握りしめた。「神聖なヴァチカンの地にいれば、われわれの力が弱まることはない。しかし、この外では、過去三カ月で十八人のサンギニストが殺されている」

十八人？　騎士団はすでにこの数十年で数が減少しはじめていた。カトリック教会の司祭職と同じだ。サンギニストたちはこれ以上戦士を失うわけにはいかない。戦いのときが迫っているのであればなおさらだ。

「ストリゴイの襲撃に地理的パターンはありますか？」彼女は尋ねた。「この異常な襲撃が最初に発生した場所がわかれば、それを止める手がかりが得られるかもしれません」

枢機卿の目がすっと細くなり、彼女を見据えた。「あなたは相変わらず鋭い、ドクター・グレンジャー」

エリンは姿勢を正した。「すでに何かを突きとめているんですね」

「襲撃の発生地と日にちを整理し、地図に示したものがある」

「データのマッピング」彼女は言った。「すばらしいわ」

枢機卿はうなずくと、コンピューターの画面をふたたび彼女へ向けた。すぐにヨーロッパの地図が画面に呼びだされる。襲撃された場所には小さな赤い点が光っていた。その数の多さに圧倒されながらも、エリンは地図に意識を集中させた。

「発生した日にちをさかのぼっていくと」地図を示しながらベルナルドが言った。「襲撃はあるひとつの場所から始まったようだ」

最初に襲撃が発生した場所がズームアップされる。

そこに記された地名を声に出して読みあげながら、エリンは血の気が引くのを感じた。

「クーマエ……巫女《シビュラ》の神殿がある場所だわ」

ジョーダンが作業をしている現場でもある。

エリンはベルナルドへと視線を転じた。「ジョーダンか、彼のチームから何か連絡は？あそこで何かわかったんですか？」

枢機卿はゆっくりとデスクチェアに沈みこんだ。「あなたに来てもらったもうひとつの理由がそれだ。先にわたしから耳に入れておくべきだと思ったのです。あそこで襲撃があり――」

銀のコーヒーセットを手にグレゴリー神父が入ってきて、枢機卿の話は中断された。エリンは振り返った。動揺して、軽いめまいを覚える。グレゴリーは、狂ったように脈打つ彼女の鼓動が聞こえたらしく、ドアの前で固まった。

彼女はベルナルドへと顔を戻した。「ジョーダンは無事なんですか？」

ベルナルドはグレゴリー神父に手で示した。「コーヒーはそこのテーブルに置きなさい。あとは結構です」

エリンはベルナルドの補佐官が立ち去るのを待つ気はなかった。サンギニストたちにのらりくらりと質問をかわされるのはもうたくさんだ。

「何があったんです？」彼女は詰めよるようにして身を乗りだした。

ベルナルドは片方のてのひらをあげ、落ち着くよう促した。「心配はいりません、ジョーダンも彼のチームも無事です」

エリンは椅子の背にもたれかかり、震える息を吐いた。けれど、枢機卿の話にはまだ先があるのが勘でわかった。とはいえ、一番の心配は取り除かれたのだ。彼女はグレゴリー神父が退室するのを待ってから、ベルナルドにたたみかけた。

「ほかにも何かあったんですね？」

「今日の午前中、ジョーダンのチームは新たなトンネルを発見した。最近掘られたばかりのものだ。落石で塞がれた神殿内から、何かが外へ脱出したらしい」

「何かが？　それはどういう意味です？」

「われわれにもわからない。しかし、神殿からレオポルト修道士の遺体が消えていたことは判明している」

エリンは頭の中で情報を整理した。昨年の冬、レオポルトは神殿内での戦いでルーンに喉を切られて死んだ……少なくともそう見えた。だけど、遺体がそこにないとなると、レオポルトが生きているか、何者かが彼の遺体を運びだしたかのどちらかだ。

彼女は一番心配なことに話を戻した。「襲撃された、とおっしゃいましたが」

「神殿内で、ジョーダンと彼のチームはストリゴイに不意打ちされたのだ」

エリンは立ちあがり、コーヒーセットへと向かった。不安のあまり座っていられなかった。

コーヒーを注ぎながら、ジョーダンは無事だと自分に言い聞かせる。

それでも……。

カップを包みこんでてのひらをあたため、ベルナルドとまっすぐ向きあう。「その襲撃者も、あのパワーアップしたストリゴイだったんですか？」

「そのようだ。いい知らせもある、ジョーダンたちはそのストリゴイの遺体を検視のためにローマへ搬送しているところだ。遺体から何か解明できるかもしれない」

「いつ到着するんですか？」彼女は勢いこんで尋ねた。ジョーダンに会って、彼の無事な姿をこの目で確かめたい。

「あと一時間以内にここに到着する。洞窟内でほかにも何か見つけたそうだが、それについては電話では話したくなかったようだ。ええ、ジョーダンはまずあなたに見せたいと言っていた」ベルナルドは自分が二の次にされたのが不服なようすだ。「あなたならそれが何かわかるかもしれないと考えているのでしょう。なにせあなたは、彼が言うように〈学ぶ女〉だ」

エリンはコーヒーをすすり、胸の中の冷たい不安の塊をその熱で溶かした。ジョーダンが信頼をよせてくれるのはうれしい。けれど、それが彼の買いかぶりでないことを祈りたい。

クーマエから彼が何を持ち帰るのかはさっぱり見当がつかず、エリンはレオポルトの遺体が消えた謎について考えた。ベルナルドのさっきの言葉が脳裏をよぎる。

〝神殿内から、何かが外へ脱出したらしい〟

午後七時二分
イタリア、ローマ

ローマの中心で、レギオンは高い壁に沿って歩いた。壁が落とす影に自分の体がすっぽり包まれるよう気をつける。太陽は沈んだものの、残照が街路を明るく染めていた。彼は外では暗い場所を好んだ。用心のためにコートのフードをかぶっているのは、はっきりしていることがひとつあるからだ。

わたしの素顔を目にして、その偉大さを認めぬ者はいない。

しかし、まだわかっていないことがあまりに多かった。

それを終わりにしなければ。

レオポルトという名のこの器は、なかなか使いようがあるとわかった。体の中で今も光をはなつ炎から、レギオンは自分を邪魔する者がいるらしいことを学んでいた。〈戦う男〉の名を持つ男の顔を思い返し、レギオンはブルーの瞳と精悍な顔つきを脳裏に焼きつけた。雄々しさを発散するあの姿は、男らしさの塊だった。

高い壁沿いを進んでいると、大型の乗り物が彼の脇を走りすぎ、ゴミを巻きあげ、悪臭のする煙を噴きだした。レオポルトの記憶から、これがバスという名称なのは知っていた。だが、レギオンは自分の中にある別の記憶をたぐりよせた。人間に踏み荒らされる前、この地上は楽園だった。青草や大樹が荒々しく生い茂る大地を、人間は石の人工物で覆った。蒼天の下で清らかなせせらぎが流れていた土地は、水も大気も汚染された。

初めからわかっていたのだ、人間はこの楽園を手にするのにふさわしくないと。天国の戦争の際、ルシファーは人間という被造物で地上を満たさんとする神の計画を阻害しようとした。しかし、神に逆らった天使の軍勢は戦いに負け、地獄へ堕とされた。そして、ルシファーが危惧したとおり、人間はこの楽園にはびこる雑草に、根こそぎ駆除して焼き払われるべき存在になったのだ。

わたしがこの楽園を取り戻そう。

そのためには、邪魔者たちについてさらなる情報が、その者たちを食いとめられるだけの知識が必要だった。レギオンはそばの壁に黒い指をすべらせた。壁の石に満ちる神聖な力が指先をちりちりと焼く。この壁はローマとヴァチカン市国を隔てている。彼はとある目的のために、聖なる都の外周を歩いていた。

レオポルトの記憶から、預言の三人と呼ばれる残るふたりの者たちも明らかになっていた。〈学ぶ女〉と〈キリストの騎士〉。おそらくふたりはこの近くだ、神の力に守られたこの砦に隠れているのだろう。レギオンは壁から指を離すと、闇が渦を描くてのひらを見おろした。

触れるだけで支配できるこの手があれば、邪魔者たちは排除できる。

そのための第一歩が彼のほうへと近づいてきた。聖なる都の周辺であれば、こういう者がいるだろうと期待していた。歩道をやってくるその人影は、一見ほかの歩行者となんら変わらない。だが、レギオンの鋭い聴覚は重大な違いをひとつとらえていた。

この男からは心音が聞こえない。

サンギニスト。それはレオポルトの記憶から学んだ言葉だ。神に仕えるその相手は、レギオン自身の異様な風貌に気づくのが一瞬遅れた。レギオンはローブの袖口からのぞく手首を黒い指でつかんだ。彼の獲物が意志を焼き払われて膝をつく。レギオンは相手の心臓に影を送りこんだ。

聖なる都の中で、わたしの目、わたしの耳となれ。

レギオンは壁を見上げた。この奴隷を使い、邪魔者たちが隠れている場所を見つけだそう。

クーマエのような失敗はしない。

午後七時十五分
ヴァチカン市国

ジョーダンの帰りを待つあいだ、エリンはコンピューターの画面に映しだされた地図を眺めて、考えをめぐらせた。襲撃の発生地点はクーマエから外へ広がっている。

「疫病に似ている」彼女はつぶやいた。

報告書に目をとおしていた枢機卿が顔をあげる。「なんのことです？」

彼女は画面を指さした。「ストリゴイによる異常な襲撃の増加を、疫病の感染拡大と同じようにとらえてみてください」

「それで？」

「わたしたちは襲撃を食いとめる方法ではなく、一次感染者、つまり一番最初にパワーとスピードを身につけたストリゴイを探すべきかも――」

短いノックの音が彼女の話を中断させた。

「お入りなさい」ベルナルドは声をかけ、緋色のズケット（聖職者がかぶる椀形の小さな帽子）をまっすぐにした。本人が認めるよりも、枢機卿ははるかに見栄を気にする。

振り返ると、グレゴリー神父がドアを大きく開いて中へ入ってきたところだ。だが、彼はそのままドアを押さえている。続く来訪者の姿を見るなり、エリンは椅子から立ちあがり、駆けよっていた。

ジョーダンが彼女を抱きとめてかかえあげる。エリンは彼を強く抱きしめた。下におろされると、彼女はジョーダンの肩に手を置いたまま、背中をそらして彼の全身をくまなく確かめた。

ベルナルドからは心配ないと言われたものの、エリンの心には不安がのしかかっていた。けれど、彼は確かに元気そうに見えた。それどころか、日焼けした肌は健康そうに輝いている。

エリンはつま先で立ち、キスを求めた。ジョーダンはかがみこんで彼女の頬に軽くキスをした。その唇は熱く、熱があるかのようだ。エリンは踵をおろして、自分の頬に手を触れた。頬にキスするだけ？

彼らしくもないよそよそしい愛情表現に、エリンは拒絶されたも同然に感じた。

彼女は澄んだブルーの瞳をのぞきこんで、短い金髪に手を伸ばしてすべらせた。どういうことなのか彼に問いかけたかった。だが、彼女が触れてもジョーダンからはなんの反応もない。エリンは彼の額に手の甲を押しあてた。彼の肌は燃えているみたいに熱い。

「熱があるの？」

「いいや、体調はすこぶるいい」彼は横へどいて自分の背後にいる仲間を親指で示した。「こいつを捜してかけずり回ったせいで、体温があがったんだろう」

そこにはクリスチャンが立っていたが、若いサンギニストの表情には不安が滲んでいる。やはり、ジョーダンは彼女に何かを隠しているようだ。

エリンが追及する前に、クリスチャンが部屋に入ってきた。彼ははき古した黒いジーンズに紺色のウインドブレーカーというカジュアルな服装で、ローマンカラーが襟もとからのぞいている。彼はベルナルドにうなずきかけた。「ソフィアとバーコはストリゴイの遺体をヴァチカン内の診療室へ運んでいるところです」

ジョーダンの変化を案じるのはひとまずやめにして、エリンはクーマエから持ち帰られた謎に気持ちを集中させた。ストリゴイがパワーとスピードを増した原因がわかれば、今後の対策へとつながるはずだ。

だが、クリスチャンの話はまだ終わりではなかった。

彼はウインドブレーカーのポケットからカーキ色の布を引っぱりだすと、気まずそうにジョーダンをちらりと見た。「これをエリンに見せるよう、ソフィアに言われたんだ」

汚れた布に目を留め、エリンは息をのんだ。それはジョーダンのシャツだった。中央はすぱっと切り裂かれ、乾いた血がこびりついている。エリンは動揺してジョーダンを見上げた。

彼は笑みを返した。「何も心配することはない。襲撃者ともみあったときにかすり傷を負っただけだ」

「かすり傷?」彼がすべてを話していないのは直感でわかった。「見せてちょうだい」

ジョーダンはてのひらを向けて彼女を止めようとした。「本当だ、見たって何もないぞ」

「ジョーダン」エリンは冷ややかな声で警告した。

「しかたないな」彼は片方の手でTシャツをめくりあげた。くっきりと割れた腹筋が露わになる。

確かに、これに関してはなんの問題もないわ。

異様に熱を帯びた肌を指でなぞると、細い傷痕が一本走っていた。以前はなかったものだ。エリンは彼の腹部に手を置いたまま、クリスチャンが手にしている血染めのシャツに視線を戻した。シャツが破れている箇所と傷の位置は一致していた。

「かすり傷だとしても、こんなに早く傷が塞がっているなんて普通じゃないわ」

ベルナルドもジョーダンの傷を調べに近づいてくる。

「ソフィアとバーコの話では」クリスチャンが説明した。「ひとりでに傷が塞がったらしい。それで彼の体に悪い影響が出ているようすはないそうだ」

悪い影響は出ていないですって？

エリンの指先の下で、ジョーダンの肌は熱く燃えていた。それに彼はエリンと目を合わせようとしない。彼の体が同じように高熱を発したことが一度あった。トミーの体に流れていた天使の血に助けられて、彼が生き返ったときだ。これも〈戦う男〉に関する預言と関係があるのだろうか？　彼女の頭の中で預言の言葉がこだました。〈戦う男はこれより先、天使とともに限りある生涯をまっとうすべし〉

ジョーダンはシャツを引きおろしてエリンを見た。「きみに心配をかけたくなかった。傷のことはふたりきりのときに話すつもりだったんだ」

本当に？

彼の言葉を信じられない自分がいやだけど、それでも疑ってしまう。

「先にもっと重要な報告がある」

ジョーダンは迷彩柄のズボンから何かを取りだしてみんなに見せた。鋭い断面が蝋燭の明かりを反射する。それはふたつに割れた緑色の石のようだった。

「巫女《シビュラ》の神殿にある岩のそばで発見したものだ」

ジョーダンは奥へと進み、枢機卿の机の上にそれを置いた。エリンたちはそのまわりに集まった。石の表面が光を弾き、のぞきこむ者たちの顔に虹色の輝きを投げかける。日光を思わせる黄色、太陽を浴びた芝生のような緑、夏空と同じ青。エリンはこれほど鮮やかな輝きを見たことがなかった。ただのガラスでないのは明白だ。

「なんの石かしら?」

「ダイヤモンドだろうね」クリスチャンはそう言って石に顔を近づけた。「もっと正確に言えば、緑色のダイヤモンド。極めてまれな宝石だ」

エリンの目は石の美しさに釘付けになった。ダイヤモンドが振りまく光の粒が卓上で戯れている。緑色に輝く光のかけらは、小さな葉っぱが夏の風に踊るさまを思わせた。

ジョーダンはふたつの石をよせてぴたりと合わせた。「発見したときはすでにふたつに割れていたが、もともとはひとつの宝石だったようだ。これを見てくれ」

合わせた石を裏返すと、そこにはひとつのシンボルが描かれていた。

彼女は身を乗りだし、人さし指でそれをなぞった。

「このシンボルなら前に見たことがあるわ」

まわりの者たちの驚いた顔を、エリンは少しだけ楽しんだ。

「どこでです？」ベルナルドが催促する。

彼女は枢機卿の書架を指さした。「今はあそこにあるはずよ」

エリンは証明するために書架へと進み、革張りの小さな本を抜きだした。それはエリザベス・バートリがストックホルムの雪の上に落としていった古い日記で、エリンはそれを拾って枢機卿に渡していた。そこには血の伯爵夫人の残虐な人体実験の記録がしたためられている。

エリンは机に戻って日記を置くと、ぼろぼろになった表紙を開いた。数百年も昔のものだというのに、ページから立ちのぼる血のにおいが鼻を突く気がしてならない。薬草の図が描かれている最初のほうのページは飛ばし、のちにエリザベスの新たな研究対象となった人体やストリゴイの解剖図が記された箇所へと進む。華麗な文字で綴られた記述にエリンは目を留めた。そこにはエリザベスが生きたままの女性やストリゴイに対して行った身の毛もよだつ実験が記録されていた。被害者たちは苦しみのうちに壮絶な死を遂げたに違いない。

エリンは急いでページをめくった。

探しているものは日記の最後のページにあった。急いで書きとめたかのような図だ。

ダイヤモンドにある図形とぴったり一致する。

「これはどういうことだ？」ベルナルドが声をあげた。

「描いた本人にきくしかないでしょうね」エリンは言った。

ジョーダンがうめき声をあげた。「彼女が自分からぺらぺらとしゃべるとは思えないぞ。

砂漠でルーンに人間に戻されて、すっかりへそを曲げていただろう。ああいう女はやたらと根に持つんだ」

「それでも、彼女の心を動かせるのはルーンひとりでしょうね」

ジョーダンはため息をついた。「言い換えれば、三人組の再結成ってわけか」

彼は不服そうだが、エリンは少しほっとしていた。これで預言の三人がまた集まることになる。

ルーンの蒼白な顔と暗いまなざしを思い浮かべながら、エリンはベルナルドを振り返った。

「さまよえる〈キリストの騎士〉は、今どこにいるんですか？」

8

三月十七日、午後八時三十七分
イタリア、カステル・ガンドルフォ

これさえ終わればローマに戻れる。

本音を言えば、特に急いで帰りたいわけではなかった。エジプトから帰国したルーンは、湖畔の村カステル・ガンドルフォにある、教皇の避暑用の城に立ちよっていた。教皇自身が滞在することはまれで、城は一般のカントリーハウスのように維持されている。ここでは悠然と時が流れ、城に訪れる変化は季節の移り変わりだけだ。

窓辺にたたずみ、ルーンは春の丘と月に照らされたアルバーノ湖の水面に目を走らせた。砂漠で数週間も過ごしたあとで、自分がどれほど水のある光景に飢えていたか初めて気づいた。水と緑、そして魚のにおいを彼は胸いっぱいに吸いこんだ。

そのとき踵に鋭い痛みが走った。石造りの床に視線を戻すと、いたずらな子ライオンが彼の靴をかじっている。雪のように白い動物は、スフィンクスと同じポーズで床にぺったりと腹をつけていた。ただし、スフィンクスは頭を横に傾けていないし、その歯が革に食いこんでいることもない。

「そこまでだ」彼は離そうとしない子ライオンを足から振り払った。

幼い動物はエジプトからの移動にも耐えた。イタリアに向けて離陸する前に、ミルクと肉を腹いっぱい食べさせてやると、フライト中、子ライオンはケージの中で丸まってぐっすり寝ていた。

もう腹が減ったようだな……だが、靴はだめだ。

ノックの音が響き、ルーンと子ライオンは同時にドアを振り返った。城の離れた一角にあるこの部屋で内々に面会を頼んでおいた相手であるよう願いつつ、ルーンは急いで駆けよった。ドアを開けると、そこには丸々と太った聖職者が立っていた。ルーンの肩にも届かない頭は、灰色の髪の頭頂部が剃られてトンスラになっている。

「パトリック修道士、お越しいただいて感謝します」

サンギニストの修道士仲間は、堅苦しい挨拶は抜きにして、室内へと入ってきた。冷たい手でルーンの両手を握る。「きみがわたしに会いに来てると聞いたときは、耳を疑ったよ。ずいぶん久しぶりじゃないか」

ルーンは再会を喜ぶ修道士に微笑んだ。「すっかりご無沙汰していました、パトリック修道士。最後にお会いしたのはいつだったでしょうか？」

　修道士は顔をくしゃっとしかめて考えこんだ。「確か、最後に会ったのは、人類が初めて月面を歩いたときではなかったかな。知っているぞ、きみは何カ月か前にも城へ来たのに、すぐに帰っただろう」しかるように指を振る。「挨拶ぐらいしていくものだ」

　ルーンは頭をさげた。あのときは騎士団内にいた裏切り者のせいで多大な被害が出た直後だった。その対処に追われて、挨拶をする余裕もなかったのだが、今さら弁解することでもない。幸い、パトリック修道士の注意はすぐにルーンの連れへとそれた。

「おお、これはまた！」パトリックは腰を落として、動物のやわらかな耳をまさぐった。「きみの非礼は水に流そう。これほど見事な生きものは長らく見ていない」

　パトリックは城で馬や牛、鳩や鷹が飼われていた時代から、家畜の世話係をしている。小柄でころころとした体形にもかかわらず、馬車の用意をさせると、誰よりも早くすべての馬に馬具を装着することができた。百年以上も昔、ルーンは彼のもとで厩舎の仕事をしていた。パトリックは神が創造した生きものたちの最もよき理解者だ。

「腹をすかせているようだな」パトリックの言葉がそれを証明する。

「たっぷり食べさせてからまだそれほど経っていないんですが」

　年配の修道士は小さく笑った。「育ち盛りのときはそういうものだ」腰をあげてドアを示す。「それでは案内しよう。居心地のよい場所を選んでおいた。連絡をもらったあと、きみのかわいい連れのためにも何もかも用意をしておいた」

　うれしそうに跳ね回る子ライオンを従えて、パトリックは廊下へとルーンを促し、階段をくだって建物の外へ出た。庭を進み、古びた厩舎が並ぶ一角へ向かう。

　厩舎の中に足を踏み入れるなり、馬と革、それに干し草のにおいがルーンの心に百年前の暮らしをよみがえらせた。馬たちのゆっくりとした力強い心拍が音楽のように彼を取り囲む。今では厩舎にいる馬はほんの数頭で、すべての長旅に四本脚の動物が必要とされた時代からは、比べものにならないほど激減していた。

　パトリックの姿が見えると、馬たちはいっせいにいなないた。修道士はすぐにポケットから角砂糖を取りだして与え、一頭一頭の鼻面をなでてやりながら奥へと進んだ。好奇心旺盛な子ライオンが馬房の中に飛びこまないように、ルーンは抱きかかえた。

　奥にある事務室にたどり着き、パトリックはルーンと子ライオンを中へとおした。壁には馬の写真と鉛筆画が並んでいる。ルーンは見知った馬の姿に目を留めた。彼がここで働いていた頃にパトリックが手塩にかけて育てた名馬だ。

　修道士が彼の視線を追う。「ああ、覚えているかい、聖火《ホーリー・ファイアー》だ。あれはすばらしい馬だった。母馬の腹から出てくるなり、四本の脚ですっくと立ちあがってね」

　パトリックは散らかった机には目を向けず、小型冷蔵庫へと進んだ。中からステンレス製の牛乳缶を取りだし、棚から出した陶器の大きなボウルにミルクを縁まで注ぐ。

それが床に置かれるなり、子ライオンは走りよってボウルに顔を突っこみ、ぴちゃぴちゃ舐めた。満足げに喉を鳴らす音が室内に満ちる。

一瞬、ルーンは自分の意識が肉体から引き離される奇妙な感覚にとらわれた。気づくと鼻先には真っ白なミルクがあり、なめらかな液体が喉を流れるのが感じられた。そこでふいに自分の体に引き戻され、彼はうしろによろめいた。

パトリックが心配そうに彼を見る。「どうかしたのか?」

ルーンはぶるりと頭を振り、心を落ち着かせた。何が起きたのだろうか。子ライオンからパトリックへと目を移し、疲れのせいだと自分に納得させる。今はもっと現実的な相談がある。

「ライオンの世話を引き受けていただいて、ありがとうございます。面倒がかかるでしょうが、可能なあいだはここで預かっていただけると助かります」

「喜んでそうするつもりだが、永遠にここに置いておくわけにもいかない。ここには馬がいる。いずれは動物園か、きちんとライオンを飼える広さと設備のある場所に引き取ってもらわねばな」ルーンを見上げて、子ライオンの脇腹をとんとんと叩く。「本当にかわいい子だ。しかし、動物を拾ってくるとはきみらしくない。どんな事情があるんだね?」

母親がブラスフェメアだったとは言えず、ルーンは言葉を濁した。「母ライオンの死体のそばにいるのを見つけたんです」

「ひとりぼっちの動物は大勢いる。きみはそれをいちいち拾ってわたしに預けようというのかね」

「このライオンは……ほかとは違う。特別なんです」

パトリックは続く説明を待ったものの、話はそれで終わった。彼は自分の膝を叩いて立ちあがった。「数週間ならここで預かれるだろう。念のために、この子の引き取り手を探しはじめておくよ」

「感謝します、パトリック」

机の上で電話が鳴った。修道士が目を向けて眉根をよせる。「どうやらわたしに用がある者がほかにもいるらしい」

パトリックが電話に出ると、ルーンは子ライオンの首をさっとなでてから、ドアへと向かった。事務室から出たところで、パトリックが彼を呼びとめる。

「読みがはずれたよ、ルーン。わたしではなく、きみに用があるそうだ」

ルーンは中へと戻った。

パトリックが受話器を置く。「枢機卿の執務室からの電話だ。猊下からの伝言で、至急ヴェネツィアへ向かうようにとのことだ」

「ヴェネツィアに？」

「ベルナルド枢機卿がそこできみを待っている」

ルーンは胸騒ぎを覚えた。この呼びだしの理由は見当がつく。エジプトでの出来事のあと、エリザベータはヴェネツィアの女子修道院に送られ、壁に囲まれて暮らしている。

彼女が今度は何をしでかしたんだ？

ルーンは今後の予定を見直した。ライオンを預けたあとは、まっすぐローマへ向かい、エジプトの砂漠で拾い集めたルシファーの血をヴァチカンに届けるつもりでいたが、予定の変更により、この黒い粒を一時的に保管する場所が急遽必要になった。心に邪悪な影響を及ぼす悪の種を、エリザベータのそばへ持っていくのは論外だ。

ルーンは修道士の机に歩みよった。パトリックは彼の表情を読み取ったらしい。「わたしはほかに何をすればいいのかね、わが息子よ」

ルーンはポケットから革の小袋を取りだし、机に置いた。袋からしみだす邪気に、修道士があとずさりする。「城にある枢機卿の金庫にこれを保管していただきたい。誰もこの中身に触れてはなりません」

小袋を見て顔をゆがめながらも、修道士はうなずいた。「ずいぶんと変わったものばかり持っているのだな、ルーン」

ルーンは相手の手をしっかりと握った。「今日はあなたのおかげでふたつの重荷から解放されました。心から感謝します」

ルーンは外へと向かった。ここでの用事は片付いたが、心は少しも軽くならなかった。ヴエネツィアでは何が待っているのだろうか。ひとつだけははっきりとわかる。
彼の来訪を、エリザベータは喜びはしないだろう。

第二部

すると、ユダヤ人たちは口々に言いあった。
「この人は自分の肉をわたしたちに与えて食べさせると言うが、
どうしてそのようなことができようか」
イエスは彼らに言われた。「これより話すことは不変の真実である。
人の子の肉を食べ、またその血を飲まない限り、あなたがたの内に命はない。
わたしの肉を食べ、わたしの血を飲む者は永遠の命を持つ。
そして終わりの日にわたしはその者をよみがえらせよう」
——『ヨハネによる福音書』第六章五十二節〜五十四節

9

三月十七日、午後八時四十分
イタリア、ヴェネツィア上空

ヘリコプターはアドリア海上空に差しかかり、ジョーダンは腕時計に目を落とした。思ったより早く着いた。前方では黒々とした干潟を背景にヴェネツィアの街が燦然と輝き、まるでイタリアの海に宝冠が置き去りにされたかのようだ。

機内には彼とエリンのほかに、サンギニストが三人乗りこんでいた。クリスチャンはコクピットで操縦桿を握り、ソフィアとベルナルドはジョーダンたちと一緒に客室に座っている。枢機卿が同行したのは意外だった。

ローマでじっと座っているのにも飽きたんだろう。

とはいえ、ほかのふたりと同様に枢機卿は熟練の戦士だ。加勢が増えるのは歓迎だ、地下神殿での襲撃のあとではなおさらだった。なんらかの不思議な治癒力が焚きつけた火が、今もなお彼の腹部を焼いていた。その熱は雷に打たれて肌に残った古い火傷痕にまで流れこみ、肩に胸や上腕、そして背中に広がっている。

その熱を帯びた肩に、エリンが頭をもたせかけた。ジョーダンは彼女の指を握った。フライト中、彼女は何度も心配そうな目で彼を見上げた。無理もない。ジョーダンは腹を刺されたそのすぐあとにはぴんぴんしていたのだ、ソフィアとバーコでさえ気味悪がっていた。

ヘリコプターが大きく揺れ、ジョーダンの注意は窓の外に広がるヴェネツィアの街へと引き戻された。夜景を眺められるよう、クリスチャンが機体を旋回させて傾ける。

「ちょうど真下にあるのが」全員が耳につけているヘッドフォンからクリスチャンの声が聞こえた。「サン・マルコ広場。煉瓦色と白の塔は街のシンボルの鐘楼で、ゴシック風のウェディングケーキみたいなのはドゥカーレ宮殿だ。その隣がサン・マルコ大聖堂。ヴァチカンと同じで、大聖堂の中に騎士団専用の一角がある。エリザベス・バートリにあのシンボルについて尋ねたあと、今夜はそこに泊まる」

エリンはジョーダンによりかかって彼の手を握りしめ、眼下の光景に見入った。「ヴェネツィアの街並みは千年近く前からあまり変わっていないのよ」彼女が言った。「想像してみて……」

熱っぽく話す彼女に微笑みながらも、ジョーダンはどこか無理をして笑みを浮かべていた。心が乖離しているような、奇妙な感じは今も続いていた。それに妙なのは、愛する女性に対する冷めた反応だけではなかった。今日は昼食と夕食の両方を抜いたというのに、その後も腹がすかないのだ。無理やり口に入れてはみたものの、食べ物の味がしなかった。結局、食べたいからではなく、義務感から口に入れたものをのみこんだ。

ジョーダンは腹部の新しい傷痕に沿って親指をすべらせた。

明らかに何かがおかしい。

この奇妙な変化にもっと不安になるべきだろうが、心の中にはむしろ深い穏やかさが広がっていた。自分の身に何が起きているにしろ、ジョーダンはその変化をすんなり受け入れていた。説明するのは難しく、これについてはエリンとさえも話すのを避けている。だが、なぜかジョーダンはこれでいいのだと思えた。

彼は自分がより正しく、より強くなっていく気がした。

ジョーダンが物思いに耽っているあいだに、クリスチャンはサン・マルコ広場を離れ、そばにある高級ホテルの屋上にヘリコプターを着陸させた。エンジンが止まり、ジョーダンは自分の武器をすばやく確認した。拳銃、サブマシンガン、ダガー。客室内を見回すと、みんなクリスチャンからゴーサインが出るのを待っていた。

エリンは興奮しているようすだが、彼女の目の下にクマがあるのにジョーダンは気がついた。ごく普通の一般人でありながら、彼女はあまりにも短いあいだに、あまりにも多くの危険に遭遇していた。この半年ほどの出来事を、心の中で整理する時間も、それらから回復する余裕も、実際にはないままだ。

操縦席のクリスチャンが降りていいと合図を出した。だが、ソフィアはほかの者たちを押しとどめ、先にドアへと向かった。フライト中、この小柄なインド女性は座ったまま半眼で瞑想に浸っていた。その姿から発されていた安らかな静けさが、信仰からくるものなのか、単にサンギニストはぴくりとも動かずにいられるからなのかは、ジョーダンにはなんとも言えなかった。今、ソフィアはドアを開け、驚くほど優雅な動きでヘリパッドへと降りたった。続くベルナルドも、身のこなしの美しさでは引けを取らなかった。一陣の風が彼の黒いコートを舞いあげ、下にまとった緋色のローブが垣間見える。枢機卿の視線が屋上を見渡し、脅威がないのを確認した。ベルナルドは機内ではずっと祈りを捧げ、手袋に覆われた手を信心深そうに膝の上で組んでいたが、それで心の平安が得られたようすはなかった。

もっとも、イタリア半島を横断したこの旅の訪問相手、エリザベス・バートリは、ここにいる全員にとって難物となりそうだった。枢機卿にとってはなおさらだ。彼はあの血なまぐさい女と長い因縁があり、ふたりの不和は何百年にも及んでいる。

操縦席から降りてきたクリスチャンが、減速する回転翼《ローター》の下で頭をすくめ、エリンが降りるのに手を差しだす。彼女はジョーダンを振り返り、ゆっくりと回るローターがその金色の髪を躍らせて、淡い光の輪を作った。星明かりのもとで彼女の琥珀色の瞳は輝き、頬はうっすらと色づいて、唇がキスを待つかのようにわずかに開く。

その瞬間、彼女の美しさはジョーダンの中に満ちる炎の霧を貫き、心にまで達した。

愛している、エリン。

それは永遠に変わらないと、彼は静かに誓った。だが、心の奥底では、ジョーダンは自分がその誓いを守りきれるのか自信がなかった。

午後八時五十四分

女子修道院の自室で、エリザベスは服をすべて着たまま硬いベッドに横たわっていた。街の明かりが運河に反射して、天井にまだら色の光を散らすのを眺める。頭の中では、地球の反対側にいるトミーへと思いを馳せていた。

エリザベスはスカートのポケットに隠した携帯電話を指で探った。自由になりしだい、彼を救う方法を見つけだそう。彼女の実の子どもたちはこの腕から奪われた。トミーは奪わせはしない。彼女のものに手を出すことは誰にも赦さない。

彼女は窓に顔を向けた。窓際の壁には小さな穴があり、ベルントのボートのキーはそこに隠してある。今は、ただ待たなければ。呼吸を一定にし、心拍をゆっくりと保って。ここの修道女たちに交じっているひと握りのサンギニストたちに、気が高ぶっているのを感知されて、まさに今夜、この壁の中から脱出しようとしているのを悟られるわけにはいかない。

この女子修道院を利用する一般人の宿泊者には門限があり、門を閉めるまで、アビゲイルは正面入り口の受付についている。その後、老修道女は院の奥にある自室へさがるのだが、彼女がすんなり床に就くとは思えなかった。ストリゴイだった頃、夜になるたびに体にエネルギーが注ぎこまれ、外へ出て月と星の光を肌に浴びたい衝動に駆られたのをエリザベスは覚えていた。肉体の欲求をどれほど祈りで抑えたところで、サンギニストたちも同じように体のうずきを感じるに違いなかった。

廊下の先で部屋のドアがばたんと閉じた。

ベッドに戻る観光客だろう。

季節は春で、宿泊客用の部屋は満室だ。エリザベスにとっては好都合だった。これほど複数の心音が響いていれば、その中からエリザベスのものを聞き分けるのはアビゲイルでも難しい。いくつもの鼓動が彼女の脱出の隠れ蓑となってくれる。

そして、必ずここから脱出しなければ。

エリザベスは頭の中で計画を確認した。まずは窓辺からボートのキーを取りだし、カーペットが敷かれた廊下を靴を手に持って忍び足で進む。修道院の裏手にある鉄製の門の閂をはずし、外に出たら建物をぐるりと回ってベルントのボートへ行く。そこからは、舫《もや》い綱をほどいてしばらくは流れに運ばれ、修道院からある程度離れたら、エンジンをかけて自由を目指す。

その先の計画は不安を覚えるほど真っ白だった。

エリザベスは去年の冬、サンギニストたちにとらえられる前に、餌食にした者たちの遺体や住まいから集めた現金と金製品を、ローマの郊外に埋めていた。この時代に目を覚ますまで、彼女は石の棺の中で聖別されたワインに浸されて、何百年も眠らされていた。

石の棺に彼女を閉じこめたルーンは、今度は彼女を修道院に軟禁した。

エリザベスは手をあげて部屋の壁に触れ、心に決めた。手遅れになる前にトミーのもとへ行くのを何にも止めさせはしない。自由になったら、ストリゴイを探しだし、彼女を同じ体にするよう説き伏せる。そしてトミーにも同じ力を与えよう。

それでトミーは病から救われ……永遠に彼女と一緒にいられる。

エリザベスは耳をそばだてた。廊下から足音が聞こえる。何人もこちらへ向かっていて、家族で滞在している観光客にしても多すぎる。

彼女の計画に気づかれたのだろうか？

固く握った拳がドアを叩く音が響き、エリザベスは体を起こした。

「伯爵夫人」イタリア訛りのある男性の声が呼びかける。

その声に滲む尊大さで、相手が誰かはすぐにわかった。彼女は歯を食いしばった。ベルナルド枢機卿だ。

「起きていますか？」頑丈なドアの向こうから枢機卿が尋ねた。

寝ているふりをしようかとも思ったが、そんなことをしても意味はない。それに、この予期せぬ来訪に興味を覚えてもいた。

「ええ」エリザベスは小声で告げた。彼の鋭い聴覚なら、これで聞こえるのはわかっている。

彼女は立ちあがってドアへと向かった。タイル張りの冷たい床をスカートの裾がさらさらとかすめる。エリザベスは掛け金をはずしてドアを開けた。いつものごとく枢機卿は緋色の礼服で飾りたて、エリザベスにはそれが滑稽に思えた。ベルナルドは自分の位の高さを、見る者すべてに知らしめなければ気が済まないのだろう。

枢機卿の肩のうしろでは、アビゲイルがこちらをにらみつけている。エリザベスはそれを無視して、ベルナルドのほかの連れに会釈した。ほとんどはよく見知った顔だ。エリン・グレンジャー、ジョーダン・ストーン、それにクリスチャンという名の若いサンギニスト。いつもどおりの顔ぶれだが、エリザベスはひとり欠けているのに気がついた。

ルーンの姿がない。

自分を恥じて、顔も見せられないの？

怒りで胸がかっと熱くなるが、エリザベスは唇をきつく結んだだけだった。感情を表に出すのは危険だ。「訪問には遅すぎる時間ですわね」

「夜分にお邪魔をして申し訳なく思います、伯爵夫人」枢機卿はなめらかな口調で如才なく返した。「あなたと話したいことがありまして、ここへ来たしだいです」

エリザベスはおとなしい表情を保った。彼らがここへ来た用事がなんであれ、急を要することなのは間違いない。それに、今夜脱出する機会は消えつつあるのも感じられた。

「お話でしたら、朝にいたしましょう」彼女は言った。「そろそろ就寝するところでしたの」

シスター・アビゲイルは前に進みでると、人のものではない怪力を隠そうともせず、エリザベスをむんずと抱えあげて廊下に出した。「今お話があるとおっしゃってるんです」

ジョーダンが修道女の腕に手を置いた。「何も乱暴にやる必要はない」

「それに、これは内密の話ですので」ベルナルドはアビゲイルに手を振り、さがるように促した。

修道女は目の下を引きつらせた。「どうぞ猊下のお望みのままに。わたしはほかに用がありますので、レディ・エリザベスのことはみなさんにお任せします」

エリザベスから手を離し、アビゲイルは踵を返して静かに歩き去った。

その背中をエリザベスは満足げに見送った。

「わたしの寝室にお入りになります？」振り返って室内を示し、不愉快さを声に滲ませる。

「手狭ですけれど」

ベルナルドは彼女に近づき、廊下へと目を向けた。「サン・マルコ大聖堂の地下にある礼拝所へ移動しよう。あそこであれば人に聞かれることもない」

「わかりましたわ」彼女は応じた。

枢機卿はエスコートするかのようなしぐさでエリザベスの腕に手を伸ばすと、スチール製の冷たい手錠を彼女の手首にカチャリとはめ、反対側の輪は自分の手首にかけた。

「わたしに手錠を？」彼女は声をあげた。「わたしのようなかよわい人間の女ぐらい、あなたがたの力でどうとでもなるでしょうに」

ジョーダンがにやりとする。「人間であろうとなかろうと、かよわいという形容詞は似合わないな」

「まあ。そう言われればそうかしら」エリザベスは首を傾けて彼に微笑んだ。

ハンサムな男だ。力強い顎に角張った輪郭、頬から顎をうっすらと覆う小麦色の髭。その体がはなつ体温は、離れていても感じられた。彼の内なる炎に肌をよせて、あたためられるのも悪くない。

エリンが彼の手を取った。この男は自分のものだという意思表示だ。男をめぐる女の密かな争いは、どれほど時が流れても変わらないものだ。

「わたしを待ち受ける運命へと案内していただけるかしら、ストーン軍曹」エリザベスは言った。

一行は修道院内を進んで正門から外へ出た。乗船場にベルントのボートがあるのを目にして、エリザベスは微かないらだたしさを感じたが、その感情は消えるに任せた。

今夜、あのボートに乗って自由へと旅立つことはできなくなったけれど、さらに興味深いチャンスが向こうのほうから飛びこんできたようだ。

午後九時二分

エリンはサンギニストたちのあとに続いてヴェネツィアの路地や小さなアーチ橋を進んだ。ジョーダンと手をつなぎ、彼の熱いてのひらを握りしめる。エリンは彼に関する不安を払いのけようとした。どれほど熱があろうと、彼はひとりで軍隊を相手取れそうなほど元気に見える。

ジョーダンとふたりきりになったら、洞窟で何があったのかをもっと詳しく聞きだそう。それに、この頃彼女を避けているように見える理由も。彼の変化は、トミーに命を救われたときに、体に流れこんだ天使の血に由来しているように思う。けれど、エリンの心はより世俗的な原因ばかり考えてしまうのだった。

単に、わたしへの愛が冷めたのだとしたら？

彼女の考えが聞こえたかのように、ジョーダンの手に力がこもった。「これまでヴェネツィアに来たことは？」彼はそっと尋ねた。

「本で写真を見たことがあるだけだわ。でも、想像していたとおりの場所ね」

エリンは気持ちを紛らせようと、あたりを見回した。ヴェネツィア本島の路地は非常に細く、ふたり並んで通行するのがやっとという箇所もある。小さな店のショーウィンドウには古書やガラスペン、革で作られた仮面に、シルクやベルベットのスカーフが陳列されている。この街ははるか昔から商業の中心地だった。この同じウィンドウは数百年前にも、道行く者たちの目を楽しませたのだろう。願わくば、これから百年経ったのちもそうであってほしい。

息を深々と吸いこむと、運河が運ぶ潮の香りがした。どこか近くのレストランから、ニンニクとトマトのにおいが漂ってくる。近くの家並みへと目を移すと、正面は黄土色や黄色、褪せた青色の塗料で彩られ、さざ波のような模様が入った窓ガラスには何百年もの時が刻まれていた。

ヴェネツィアにいると、タイムマシンに乗って時間をさかのぼり、百年前にやってきた気分に容易に浸れる。一千年前でさえ可能だ。エリンは街の暮らしから隔絶された厳格なキリスト教徒のコミュニティーで育てられ、彼女の両親の生活は、何百年も昔にこの都で営まれていた暮らしよりも、はるかに素朴なものだった。信仰にこだわるあまり、彼女の父親は現代社会を拒絶した。ときおりエリンは不安に駆られた。考古学の仕事と、歴史への探究心のせいで、自分も時代に背を向けてはいないだろうか。

しょせん、蛙の子は蛙なのかしら？

薄暗い通路をとおって古びた壁の向こう側へ出ると、目の前にはサン・マルコ広場が広がり、エリンはこの街で最も有名な大聖堂と向きあっていた。

ビザンティン様式の建物の正面は、黄金色の照明でライトアップされ、アーチ形の正門と大理石の円柱、それに精巧なモザイク画が夜の闇に鮮やかに浮かびあがる。その堂々たる全容を一望しようと、エリンは首を伸ばした。中央の最上部にはヴェネツィアの守護聖人、聖マルコの像があり、その下には彼のシンボルである黄金の翼を持つ獅子が飾られている。聖マルコの像を六人の天使が囲んでいた。

この建築物全体が、富と威光の具現化だ。

ジョーダンが自分の感想を口にした。「やたらにけばけばしいな」

エリンはイスラエルで初めて出会ったときの彼を思いだし、こらえきれずに笑い声を漏らした。

「その言葉は中を見るまで取っておいて」彼女は言った。「ここが〝黄金の聖堂〟と呼ばれる理由が納得できるから」

ジョーダンは肩をすくめた。「派手にやるのなら、とことんまでやれとでも思ったんだろうな」

笑みを浮かべて、エリンはサン・マルコ広場を横切った。日中は鳩と観光客でいっぱいのこの広場も、夜になるとほとんど人気《ひとけ》がない。

前方では、伯爵夫人がベルナルド枢機卿と並んで歩いていた。つんと顔をあげて、遠くの一点を見据えるようにして歩く彼女の姿は優雅そのものだ。それなりに現代風の衣装をまとっていても、古い書物のページから抜けだした物語のお姫様のようだ。伯爵夫人の場合、中身は残酷なお妃様だが。

大聖堂の玄関廊《ナルテックス》に入り、エリンは頭上の小円蓋を彩るモザイク画を指さした。「あれは十三世紀に制作されたもので、『創世記』の場面が描かれているのよ」

サンギニストの書庫にあった粘土板の物語と、イヴと蛇の会話を彼女は思い返した。エリンはモザイク画を見上げて楽園にいる蛇を探した。あのいにしえの物語では、イヴは〝知恵の樹〟の果実を分け与えると、蛇に約束していた。

蛇を見つけるよりも先に、玄関廊の暗がりから年老いた神父が進みでた。白髪は乱れ、法衣《カソック》のボタンは、ずれている。ベルトには鍵束がさがっていた。

神父は玄関廊の端に立ち、ベルナルドに顔を向けた。「このようなことは実に異例です。長年ここに務めておりますが、これまで――」

枢機卿は片手をあげて相手の言葉を遮った。「この要望が異例であることはわかっています。事前の連絡もなしに受け入れていただき、大変感謝しています。急を要する事態でなければ、あなたの手を煩わせようとは決して思いません」

「お役に立てるのでしたら、いかなるときでも喜んでそうします」年老いた神父はいくらか機嫌が直ったようだ。

「それはわたしも同じです」枢機卿が返す。

イタリア人の神父は背を向けると、正面の扉へと案内して鍵を開けた。

それから脇にどいて、ベルナルドに注意を促す。「警報装置を解除してありますので、用事が終わりましたら、必ずわたしにご連絡ください」

枢機卿は礼を言って中へと急ぎ、エリンたちもそのあとから入っていった。

歩きながら、エリンは唖然として見回した。壁にアーチに丸屋根《クーポラ》と、ありとあらゆる表面を黄金のモザイクが覆い尽くしている。

ジョーダンが小さく口笛を鳴らす。「すべてが光り輝いて見えるのは、おれの目の錯覚か?」

「そう見えるよう意図的にデザインされているの」彼の反応に笑みを浮かべて、エリンは説明した。「モザイクのひとつひとつのピースはガラスの小片で、中に金箔がはさまれているわ。単に金箔を張るよりも、光が乱反射して輝いて見えるんですって」

エリザベスが銀色がかった灰色の瞳をジョーダンに向けた。彼の驚きように興味を引かれたらしい。「すばらしいものでしょう、ストーン軍曹？　ここのモザイクの中には、わたしのボヘミアのお友だちが制作を依頼したものもありましてよ」

「本当か?」ジョーダンが言った。「たいしたものを後世に残したもんだ」

彼の視線を浴びてエリザベスの笑みは広がり、エリンは微かないらだちを覚えた。

それに気づいたらしく、伯爵夫人はベルナルド枢機卿にくるりと向きなおった。「先祖が成し遂げた仕事を称賛させるために、わたしをここへ連れてきたのではないのでしょう。夜に呼びだすなんて、どんな急ぎの用件なのかしら？」

「われわれは知識を求めている」枢機卿は彼女に答えた。

一行はすでに聖堂の中央にたどり着いていた。ベルナルドはこの話を誰にも立ち聞きされたくないらしい。クリスチャンとソフィアは彼らを両側からはさみこみ、まわりをゆっくりと歩いていた。警護のためであるのと同時に、もしも聖堂内に聖職者が残っていた場合に近寄らせないためだろう。

「何をお知りになりたいの？」エリザベスが尋ねた。

「とあるシンボルについて。あなたの日記にあったものだ」

枢機卿はコートの内側に手を差し入れ、古い革装の日記を取りだした。

エリザベスが自由なほうの手を伸ばす。「見てもよろしくて？」

エリンは進みでて、彼女の代わりに日記を受け取った。最後のページを開き、杯のような図形を指でさす。「これについて、あなたが知っていることを教えてほしいの」

伯爵夫人の唇が、心からうれしそうに笑みを描く。「その絵について調べているということは、あなたがたはそれと同じシンボルをどこか別のところで発見したのでしょう？」

「さあ、どうかしら」エリンはとぼけた。「どうしてそう思ったの？」

伯爵夫人は日記に手を伸ばしたが、エリンはさっと引き離した。エリザベスの上品な面立ちが、ほんの一瞬、いらだたしげにゆがむ。

「当ててみせましょうか」エリザベスが言った。「そのシンボルが描かれている石を見つけたのね」

「一体なんの話です？」枢機卿が声をあげた。

「あなたは嘘がお上手ですものね、猊下。けれど、こちらの若い女性の顔には、そのとおりだと書いてありましてよ」

エリンは赤面した。考えがすぐに顔に出てしまうのが悔しかった。こちらは伯爵夫人の頭の中がさっぱりわからないのだからなおさらだ。

エリザベスが説明する。「緑色のダイヤモンド、大きさはわたしの拳ぐらいね。それに同じ図が記されていたんでしょう」

「それについて何を知ってる？」ジョーダンが尋ねた。

伯爵夫人は頭をのけぞらせて笑った。広々とした空間にその声がこだまする。「あなたが求めている情報を与えてあげるつもりはなくてよ」

枢機卿が彼女に詰めよった。「われわれはしゃべらせることもできるんだ」

「落ち着いてくださいな、ベルナルド」ファーストネームで呼ばれて、枢機卿は一層いらだちを募らせた。伯爵夫人は明らかに彼を怒らせて楽しんでいる。「与えてあげるつもりはないと言ったけれど、情報を渡さないとは言っていないわ」

エリンは眉根をよせた。「どういう意味かしら？」

「簡単よ」エリザベスが言った。「情報をお売りしようと言っているの」

「あなたは取り引きできる立場ではない」枢機卿は怒鳴りつけた。

「まあ。むしろこの取り引きの主導権を握っているのはわたしのほうではないかしら」みるみる怒りの形相に変わる枢機卿を、エリザベスは落ち着き払ってまっすぐ見返した。「あなたはこのシンボルを、その石を、あなたの大切な騎士団が今このときも直面している事態を恐れているのでしょう。だったら、わたしの求めに応じなさいな」

「あなたは囚人だ」枢機卿が反論する。「あなたに――」

「ベルナルド、わたしが求めているのは、ほんのささやかな代価よ。あなたにも払うことのできるものだわ」

エリンは日記を握る手に力をこめた。続く言葉を恐れて、彼女の視線は伯爵夫人の勝ち誇った顔に釘付けになった。

枢機卿は慎重な声音を保った。「何が望みだ？」

「とてもつまらないものよ」エリザベスが答える。「あなたの永遠の命がほしいだけ」

エリンの隣で、ジョーダンは襲撃に身構えるかのように体をこわばらせた。「それは具体的にはどういうことだ？」

伯爵夫人は枢機卿に体をよせ、彼女の黒髪が緋色のカソックをかすめた。枢機卿が一歩さがると、彼女はさらに進みでた。

「わたしにかつての栄光を取り戻させてちょうだい」エリザベスがささやいた。その声には要求よりも誘惑の色が濃い。

ベルナルドは首を横に振った。「城や領地のことを言っているのなら、それはわたしの権限の及ぶ範囲ではない」

「領地ではないわ」伯爵夫人はころころと笑い声を響かせた。「そんなもの、ほしいと思えば自分で取り戻せましてよ。わたしが求めているのはもっと簡単なことだわ」

嫌悪感も露わに枢機卿は彼女を見おろした。エリザベスが何を要求しようとしているのかに彼は気づいていた。

今はエリンでさえ、伯爵夫人の頭の中にある考えがわかった。

エリザベスは枢機卿の唇へ、彼の隠された牙へと顔をよせた。

「わたしをストリゴイに戻してちょうだい」

10

三月十七日、午後九時十六分
イタリア、ヴェネツィア

驚愕が、ベルナルド枢機卿の普段の冷静さを押し流し、エリザベスは歓喜に体を震わせた。一瞬だけ、彼は仮面の下の本性を露わにして、彼女に歯を剥いた。数百年もの諍いの末に、ついに建前と規律で塗り固められたこの男の仮面にひびを入れ、その下の獣を引きずりだすことに成功した。

わたしが必要としているのはその獣よ。

その獣を解きはなつためなら、死の危険をも冒してみせる。

考古学者と兵士も同様に驚いた表情だが、何より愉快なのがサンギニストたちが見せた反応だ。若いクリスチャンはその場に凍りつき、東洋風の艶やかな顔にほっそりとした体つきの女サンギニストは、嫌悪の念に唇をねじ曲げた。彼らの清らかな心には、このような要求は考えることもできないものらしい。

もっとも、思考力の欠如は、昔からサンギニストたちの一番の罪だけれど。

「なんたる妄言を」枢機卿が最初に発した言葉は、低いうめき声だった。それが徐々に大きくなり、最後は胸から吐きだされ、怒声が聖堂内に轟いた。「なんということだ……呪われた女め！」

エリザベスは彼の怒りを受けとめ、穏やかな態度でそれを一層かきたてた。「聖人ぶったことをおっしゃってるけど、そんな偽善はわたしには通用しませんわ。ご自分でもわかっていますわよね、呪われているのはあなたも同じだと」

ベルナルドは憤怒を抑えこみ、自分の中で静めようとしているが、彼の仮面にはどんどんひびが入っていく。彼の拳は体の脇で固く握りしめられている。「祈りのためのこの聖なる場所で、そのような穢らわしい罪について話をする気はない」

いきなり手錠を引っぱられ、エリザベスの手首の皮膚がすりきれる。枢機卿は大聖堂の奥へとずかずか歩きだし、ほかの者たちは一緒につながれているかのようにそれに続いた。

そう、彼らも手枷とは別のもので拘束されているのかもしれない。

エリザベスはベルナルドに遅れないよう小走りになったが、長いスカートが脚にからみつき、彼女は膝を折った。それでも枢機卿は足をゆるめず、手首に手錠がさらに食いこむ。

エリザベスは何も言わずにその痛みを噛みしめた。

この痛みは、彼が自制心を失っている証だ。

わたしの思惑どおりに。

足がもつれて片方の靴が脱げた。裾を踏んだまま背中を起こしてしまい、ドレスの肩の生地が裂ける。胸が露わになりかけ、エリザベスは慌てて自由なほうの手で押さえた。

クリスチャンがベルナルドの前に回って、彼の腕に触れる。「そんなに早く進まれては伯爵夫人はついていけません、猊下。本人が望んでいまいと、彼女は人間なんです」

ジョーダンが彼女に手を貸して立たせた。体に触れる彼の力強い手は、熱を発していた。

「ありがとう」エリザベスは軍曹にささやいた。

エリンも彼女のドレスを直して、肩がはだけないようにしてくれた。平民の生まれであっても、この女の心には本物のやさしさが、困っている敵に助けを差しのべるだけの深い思いやりがある。ルーンはエリンのそんなところに心を引かれたのだろうか。彼女の素朴なやさしさに。

エリザベスは礼を言うことなしに、エリンから離れた。足を引きずらないよう、もう片方の靴も蹴るようにして脱ぐ。彼女は冷たい大理石を素足で踏んだ。

ベルナルドは歯を食いしばって謝罪した。「失礼をした、バートリ伯爵夫人」

枢機卿は前を向いて進みだすが、今度は適度な速さで歩いていた。それでも、ゆっくりとしたその一歩一歩から怒りが伝わる。彼にはエリザベスの望みが、彼女がベルナルドに求めるものが理解できないのだろう。あまりに長く不老不死でいるせいで、ベルナルドは人間の望みも弱さも忘れたのだ。けれどもその忘却により、ベルナルドは自身の中に弱点も作りだした。

わたしはそれを最大限利用させていただくわ。

大聖堂の奥まった場所にたどり着くと、枢機卿は一行を階段へと率いた。地下にあるサンギニストの礼拝所へ向かっているのだろう。

暗い秘密には暗い場所というわけね。

階段をおりきった先には、蝋燭の明かりに照らされた空間が広がっていた。なめらかな床は塵ひとつなく、素足でも歩きやすい。ベルナルドはさらに奥へと進み、石造りの壁の前で足を止めた。壁面にはラザロの像が彫られている。

ここが騎士団の秘密の門らしい。

本当に、彼らはなんと秘密が好きなのだろう。

枢機卿は像の前にたたずんで左手の手袋をはぎ取ると、腰のベルトからナイフを抜いた。小さなナイフでてのひらを突き、ラザロが手に持つ杯に血を垂らす。彼は小声でラテン語を唱えたが、早口すぎて何を言っているかはわからなかった。

一瞬ののち、石がこすれあう音とともに小さな扉が開いた。

ベルナルドはほかの者たちを振り返った。「わたしと伯爵夫人のふたりきりで話をする」

ざわめきが広がり、全員の顔に戸惑いの表情が浮かんだ。

一番大胆だったのはクリスチャンだった。騎士団の中でも若手だから、目上の者にも平気で真っ向から反論するのだろう。「猊下、それは規律に反しています」

「規律にこだわっている場合ではない」ベルナルドは言い返した。「ほかの者がいないほうが、より満足のいく形で話をまとめられる」

エリンが進みでた。「彼女に何をするつもりです？　知っていることを無理やり吐かせる気ですか？」

ジョーダンも声をあげる。「おれはアフガニスタンでの行きすぎた尋問には反対の立場をとおした。ここでも黙って見過ごすつもりはない」

彼らを無視し、枢機卿はエリザベスを引きずって、扉の中へとあとずさり、そこから声を発した。彼の言葉が地下全体にこだまする。

「プロ・メ。わたしひとりのみに」

誰ひとり反応する間もなく、扉が音を立てて閉まる。

闇がエリザベスを包みこんだ。

彼女の耳もとでベルナルドがささやいた。「これでふたりきりだ」

午後九時二十分

封じられた扉にエリンはてのひらを叩きつけた。

ベルナルドが卑怯な手を使うことぐらい予測すべきだった。秘密がかかわっている場合、情報の流れをコントロールするためなら強硬手段も辞さないことを、彼はこれまでにも示してきた。伯爵夫人からどんな情報を得ようと、枢機卿はそれを独占しかねない。口封じのためにエリザベスを殺害することさえあり得る。

エリンはクリスチャンを振り返り、ラザロが持つ杯を指さした。「扉を開けてちょうだい」

彼が応じる前に、ソフィアは若いサンギニストの肩に触れた。しかし、彼女の言葉は全員に向けられたものだった。「枢機卿ご自身が伯爵夫人に尋問するわ。猊下はそういうことには経験がおありだから」

「わたしは〈学ぶ女〉よ」エリンは食いさがった。「エリザベスが何を知っているにしろ、きっと預言に関係があるわ」

ジョーダンがうなずく。「〈戦う男〉も同意見だ」

ソフィアは譲ろうとしない。「預言と直接関係があるかは、はっきりしていないでしょう」

エリンは憤慨した。唐突に蚊帳の外に置かれたのが腹立たしい。けれど、もっと気がかりなこともある。伯爵夫人は何をするかわからない、たとえ枢機卿が相手でも。エリザベスのほうがベルナルドよりも一枚上手な気がしてならなかった。伯爵夫人がベルナルドの怒りをわざと煽っていたのは明らかだが、あれは単に彼をいたぶって楽しんでいただけだろうか。それとも自身の目的のために彼を誘導していたのだろうか？

エリンは戦法を変えてみた。「問題が起きた場合、すぐに中に入れるの？」

「問題って、どういう問題かな？」クリスチャンが言った。

「ベルナルドはこの中で血の伯爵夫人とふたりきりだわ。彼女はストリゴイとその特性について、誰よりも熟知している」

ソフィアは少し驚いたようすで片方の眉をあげた。

エリンはさらに続けた。「伯爵夫人はストリゴイを被験体として実験を行い、その本質を突きとめようとしていたの。すべて彼女の日記に書いてあったわ」

閉ざされた扉にジョーダンが目を据える。「つまり、伯爵夫人はベルナルドの本質的な弱みを知ってるかもしれないってことか。本人よりもよく知ってる可能性さえあるな」

エリンはクリスチャンの目をまっすぐ見た。彼はエリンに加勢したいと思いながらも、ベルナルドの命令に従わねばという義務感をまだ覚えているようだ。

「どちらにせよ、何もできないわ」ソフィアが声をあげた。「枢機卿は〝プロ・メ〟と命じて扉を閉ざした。あれでもうこの扉は猊下にしか開けられない」

なんですって？

エリンは動揺して扉を振り返った。

「彼女と一緒に自分で自分を閉じこめたのか」ジョーダンがぼやく。

クリスチャンが説明を加えた。「外から開けるのは可能だが、ぼくたちふたりではだめなんだ」ソフィアを示す。「枢機卿が命じた言葉を無効化するには、サンギニストが三人必要だ。三つの力が合わされば、いかなる状況でも扉を開けることができる」

ソフィアは不安げに眉根をよせた。「三人目をつかまえておくべきかしら、万が一の場合に備えて」

「そうして」エリンは言った。

それに、急いでちょうだい。

ソフィアは階段へと駆け去り、闇の中に溶けて消えた。

エリンはジョーダンと目を見合わせた。彼のまなざしには、エリンのものと同じ不安が滲んでいる。

何か悪いことが起きそうだ。

午後九時二十七分

エリザベスはパニックに襲われた。扉が閉まると、中は濃厚な闇に包まれ、ねっとりとした暗黒が首を伝って喉を絞めあげてくるかのようだった。けれども、彼女は意識的に気持ちを落ち着かせた。鼓動が乱れれば、ベルナルドに聞かれるのはわかっている。彼女は胸をそらせて、枢機卿を悦に入らせるのを拒絶した。

焼けつくような手首の痛みに心を集中させる。手錠が当たって裂けた皮膚からは生あたたかい血が流れ、てのひらへと肌を伝っていく。枢機卿も血のにおいを嗅ぎ取っているはずだ。好都合だわ。

彼女はてのひらをこすりあわせて、両方の手に血を塗り広げた。

「こっちだ」ベルナルドがかすれた声で命じる。

彼は手錠をぐいと引き、サンギニストの礼拝所へとエリザベスを連れていった。地下は寒く、彼女は身震いした。なかば引きずられて、暗闇の中を永遠に歩いているように感じたが、おそらくほんの数分なのだろう。

やがて彼はふたたび足を止め、マッチに火が灯り、それとともに硫黄のにおいが立ちのぼった。明かりが、ベルナルドの青白く、険しい顔を浮かびあがらせる。彼は壁に取りつけられた燭台へとマッチを近づけ、黄金色の蜜蝋燭に火を移した。もう一本の細長い蝋燭にも点火する。

揺らめくあたたかな光が、すぐに室内を照らしだした。

エリザベスは銀色のモザイクが燦爛と輝くドーム形の天井を見上げた。大聖堂のモザイクが金箔で彩られていたように、ここではガラスの小片に銀箔が埋めこまれている。それがありとあらゆる表面を覆っていた。

　礼拝所全体が光輝をはなっていた。

　モザイク画は、サンギニストたちにとってはおなじみの題材、ラザロの復活を描いていた。茶色い棺の中から体を起こすラザロの顔は死人のように蒼白で、口の片端から真っ赤な筋が垂れている。彼と向かいあって立っているのはキリストだ。このモザイク画で、キリストの姿にだけ金箔が用いられていた。細かなタイルは、キリストの茶色い瞳の輝きから、波打つ黒髪、悲しげな微笑みまでを緻密に表現している。飾り気のないその姿は威光を発し、この奇跡を目撃しに集まった者たちは畏怖の念に打たれていた。このモザイク画に描かれているのは人間ばかりではなく、天上からは光の天使たちが見守り、下では闇の天使たちが待ち構えていた。ラザロはこのふたつの勢力のあいだで永遠に座っている。

　初めてサンギニストとなった〈よみがえりし者〉。

　この男がキリストの申し出を受けさえしなければ、彼女の人生はどれほど単純だったことだろうか。

　エリザベスは天井から顔をさげた。その視線が部屋にある唯一の調度品へと落ちる。礼拝所の中央に白い布で覆われた祭壇があり、その上に銀の聖杯が置かれている。銀はストリゴイとサンギニスト、両方の肌を焼く。サンギニストが聖別されたワインを飲むのにわざわざ銀の杯を使うのは、痛みを増して自分を罰するためだ。

エリザベスの唇に嘲笑が浮かんだ。

際限なく続く苦痛を強いるような神に、よくも仕えられるものだわ。

ベルナルドが彼女の前に立った。「わたしが求めることを教えてもらおう。今、この部屋でだ」

エリザベスは冷ややかな声音を保ち、簡潔に告げた。「先に報酬をいただくわ」

「その要求をのむことはできない。大きな罪を犯すこととなる」

「けれど、前例があるでしょう」彼女は喉に触れた。やわらかな肌を噛み裂く歯の感触がよみがえる。「あなたの〈選ばれし者〉、ルーン・コルザはすでにこの罪を一度犯している」

ベルナルドは視線をそむけた。その声が小さくなる。「彼は若く、騎士団に入ったばかりだった。肉欲とうぬぼれに信仰が揺らいだ一瞬が、彼に堕落をもたらした。わたしはそんなことをするほど愚かではない。規律は明確だ。われわれは決して規律を――」

エリザベスは彼の言葉を遮った。「決して？　まあ、あなたの辞書に〝決して〟なんて言葉が載っていたことが一度でもあったかしら、枢機卿？　あなたは自分の騎士団の規律をいくつも破ってらっしゃる。何百年も昔からそうでしたわね。わたしがそれを知らないとでもお思いでしたの？」

「それを裁くのはあなたではない」枢機卿の言葉がしだいに熱を帯びる。「人を裁けるのは神のみだ」

「それなら、わたしも神様に裁いていただこうかしら」今では寒さで素足が痛かったが、エリザベスはしっかり足を踏みしめた。「今わたしがここにいるのも、神のご意志に違いないわ。あのシンボルの秘密を知っているのはわたしひとりなんですもの。そして報酬さえ払えば、その秘密はあなたのものとなる」

ベルナルドの表情がわずかに揺らいだ。

エリザベスはさらにたたみかけた。「全知全能の神が、こうしてわたしをあなたの前に差しだされたのなら、神はあなたがわたしの要求に応えることをお求めなのではないかしら?」

枢機卿の表情がこわばり、言いすぎてしまったのが即座にわかった。

「おまえのような身を持ちくずした女が、神のご意志を語らんとするか?」ベルナルドはエリザベスを売女呼ばわりして、顔をしかめた。

このわたしに対してよくもそんなことを！

エリザベスは傲慢な表情を湛える彼の顔を平手で打った。枢機卿の皮膚に血の筋がつく。

「わたしは身を持ちくずした女などではありません。わたしはエチェドのバートリ伯爵夫人、何百年もの歴史を持つ王族の生まれでしてよ。今のような中傷は聞き捨てなりません。あなたに言われるのであればなおさらだわ」

彼は瞬時に応酬した。拳が彼女の頬を殴打する。エリザベスはうしろへよろめいた。顔面はずきずきと脈打っている。彼女はすぐさま気持ちを静め、背中をすっと伸ばした。口の中で血の味がした。

願ってもないわ。

「ここであれば、わたしはなんでも自分の思いどおりにできる」不穏な声音でベルナルドが告げる。

エリザベスは唇を舐めて自分の血で湿らせた。ベルナルドの頬についた鮮血は乾きつつある。そのにおいは彼の鼻腔をくすぐっていることだろう。枢機卿がわずかに鼻をあげ、彼の中の獣が、仮面の裏に潜む怪物が、ちらりと顔をのぞかせたのに彼女は気がついた。

枷を壊してその獣を解きはなたなければ。

「あなたに何ができるとおっしゃるの？」エリザベスは枢機卿を挑発した。「弱すぎて、手を貸すようわたしを説得することもできないくせに」

「わたしの穏やかさを弱さと取り違えてもらっては困る」ベルナルドは警告した。「わたしは異端審問を行っていた頃のことをよく覚えていてね。あれは教会の正義を貫くために、拷問が芸術にまで高められた時代だった。あなたがまだ知らない痛みを、今ここで味わわせてやることもできるだろう」

彼の怒りを見てエリザベスは微笑んだ。「痛みについて、あなたから教えられることなどなくってよ、枢機卿。わたしの母国では、エリザベータ・バートリの名を口にすることは百年間禁じられた。それほどまでに、わたしの行為はみなを震撼させたのでしょう。わたしはあなたが想像しうるよりもはるかに多くの苦痛を与え、自分でも味わい……そして楽しんだ。苦痛と快感がどのようにからみあっているものかは、あなたにはご理解いただけないかしら」

エリザベスは彼のほうへと足を踏みだした。ベルナルドがうしろへとさがるが、手錠のせいでそれ以上は離れることができない。

「わたし、痛みは怖くなくてよ」しゃべりながら、血のにおいが混ざるあたたかい息を彼に吹きかける。

「いいや……怖いはずだ」

彼女は枢機卿に話をつづけさせたかった。話をすれば、息を吸う。息を吸うたびに、彼女のにおいをさらに深く吸いこむこととなる。

「わたしに痛みを与えて」エリザベスは彼を誘惑した。「あなたとわたしのどちらがより痛みを楽しむか見てみましょう」

ベルナルドは後退し、ついには壁を覆う銀のモザイク画に背中を押しつけた。だが、手錠がエリザベスを常に彼のそばへと引きよせる。

彼女は顔をうつむけると、切れた頬の内側を噛みしめた。口を開いて、唇のあいだから鮮血を垂らす。それからエリザベスは頭をさっとのけぞらせて、しなやかな喉もとを露わにした。唇から伝い落ちて喉のくぼみに溜まる血を、蝋燭の明かりがぬるりと輝かせる。

ベルナルドの視線が赤い筋を追うのが感じられた。まつわりつくような血のあたたかさが、彼の呪われた血の一滴一滴に潜む獣を刺激するのだ。

今の彼女にはそれを嗅ぎ取る嗅覚はないものの、血のにおいが室内に充満しているのは知っていた。そのにおいが鼻腔を、口の中までも満たすことも。枢機卿がいま感じていることを、エリザベスもほんの数カ月前まで感じることができた。彼女は血が与える強烈な力を知っていた。その力を受け入れることを学び、それにより彼女は強くなった。

だが、ベルナルドは血の力を拒絶した。そして、そのために弱いままでいる。

「さあ、どうやってわたしを拷問なさるの、ベルナルド？」口に溜めた血を舌に巻きつけてしゃべり、彼のファーストネームをなれなれしげに呼ぶ。

枢機卿は胸にさがる銀の十字架を自由なほうの手でつかもうとしたが、エリザベスはそれを遮り、自分のてのひらで十字架を覆った。これで聖なる痛みにすがることはできない。ベルナルドの指は彼女の手をつかんで握りしめた。それが彼の十字架であるかのように。それが彼の救済であるかのように。

「あなたが知りたいことを教えるわ」そうささやき、相手の一番の望みを口にする。「あなたの教会を救う力となりましょう」

ベルナルドの指に力がこもり、細い骨が砕けてしまいそうになる。

「簡単なことよ」彼女は促した。「あなたも、人間の血を味わう罪を犯すのはこれが初めてではないのでしょう。わたしにはわかっていてよ。あなたは、まわりが思っている以上に大きな罪を抱えている。これまで神の名において、数々の罪を重ねてきたのではなくて？」

彼の顔はそうだと告げていた。

「それなら、ためらうことはないわ」彼女は言った。「あなたの行動により、あなたの教会が、あなたの騎士団が守られる。それとも、あなたが行動に移すのを恐れたために、世界が崩壊し、すべてが失われてもよくて？　規律を破るのを恐れるあまり、ご自分には聖なる使命があるのをお忘れじゃないかしら？」

もう一度唇に舌先をすべらせて血で塗り直す。赤い血が色白の肌に映えて見えるのはわかっていた。その光景と血のにおいが、どれほど彼を興奮させるのかも。

ベルナルドは無意識のうちに自分の唇を舐めている。

「神はあなたに世界を救う手段を与えた。その手段を使うのがどうして罪となるの？」エリザベスは問いかけた。「ベルナルド、あなたの権威は規律にも勝る。わたしはそれを知っているわ……そして、心の奥底ではあなたもそれを自覚している」

枢機卿から目をそらさずに、ゆっくりと息を吸う。エリザベスの言葉はベルナルドの胸に沈みこみ、彼の迷いにまつわりつき、彼の誇りを刺激した。

エリザベスの前でベルナルドが身震いした。彼女の答えを求めて、彼女の血を求めて、彼、女を求めて。

今はサンギニストかもしれないが、ベルナルドもかつてはストリゴイで、それ以前は男だった。肉をむさぼったこともあれば、快楽を味わったこともあるだろう。肉体的な衝動はすべての細胞にしみこみ、常にそこにある。

エリザベスの心臓は激しい鼓動を打ち、殴られた頬は熱くうずいた。彼女は幼い頃から痛みを愛し、痛みを求めた。のちに血を欲するようになったのと同じくらいに。彼女は目をつぶると、頬から、皮膚が裂けた手首から、痛みがずきんずきんと全身に広がるのを感じた。

痛みは快感だ。

彼女が目を開けたとき、ベルナルドは十字架をつかむ彼女の手を、まだ自分の胸に押しあてていた。彼の視線は血で鮮やかに染まったエリザベスの唇から、とくとくと脈を打つ喉の血管、ドレスからのぞく真っ白な肩へとおりていった。エリザベスは肩をすくめた。破れたドレスがはらりと落ちる。蝋燭の明かりが胸もとに落ち、シルクのスリップが透けて、膨らみが浮かびあがった。

心臓がいくつか鼓動を打つあいだ、ベルナルドは彼女を凝視していた。

エリザベスは焦れったいほどゆっくりと身を乗りだした。それからつま先立ち、彼の唇の表面を唇でかすめる。そのまま長い吐息をついて、彼に自分の体温を感じさせ、芳醇な血のにおいを吸いこませた。

「神のご意志でなければ、なぜここにわたしがいるのかしら？」彼女はささやいた。「わたしから答えを引きだせる強さがあるのはあなただけ。あなただけが、世界を救う力を持っている」

エリザベスは唇を押しあてて彼の冷たい唇を開き、血の味のする舌をすべりこませた。

ベルナルドはうめき声をあげ、口を開いて彼女を受け入れた。

キスを深めると、彼の牙が伸びるのが感じられた。

唇を合わせたままベルナルドはふたりの体を反転させると、自分の体ごと彼女を背中から壁に叩きつけた。古いモザイク片が砕け、ガラスのかけらが薄いシルクのスリップと肌を切る。生あたたかい血が彼女の背中を伝い、石造りの床にぽとぽとと垂れた。

エリザベスは唇を引き離し、代わりに自分の喉を差しだした。

躊躇なく、ベルナルドは彼女に噛みついた。

その痛みに、エリザベスはあえぎ声をあげた。

枢機卿はすぐさま思いきり彼女の血を吸いあげた。それとともに体温が奪われる。四肢が冷たくなり、エリザベスの体に震えが走った。凍てつく痛みが心臓を刺す。ルーンに血を飲まれたときに経験した、甘美な交わりはそこにない。

あるのは獣の貪欲さだ。

愛情ややさしさは入りこむ余地がない、痛いほどの飢え。

ベルナルドは血を飲み干して、彼女を殺してしまうのではないだろうか。けれども、賭けるしかない。彼女をつかんでいるこの男にとって、知識は血と等価だと信じて。秘密を抱えさせたまま、彼女を死なせはしないはずだ。

だけど、この男の中の獣を解きはなったあとでも、そうだと言えるだろうか？

エリザベスの体はずるずると床へ落ちていった。心臓の鼓動が弱まるにつれ、胸にできた空洞に疑念と恐怖が流れこんだ。

そして、世界は永遠の闇の中へと消えた。

11

三月十七日、午後九時三十八分
イタリア、ヴェネツィア

ルーンはサン・マルコ大聖堂の磨きあげられた床を足早に進んだ。ヴェネツィアには十五分前に到着した。彼宛に残されていた伝言には、ベルナルドとほかの者たちはエリザベータを連れてここへ向かったとあった。しかし、来てみると建物の扉は鍵がかかっておらず、聖堂内にも人の気配はなかった。

地下にあるサンギニスト用の礼拝所へすでに行ったのだろうか？身廊で立ちどまり、北側の袖廊へと視線を投げる。確か、あちら側にある階段をくだると、サンギニストの秘密の入り口がある地下室に出るはずだ。そこへ向かおうとしたとき、南側の袖廊での動きがルーンの注意を引いた。暗がりから複数の影が流れだし、異様な速さで彼へと向かってくる。

相手が何者かわからず、ルーンは身構えた。ストリゴイによる襲撃が続けざまに起きているだけに、油断はできなかった。

神聖な力に満ちたこんな場所まで襲われることはないはずだが。

彼の名を呼ぶ声があがった。明かりが落ちる中まで影が進み、全員がサンギニストだとわかった。男がふたり、それに女がひとりいる。

「ルーン！」褐色の肌はソフィアだ。

小柄な女性は、ほかのふたりを引き連れて彼の横へと急いだ。「いいときに来てくれたわ」

彼女の目に滲む不安の色をルーンは見て取った。「どうしたんだ？」

「一緒に来て」そう言って、ソフィアは北袖廊へと向かう。「サンギニスト用の扉で問題発生よ」

「話してくれ」ルーンは手首の鞘に収めたカランビットを確認し、すばやく移動する彼女と並んだ。

ソフィアは地下での出来事を話し、ベルナルドがエリザベータを連れて中へ入り、扉を閉ざしてしまったことを説明した。

「下にはクリスチャンがいるけど、あの扉をもう一度開けるには三人のサンギニストが必要だわ」うしろに続くふたりの神父を身振りで示す。「わたしは加勢を探しに行ってたの、でも時間がかかってしまって。エリンは最悪の事態を恐れているわ」

階段のおり口にたどり着くと、ルーンは先に駆けおりた。エリンの判断には信頼を置いている。彼女が不安に思うのなら、それだけの理由があるに違いない。階段の中ほどまでおりたところで、心音がふたつ、地下からこだまするのが聞こえた。

エリンとジョーダンだ。

声と同様に、ふたりの心音は容易に聞き分けられた。早鐘を打つようなエリンの鼓動は、彼女の不安を告げていた。階段をおりきると、クリスチャンの姿が見えた。奥の壁を激しく叩いてベルナルドの名を呼んでいる。

若いサンギニストが何を騒いでいるのかはわかった。

壁の向こう側から、もうひとつ別の心臓が鼓動を打つのが聞き取れる。石壁に遮られながらも、ルーンの鋭い聴覚は広い地下空間に反響する音をとらえた。

エリザベータ。

彼女の心音は途切れ途切れで、鼓動をひとつ打つたびに音が小さくなっていく。

彼女は死にかけている。

ルーンたちの気配に気づいてクリスチャンが振り返った。「早く来てくれ！」

せかされるまでもない。ルーンは飛ぶように走った。エリンが進みでて彼を迎えるが、彼はひと言もかけずに横をすり抜けた。今は挨拶を交わしている暇はない。

ルーンは袖の中から刃を引き抜いて、てのひらを突くと、ラザロの像が手に持つ石造りの杯に血を垂らした。ソフィアとクリスチャンが彼の両脇に並び、すぐにそれぞれの血を杯に加える。

三人は声を合わせて唱えた。「これはわたしたちの血の杯、永遠に続く新しい契約である」

扉の輪郭が壁に浮かびあがる。

「信仰の神秘《ミュステリウム・フィデイ》」三人は言葉を結んだ。

ゆっくりと――あまりにゆっくりと――扉が開いた。それと同時に濃厚な血のにおいが流れだした。危険を孕む香りがルーンにめまいを催させる。

充分な幅が開くなり体をねじりこませ、ルーンは血のにおいを追ってその源へと走った。

彼が礼拝所の入り口にたどり着いたそのとき、エリザベータの心臓が止まった。ルーンはあり得ない光景に目を見開いた。神聖な礼拝所で、銀のモザイク画の輝きが天井から降りそそぐ中、エリザベータが床に横たわっている。だらりとした手足にすでに生気はない。

だが、そこにいるのは彼女だけではなかった。

ベルナルドが彼女の脇にうずくまっている。その手首は手錠で彼女とつながれ、口は血で汚れている。枢機卿は苦悶が刻みこまれた顔をルーンへと向けた。涙がその頬を伝い、真っ赤に染まった肌に白い筋をつけていく。

ルーンはベルナルドの苦悩は無視し、エリザベータのもとへ駆けよった。膝を床につき、彼女の体を両腕で持ちあげて抱きしめる。彼は手錠でつながれた体をベルナルドからできる限り引き離した。

この罪に怒り狂い、胸が押し潰されんばかりの悲しみを憤怒で焼き払いたかった。ベルナルドにはいつの日かこの罪を必ず贖わせるが、それは今日ではない。

今日という日はエリザベータに捧げる。

最初に彼のそばへ来たのはクリスチャンだった。彼はルーンの肩に手を置いて慰めると、膝を落として手錠の鍵をはずした。スチール製の輪が彼女の細い手首から離れ、音を立てて床に落ちる。

彼女を殺した男から解放され、ルーンはエリザベータの冷たい体を抱えて立ちあがった。彼女とベルナルドのあいだに距離を置かなければ耐えられなかった。

ソフィアはサンギニストふたりを引き連れて、頭を抱えこむ枢機卿のもとへ進むと、彼を乱暴に立ちあがらせた。三人の低いささやき声は、枢機卿がこのような凶行に及ぶはずはないと目の前の光景を否定していた。

だがこれは現実だ。ベルナルドは彼女を殺したのだ。

「ルーン……」エリンはジョーダンの腕によりかかっている。兵士の体内では命がまぶしく燃えさかっていた。

それを正視できずに、ルーンは顔をそむけ、エリザベータを祭壇へと運んだ。彼女を神聖さで包んでやりたかった。これからは彼女は永遠に神の恩寵のもとにある。エリザベータの子どもたちが葬られた場所を探しだし、そのそばで彼女を眠らせようと彼は心に誓った。

彼女もきっとそれを望むことだろう。

四百年前、彼はエリザベータから本来の居場所を奪い取った。だが今は、もとに戻せるものがあるのなら、できる限り戻してやろう。彼女のためにできることはそれだけだ。

深みのある銀色の光が、エリザベータの青白い肌と長いまつげ、そして波打つ黒髪に降りそそいでいる。死んでなお、彼女は誰よりも美しい。喉もとの残酷な傷と、肩を流れてシルクのドレスにしみこんだ血から、ルーンは目をそらしつづけた。

祭壇にたどり着いても、彼女をおろすことはできなかった。冷たい台に置いてしまえば、本当に彼女がいなくなる気がした。彼はそのまま床にしゃがみこむと、祭壇から白い布を引きおろして彼女の体を包んだ。

神聖な布の端で顎の血をぬぐい、ふっくらとした唇から頬へと布をすべらせる。片方の頬は青痣に覆われていた。ベルナルドにぶたれたに違いない。

この罪も必ず贖わせる。

ルーンは彼女に顔をよせてささやいた。「すまない」これまで彼は幾たびとなくこの言葉を彼女に繰り返した。何度も、何度も。

何度彼女を苦しめたことだろう……。

白く冷たい彼女の顔に、ルーンの涙が落ちた。

彼はエリザベータの頬をなでた。痛みを感じさせるのを恐れるかのように、青痣の上はそっと触れる。やわらかなまぶたをなぞりながら、彼女が息を吹き返せばと、この瞳をふたたび開けてくれればと彼は願った。

その思いが通じたのだろうか。

ルーンの腕の中で彼女は身じろぎし、新たな一日の始まりに花びらが開くように、まぶたがゆっくりとあがった。最初、エリザベータは体を引き離そうとしたが、彼に気がつくと静かになった。

「ルーン……」彼女は微かな声で言った。

彼はエリザベータを凝視した。言葉が出なかった。彼女から心音は聞こえない。ルーンは真実を理解した。

神よ、なぜこんな……。

ルーンは首をうしろへめぐらせた。胸にわきあがる怒りが悲しみに取って代わる。ベルナルドは彼女の血を飲んだだけでなかった。彼女に自分の血を飲ませたのだ。数百年前にルーンがそうしたように、ベルナルドは彼女を穢し、破滅させた。エリザベータはまたも魂のない獣に戻ったのだ。

つい数カ月前、ルーンは自分が犯した最大の罪を贖い、彼女の魂を救済した。そしてベルナルドは、その大事な魂を奪って打ち捨てた。

枢機卿はクリスチャンとほかの三人のサンギニストたちに囲まれて、立ち尽くしている。ベルナルドは大罪を犯した。彼にはこれから刑が科されるだろう。死をもって贖うことにさえなるかもしれない。

ルーンは同情しなかった。

エリザベータは頭を力なく垂れて、彼の胸にもたせかけた。衰弱して顔もあげられないらしい。彼女がささやくが、言葉よりも息づかいばかりが響く。「疲れたわ、ルーン……死んでしまいそうなぐらいに……」

彼はエリザベータを抱きしめ、ささやき返した。「血が必要だ。血を提供してくれる者を探して、きみの力を回復させよう」

彼の背後から、ソフィアがふたりを見おろして言った。「それはできないわ。この女性は存在してはならないのよ。ストリゴイとなったからには、彼女は抹殺対象だわ」

ルーンはほかのサンギニストたちを見回した。誰も異を唱えるようすはない。彼らはエリザベータを獣のように殺そうとしているのだ。そのとき、思いもよらないところから救いの声があがった。

いまだに権威を振るわんとするかのように、ベルナルドが告げる。「伯爵夫人にワインを飲ませて、われわれの一員とするのだ。大罪を犯してまで、わたしが彼女をストリゴイにしたのは……聖別されたワインを飲ませて、彼女を騎士団に加えるためだ」

だがそれでは、聖なるワインの力で彼女が死ぬ危険もある。

ルーンは愕然としてエリザベータを見おろした。彼女は衰弱しきって彼の腕の中でふたたび目をつぶっている。

ソフィアは首にさげた銀の十字架に触れた。「伯爵夫人がワインの試練を乗り越えたとしても、あなたの罪が軽くなるわけではありません、枢機卿」

「罰は受け入れよう」ベルナルドが言った。「しかし、彼女は聖なるワインを飲んで、神の審判を受けねばならない」

ルーンは反論した。「これは彼女の罪ではない」

クリスチャンは進みでると、ソフィアに同調した。「ルーン、悪く思わないでくれ。彼女がどうしてこうなったのかは関係ない。彼女が今はストリゴイだというのが問題なんだ。闇の生きものを生かしておくことはできない。ワインを飲んで神の裁きを受けさせるか、殺すかだ」

ルーンはエリザベータを連れて逃げることを考えた。仮にここに集まっているサンギニストたちに打ち勝てたとしても、そのあとはどうなる？　神の恩寵から切り離され、彼女が本性を現さないよう絶えず警戒しながら、呪われた存在としてふたりして地上をさまようのか？

「ワインを飲んでもらうわ、今すぐに」ソフィアが言った。

「ちょっと待ってくれ」ジョーダンが片方の手をあげた。「全員一度冷静になって、ちゃんと話しあうべきじゃないか」

「わたしも同感よ」エリンが声をあげる。「これは異例の状況でしょう。それに、わたしたちが必要としている情報は伯爵夫人の頭の中にあるのよ。彼女を失う危険を冒す前に、少なくとも、知っていることを教えてもらうべきだわ」

「ああ」ジョーダンが言った。「どうやら報酬は支払済みなようだし、今度は伯爵夫人が知っていることを教える番だろう」

クリスチャンは眉根をよせ、ふたりの意見に徐々に傾きつつあるようすだ。だが、ソフィアが説得されるようすはなく、彼女の脇に立つふたりのサンギニストも彼女を支持している。

そのとき、エリンたちに賛同する別の声があがった。「知っていることを話すわ」顔をあげるのにも苦労しながら、エリザベータがかすれた声を出す。「けれど、それなのに殺されるのは、いやよ」

ソフィアはそり返った二本のダガーを抜きはなった。刀身が蝋燭の明かりを反射する。

「ストリゴイを生かしておくことはできない。ルールは明確でしょう。ストリゴイに与えられる選択肢はふたつだけ——騎士団に加わるか、その場で殺されるかよ」

エリザベータの体に回したルーンの腕に力がこもる。ひと晩のうちに二度も彼女を失うことはできなかった。必要とあらば、戦うしかない。

一触即発の空気を察知したらしく、エリンがルーンとほかのサンギニストたちのあいだに割って入った。「今回は例外とするわけにはいかないかしら？　彼女をこのままの体でいさせてもいいでしょう。〈最初の天使〉の探索のときには、教会側もストリゴイだった彼女を受け入れたわ。あのときは協力する代わりに、彼女はストリゴイのまま生きることを赦された。今の状況はそれとなんの違いがあるの？」

礼拝所内に沈黙が立ちこめた。

やがてベルナルドが、真実をもってそれを破った。「あのときは嘘をついたのだ。〈最初の天使〉の発見後は、彼女は殺されることになっていた」

エリンは息をのんだ。「それは本当のことなの？」

「わたしがこの手で、彼女の呪われた命を終わらせるはずだった」ベルナルドは言った。

ルーンは自分の師を、サンギニストとして彼に新たな命を授けた男を凝視した。何百年も全幅の信頼を置いてきた相手。

今ルーンは自分の足の下で世界がぐらぐらと揺れるのを感じた。すべては欺瞞だった。誰もが見せかけばかりで、本性を偽っていた。

だが、エリザベータは違う。

彼女は決して自分を偽ることがなかった、怪物であったときでさえも。

「つまり、あなたの約束は無意味なのね、枢機卿」エリザベータが言った。「そんな約束では、守る理由も見つからない。わたしは何も話さないわ」

「それなら今ここで死ぬのだぞ」ベルナルドが言った。

エリザベータは枢機卿に目を据えた。ふたりの視線が火花をはなつ。「では、わたしをサンギニストにするがいいわ」彼女は言った。「神の名においてサンギニストになるかとわたしに問いなさい」

誰ひとり口を開かない。

彼女はふたたびルーンの胸に頭をもたせかけ、彼を見上げた。その目は悲しげに輝いてるが、そこにためらいはなかった。「わたしにワインの試練を与えて、ルーン」

「だめだ。きみがそんなことをする必要はない」

「いいえ、必要はあるわ、愛しい人。最後は、誰もが生きることを求めるものですもの」震える手を伸ばして彼の頬に触れる。力のない唇に微かな笑みが浮かんだ。「覚悟はできているわ」

ベルナルドが遮った。「悔悛の心が弱ければ、聖なるワインに触れただけで、焼かれて灰となる。知っていることを先に言いなさい、それで神の赦しがあるやもしれない」

エリザベータは枢機卿を無視して、ルーンを見つめている。

ルーンは彼女の決意を受けとめた。冷たい唇で彼女に問いかける。「汝、エチェドのエリザベータ・バートリは、呪われた存在であることに決別し、キリストの導きを受けて教会に仕え、これより永遠《とわ》にキリストの血のみを、聖なるワインのみを口にすると……誓うか？」

エリザベータの視線は揺らがない。ルーンの涙が彼女の顔に落ちてさえ。

「ええ、誓います」

12

三月十七日、午後十一時二十九分
イタリア、ヴェネツィア

エリンはサン・マルコ大聖堂の中央で、昇る朝日を見上げるかのように、黄金の輝きをはなつ丸屋根《クーポラ》へと顔をあげた。あと少しで真夜中だが、夜の闇もこの場所には近づけない。彼女は地下にある銀の礼拝所で、サンギニストたちが伯爵夫人をさらに奥へと連れていくのを見送ってきたところだった。エリザベスが何をされるのか気がかりだったが、ソフィアはこれは騎士団の聖なる儀式だと言って、彼女の立ち会いを許可しなかった。エリンが知っているのは、これからエリザベスは身を清められて修道女の衣服に着替えるということだけだ。その後、祈祷と懺悔を経て、聖別されたワインを飲むことになる。

儀式の場にいたかったが、閉めだされたのはエリンだけではない。

サンギニストの中にも、奥へ行くことを赦されなかった者がいる。

振り返ると、ルーンは大聖堂内を行ったり来たりしていた。彼がとおりすぎるたびに蝋燭の炎が揺れる。片方の手は十字架を握りしめて離さず、その唇は祈りの言葉を唱えつづけている。こんなに動揺している彼の姿を見るのは初めてだった。

ルーンとは対照的に、ジョーダンは近くの信徒席にくつろいだようすで座っていた。彼のサブマシンガンはすぐに手の届く位置に置かれている。エリンは彼の隣に腰をおろすと、バックパックを座席にのせた。

「ルーンのせいで大理石の床がすり減るぞ」ジョーダンが言った。

「愛する女性が今夜命を落とすかもしれないんですもの、じっとしていられなくて当然よ」

ジョーダンがため息をつく。「あの女にかかわるとろくなことがない。ルーンはこれまで何度もひどい目に遭わされてるだろう」

「だからといって、彼女が死ぬのを見たいはずはないでしょう」エリンはジョーダンの手を取って声を潜めた。ルーンなら身廊の端からでもふたりの会話が聞こえるはずだ。「わたしたちにできることがあればいいんだけど」

「誰のためにだ？　ルーンか、それともエリザベスか？　いいか、彼女は自分からストリゴイになりたいと言ったんだ。サンギニストになると同意したのも、そのほうが生き延びる確率が高いと計算したうえでのことだろう。その計算が正しいかどうか、おれたちは見物させてもらおう」

エリンは彼によりかかった。またも焼けるような体温が肌に伝わってくる。ジョーダンは体をずらした。小さな動作だったが、彼がエリンから体を引き離したのは間違いなかった。

「ジョーダン？」心の中の不安と向きあって、エリンは切りだした。「クーマエで何があったの？」

「話しただろう」

「襲撃については聞いていないわ。あなたの体は今も燃えるように熱いし……それに、それに……あなたは変わったわ」

変わったという言葉では、彼女が感じているものはとうてい言い表せない。

ジョーダンはまるで他人事のような口調だった。「何が起きてるんだろうな。おれにわかるのは――変に聞こえるだろうが――おれの中で何かが変わって、それはおれを正しい方向に、自分が進むべき方向に、導いている気がするってことだけだ」

「それはどんな方向なの？」エリンは息をのんだ。

わたしも一緒についていけるの？

彼が答えるよりも先に、信徒席の端からルーンが声をかけた。「すまないが、時間を教えてくれないか、ジョーダン？」

ジョーダンは腕時計を確認した。「十一時半だ」

ルーンは胸の十字架を握りしめて、地下への階段がある北袖廊に目を向けた。彼が動揺しているのはひと目でわかる。儀式は十二時から始まる予定だった。

彼の苦しみに引きつけられて、エリンは立ちあがった。これ以上話をしても、ジョーダンからはっきりとしたことは聞けそうにない。彼女に話した以上のことはジョーダンも知らないのだろう。それか、単に彼女に話したくないのかもしれない。どちらにせよ、ここに座っていてもなんの役にも立たなかった。

彼女はルーンのそばへ行った。「ジョーダンの言うとおりだと思うわ」

ルーンが彼女を振り返る。「何がだ？」

「エリザベスは賢い女性よ。聖別されたワインを口にしても助かる公算が強いと考えているのでなければ、それに同意はしないわ」

ルーンはため息をついた。「彼女は神の目を逃れることができると思っているのだろうが、そんなことはない。わたしはこれまで数多くの儀式に立ち会った。そしてワインを飲んだ大勢の者が……倒れるのを見た。神の裁きはごまかせるものではない」

彼はふたたび行ったり来たりを始め、エリンはそれに並んで歩いた。

「伯爵夫人は改心したのかもしれないわ」そうは思えないが、ルーンはそう信じたがっているだろう。

「それが彼女の唯一の希望だ」

「エリザベスはあなたが思っているよりも強いわ」

「そうだと祈っている。また――」声が割れ、ごくりと息をのみこんでから続ける。「また彼女が死ぬのを目にするなんて、わたしには耐えられない」

エリンは彼の冷たい手を握った。銀の十字架をこすったせいで、彼の指先は赤くただれていた。ルーンは立ちどまって彼女の目を見つめた。黒い瞳は直視するのもつらいほど苦悩に満ちているが、エリンは目をそらさなかった。

ルーンの肩から力が抜け、エリンは彼のこわばった冷たい体に両腕を回して引きよせた。息をひとつするあいだ、ルーンは静かに彼女に抱きしめられていた。その背中越しに、ふたりのほうへ顔を向けるジョーダンが見えた。その目に嫉妬の色が浮かぶのを予期したが、ジョーダンのまなざしは彼女を透かしてどこか遠くを見つめている。彼は明らかに自分の世界にいる。そしてその世界から、エリンは居場所を失いつつあった。

ルーンは体を起こして抱擁を解いた。彼女の肩にそっと触れて、感謝の気持ちを伝える。苦しみの中にあってさえ、ルーンのほうが、ジョーダンよりもよほどエリンのことを気づかってくれた。

ふたりは何も言わずに、ジョーダンがいるところまで身廊を引き返した。

ジョーダンはふたりが近づいてくるのを眺めている。その表情は腹立たしいほど穏やかだ。

「もうすぐ時間だ」ルーンにきかれる前に彼は答えた。「彼女がワインを飲むときに、そばにいなくていいのか？」

「無理だ」ルーンの声はさらに低くなった。「わたしにはできない」

「儀式に立ち会うのを禁じられたのか？」ジョーダンが尋ねる。

うしろめたそうな沈黙で、その答えは充分に察せられた。

エリンはルーンの腕に触れた。「一緒にいてあげて」

「わたしがいようが、彼女は生きるか死ぬかする。わたしの目の前で、彼女がもしも、もしも……」

ルーンはうなだれた。

「伯爵夫人だって不安なはずよ、ルーン」エリンは言った。「彼女がどれほどそれを隠そうとしていてもね。彼女にとって、今夜はこの世での最期のときとなるかもしれない。そして、彼女が愛した人たちの中で、今もこの世に残っているのはあなただけでしょう。彼女をひとりきりにしてはいけないわ」

「きみの言うとおりかもしれない。わたしが干渉しなければ、彼女がこんな運命に苦しむこともなかった。見届けてやるのがわたしの義務――」

エリンは彼の腕を握りしめた。大理石の像をつかむような感触だけれど、この内側のどこかに痛みを感じる心がある。「義務感から行くのではなく、彼女を愛しているから行くんでしょう」

ルーンはまだ心を決められないようすで頭を垂れた。エリンに背を向けて、ふたたび身廊を歩きだす。今度はエリンは彼をひとりで行かせた。彼女の言葉を思案して、心を決める時間が必要なのはわかっている。

ふうっと息を吐き、エリンはもう一度ジョーダンの隣に腰掛けた。

「もしもわたしがストリゴイで、ワインを飲まされることになったら、あなたはその場に立ち会う？」

ジョーダンは彼女の顎を指で持ちあげて、自分のほうを向かせた。「おれなら、そんなことになる前に、きみを抱えて連れ去るさ」

エリンは彼に微笑み返した。けれども、幸福なこのひとときはすぐに霧散した。

大聖堂の正面入り口からクリスチャンが姿を現し、まっすぐこちらへ向かってきた。てのひらにのせた平たい箱からは、ミートとチーズ、それにトマトのにおいが漂ってくる。反対の手には茶色い瓶が二本握られていた。

「ピザとビールか」ジョーダンが声をあげる。「おれの祈りが通じたらしいな」

「チップははずんでもらうよ」クリスチャンは彼に箱を渡した。

ルーンがこちらへ引き返してきた。クリスチャンが携えてきたのは夜食だけではないと察したらしい。

若いサンギニストはルーンにうなずきかけた。「時間だ。でも、無理に立ち会う必要はない。見届けるのがどんなにつらいかはぼくもわかる」

「いや、わたしは見届けなければならない」ルーンはエリンをじっと見つめた。「ありがとう、エリン、その理由を思いださせてくれて」

彼女はうなずいた。本当は一緒に行きたかった。もしも伯爵夫人が助からなかったときは、彼のそばにいてあげたかった。

ルーンは背を向けて去っていった。これから起きることと向きあい、それをエリザベスと分かちあうために。

ふたりの運命は永遠に縒りあわさっているのだから。

午後十一時五十七分

エリザベスは自分が死んで生き返った銀の礼拝所に、ふたたびたたずんだ。床についた彼女の血はきれいにぬぐわれている。室内は香と石、それにレモンのにおいがした。祭壇には真新しい蜜蝋燭が灯っている。

まるで何もなかったかのように。

彼女は頭上でまぶしく輝くラザロのモザイク画を見上げた。この男はこれから彼女が直面する試練を受けて、生き延びた。もっとも、ラザロはキリストを愛していた。

彼女と違って。

エリザベスは黒い衣にてのひらをすべらせた。それは修道女の質素な制服だった。腰には銀のロザリオが巻かれ、胸には十字架がさがっている。分厚い布越しでさえ、そのふたつは彼女の肌を焼いた。まるで仮装パーティ用の衣装をまとっている気分だ。

けれども、彼女が偽っているのは外見だけではない。

誰にも本心を悟られないようおとなしくしたまま、エリザベスは自分の中でこみあげる力を楽しんだ。枢機卿は彼女の血を大量に奪いながら、自分の血はわずかしか与えなかった。そのうえ、彼女は神聖な場所の上に立っており、本来ならばさらに衰弱しているところだ。なのに、彼女はかつてないほど力がわきあがるのを感じていた。

この世界で何かが変わったのだ。

八人のサンギニストが礼拝所の中で彼女を見守っている。けれど、エリザベスが意識を向けたのはそのうちひとりだけだ。ルーンはこの儀式に参加するためにやってきて、今は彼女の隣に立っていた。自分でも意外なほど、彼が来てくれたのがうれしかった。

ルーンが体をよせてささやいた。「エリザベータ、きみは本当に神を信じているのか？　ワインの試練を乗り越えられると確信していると？」

エリザベスはルーンの不安げな目を見上げた。彼は何百年も前に、内なる悪と闘うよう、教会のために身を捧げて仕えるようエリザベスに懇願していた。イエスと答えてルーンを安心させてやりたいが、彼と過ごすのはこれが最期となるかもしれないときに、嘘をつきたくはない。

彼の背後に立つサンギニストたちが祈祷を唱えはじめた。逃げようとすれば、この場で彼らに殺されるだろう。そして彼女が死ねば、トミーを助ける者はいなくなる。焼けつくワインを飲んだその先に、あの少年の命と自分自身の命を救う唯一のチャンスがある。

「信じているわ」彼女はルーンに言った。それは嘘ではなかった。ただ、信じる対象が彼が求めるものとは違うだけだ。エリザベスは自分を信じていた。自分ならこの試練を生き延び、トミーを助けられると信じている。

「もしも」ルーンが警告する。「キリストの救済を信じていなければ、ワインの最初のひと口で絶命する。これは不変の事実だ」

本当にそうかしら？

ラスプーチンは教会から破門されているが、あの怪僧が教会の加護の外でもぴんぴんしているのは、彼女自身が目撃している。同様に、ドイツ人の修道士レオポルトは五十年前から教会を裏切っていながらも、幾度となくワインを飲み、灰になることはなかった。

それはあの修道士が自分の使命を、自分が仕える者を、心から信じていたからではないだろうか？

自分のために、トミーのために、そうであるよう願いたい。聖なるワインで神が問うのは、信仰の強さだけではないと信じるしかない。たとえこの心が清らかでなくとも、トミーを助けたいという思いは本物だ。

けれど、もしもだめなら……。

エリザベスは手を伸ばし、ルーンの手首に指を触れた。「あなたの手からワインを飲ませて」

これで死ぬのなら、愛する者の手によって死を迎えたい。

ルーンはごくりと息をのみ、恐怖で顔を曇らせた。「きみは神に心を開いて、純粋な愛を捧げなければならない。それができるのか？」

「それは飲めばわかることでしょう」エリザベスはそう言って、答えをはぐらかした。

納得しながらも気の進まないようすで、ルーンは祭壇に置かれた銀の聖杯を身振りで示した。杯から立ちのぼるワインのにおいが、香の煙を破って彼女の鼻をつんと刺激する。あんなただの液体に、葡萄を発酵させただけのものに、神の命が宿るとは理解しがたかった。あれが、彼女が新たに得た不老不死の力を粉砕して、死をもたらすのだろうか。

ルーンは祭壇の前に立って、彼女に向きなおった。「まず最初に、自分の罪をみなの前で告白するように。すべての罪をだ。その後、キリストの聖なる血を飲むことになる」

ほかに選択肢はなく、エリザベスは自分の罪を次々に並べていった。彼女の目の前で、そのひとつひとつがルーンの肩にのしかかるのがわかった。彼はエリザベスの行為の責任を自分のものとして背負っていった。その目に苦悩と後悔が滲むのを彼女は見て取った。これまで彼を恨みもしたけれど、できることなら、彼をこんなふうに苦しめたくはなかった。

全部の罪を告白し終えたときにはエリザベスの喉は嗄れていた。告白には数時間かかり、ストリゴイに戻った彼女の体は、日の出がそう遠くないのを感じていた。

「それですべてか？」ルーンが尋ねた。

「少なすぎるとでも？」

彼は振り返って祭壇から銀の聖杯を取りあげると、頭上高く掲げた。ワインをキリストの血へと化体《かたい》させる祈りの言葉を唱える。

そのあいだずっと、エリザベスは自分の心に問いかけていた。これが最期のときとなるのを自分は恐れているのだろうか？　もうすぐ灰となって、清潔な床に舞い散るのかもしれないと？　心がたどり着いた結論はひとつきりだった。

なるようになるしかないわね。

エリザベスはルーンの前にひざまずいた。

彼は腰を折り、エリザベスの唇に聖杯をあてがった。

13

三月十八日、午前五時四十一分
イタリア、ヴェネツィア

ジョーダンはこわばった背中を伸ばした。大聖堂の木製の信徒席に座ったまま、いつの間にか寝てしまっていた。立ちあがり、背中を何度かひねって血流を促す。それから腰を折って、ふくらはぎをもみほぐした。

致命傷は治っても、脚がつるのはどうにもならないんだな。

彼は足を引きずり、エリンのところへ向かった。彼女は少し離れたところでモザイク画を眺めている。彼女の隣に立つクリスチャンは、長い夜のあいだここで一緒にいた。三人はエリザベスについて知らせが来るのを待っていた。エリンはわずかに背中を丸め、その目は赤く腫れぼったい。どうやら一睡もしていないらしい。

クリスチャンはサンギニストの仲間たちと一緒に儀式に参加することもできたが、ここに残った。なんらかの脅威からエリンとジョーダンを守るためか、ふたりに儀式を邪魔させないようにだろう。それか、ルーンと同じで、単に伯爵夫人が灰となるのを見たくないのかもしれない。

クリスチャンはひと晩中、儀式の流れに関するエリンの質問に率直に答えていた。そしてこちらのほうがもっと重要だが、ジョーダンには追加のビールを持ってきてくれた。

「何を見てるんだ？」ジョーダンはふたりに並んで尋ねた。

エリンが真上にあるモザイク画を指さす。

彼は首をのけぞらせた。「あの虹に座っているのはキリストか？」

彼女は微笑んだ。「ええ。キリストが天に昇っていく場面を描いたものよ。それにちなんで、天井のこの部分は〝キリストの昇天のクーポラ〟と呼ばれているわ」

三人は身廊に沿って進んだ。エリンはモザイク画やさまざまな装飾物についてクリスチャンに質問したが、三人の念頭にはもっと大きな疑問がのしかかっているのは明らかだった。

ジョーダンはとうとうそれを口にした。「伯爵夫人はワインを飲んで助かると思うか？」

クリスチャンは足を止め、大きなため息をついた。「彼女が本当に自分の罪を後悔し、神を心に受け入れればね」

「彼女がそうすることはないでしょうね」エリンが言った。

ジョーダンも同意した。

クリスチャンの言葉はもっと同情的だった。「他人の心の中は決してわからないもんだろう。どれだけよく知っている相手でもだ」ジョーダンに向きなおる。「レオポルトはぼくたち全員をあざむき、ベリアルのスパイとして何十年も騎士団に潜りこんでいた」

エリンがうなずいた。「なのに、聖別されたワインを飲んでも灰にならなかったわね」

ジョーダンは顔をしかめた。話をひとつ言いそびれていたのを思いだした。地下神殿からレオポルトの遺体がなくなっていたのは報告したが、あそこで起きた奇妙なことについては何も言っていなかった。

「エリン、クーマエでの襲撃について、ひとつ話していないことがある。剣でおれを……おれを怪我させたストリゴイだが、そいつは死ぬ前におれに謝ったんだ。おれの名前も知っていた」

「なんだって？」

クリスチャンが勢いよく彼を振り返る。どうやらバーコとソフィアもこのことについては伝えるのを忘れていたらしい。三人とも無意識のうちに、単なる偶然として片付けようとしていたのだろう。死んだストリゴイはドイツ人で、だからドイツ訛りがあったんだと。ジョーダンの名前を知っていたのは、あのモンスターを送りこんできたやつが地下の神殿に〈戦う男〉がいるとつかんでいたからだと。

だが、彼はそう思わなかった。

〝ジョーダン、わたしの友《マイン・フロインド》……〟

「あれはレオポルトの声だったと断言できる」彼は言った。

「あり得ないわ」エリンが小声で言う。しかし、彼女はこれまでにも数々のあり得ないことを目撃し、今ではそう言いきれないはずだ。

「おかしな話だっていうのはわかる」ジョーダンは言った。「だが、あれは電話の送話口からレオポルトの声が聞こえるような感じだった」

エリンは沈黙した。遠いまなざしをして、頭の中でこの情報を消化する。「別のストリゴイの体を使ってレオポルトが話したのだとしたら、どうすればそんなことが可能になるかしら？」

クリスチャンが意見を出した。「レオポルトが死んだときに、彼の意識が別のストリゴイに憑依したっていうのはどうかな」

エリンは彼に向きなおった。「これまでそんな例がある？」

クリスチャンは肩をすくめた。「ぼくが知っている限り、ないね。だけどきみたちふたりと出会ってから、ぼく自身、それまであり得ないと思っていたことをいくつも目撃した」

エリンは確かにそうだとうなずき、ジョーダンに視線を戻した。「そのストリゴイは、ほかに何か変わった点はなかった？」

「パワーとスピードが桁違いだったっていうのを別にしてか？」ジョーダンは尋ねた。

「ええ、それは別にして」

彼はもうひとつ特徴があったのを思いだした。「変わった点と言ったら、あれだな。そいつは胸にしるしがあった」自分のてのひらを胸に押しあてる。「手の形をした黒いしるしだ」

エリンは丸めていた背中を伸ばした。「バートリ・ダラボントの喉にあった痣と同じようなものが？」

「ああ、おれもあれを思いだした。あれは誰かに支配されてるしるしだ」

「そして、誰かに取り憑かれているというしるしでもあるのかしら」エリンが付け加える。

クリスチャンは心配そうな顔つきだ。「ヴァチカン市国ではもう遺体の調査が終わっているはずだ。ぼくたちが戻る頃には、もっとはっきりとしたことがわかっているだろう。ベルナルド枢機卿なら、どういうことか――」

彼の声は途切れた。ベルナルドがすでに騎士団の長ではないのをつかの間忘れていたのだろう。枢機卿は今では囚人だ。

ジョーダンはやれやれと首を振った。騎士団は最悪のときに指導者を失ったものだ。「これからベルナルドはどうなるんだ？」

クリスチャンが嘆息する。「ガンドルフォ城に連行されて、審問が始まるまではそこで監禁される。裁く相手が枢機卿ともなると、刑をくだすのにも、ほかに十二人の枢機卿を召集して、彼らの審議を経る必要がある。刑が決定するまで、数週間かかるかもしれないな、ストリゴイの襲撃が頻発しているさなかではなおさらだ」

「どんな判決がくだされるのかしら？」エリンが尋ねる。

「ベルナルド枢機卿は権力を持っているからね」クリスチャンが言った。「真っ向から彼を糾弾する者はまずいない。それに、伯爵夫人のほうから要求したっていう点も酌量されるだろう。罪の償いとして、おそらく彼には苦行が科されるんじゃないかな」

「どんな苦行だ？」ジョーダンは尋ねた。

「彼は大罪を犯した。本来なら死刑になるところだけど、教会側は彼に恩赦を与えることができる。ソフィアから聞いた話では、ベルナルドは過去にも一度、同じ過ちを犯している。十字軍遠征中にサラセン人の血を口にしたんだ」

「十字軍？」驚きのあまりエリンの声は裏返った。「それって千年も前のことでしょう」

「千年経とうが前科者は前科者ってわけか」ジョーダンはぼやいた。

「ぼくたちは神に仕えているんだ、常に自分の罪と向きあう覚悟がいる」クリスチャンはロザリオを指でまさぐった。「あと、もしもバートリ伯爵夫人が握っている情報が、ルシファーの枷の謎を解く助けになったら、ベルナルド枢機卿の罪は不問に付されるかもしれないな」

エリンは身廊を見渡した。「それじゃあ、ベルナルドの進退は、伯爵夫人がワインを飲んで助かるかどうかにかかっているのね」

「妥当だな」ジョーダンは言った。

「妥当かどうかはともかく」クリスチャンが声をあげる。「伯爵夫人の運命はそろそろわかる」

今夜はベルナルドもおちおち眠ってはいられなかっただろうとジョーダンは想像した。自業自得だ。

午前五時五十八分

手錠をかけられたまま、ベルナルドは揺れるボートの中で膝を抱えこんだ。揺れるたびに手錠の銀が手首を焼き、暗い船倉に自分の皮膚が焦げるにおいが充満した。

このわたしが、泥棒ふぜいのように監禁されるとは。

この扱いが誰のせいかはわかっていた。マリオ枢機卿。ヴェネツィアの枢機卿はベルナルドを恨んでいた。マリオは数百年がかりで根回しして、騎士団の本部をこの退廃的な水の都に移そうとしたのだが、最後の最後にベルナルドに一蹴されていた。ベルナルドを暗い船倉に閉じこめて移送させるのは、その意趣返しだろう。

だが、これはまだまだ序の口だ。今後のことに関して、ベルナルドは幻想を抱いていなかった。具体的にどんな罰が科されるかはわからないものの、枢機卿の地位から転落するのは確実だ。一体どこまで落とされるのかは想像もつかなかった。

死ぬほうがよほど簡単に思える。

ベルナルドはうなだれた。サンギニストの騎士団に千年近く仕えてきた。彼の歳で今も騎士団に残っている者はほとんどいない。騎士の誓いを立ててからこのかた、引退に心が傾いたことは一度もない。〈眠りし者〉たちのひとりになるのは、彼が望む道でも、彼の大志でもなかった。

ヴァチカンこそがわが居場所だ。枢機卿の地位にあってこそ、騎士団のために最大限奉仕できる。

彼は手錠のかかった手をあげて、胸の十字架に親指で触れた。なじみ深い痛みが心を慰め、務めはまだ終わっていないことを彼に思いださせる。

務めに心を集中させなければ。エリザベス・バートリのような女に陥れられたことを悔やむのではなく。怒りでかっと熱くなったが、ベルナルドは心を制御して、自分の弱さを認めた。伯爵夫人は彼の誇り高さに目をつけ、彼の大志を利用した。彼女の言葉がベルナルドの耳にこだました。

〝あなただけが、世界を救う力を持っている〟

あの女は血だけでなく、貴重な情報を使って彼を誘惑した。彼女の頭の中には、彼女の血と同様に彼が欲してやまない秘密が保管されている。ベルナルドはそれを手に入れようと焦り、伯爵夫人は奏でるべき曲を知っていた。

そして、彼はまんまと踊らされた。

だが、それもここまでだ。

ほかの者たちは伯爵夫人の黒い心に潜む悪の根深さを理解していないようだが、彼は違う。聖別されたワインが彼女を灰にすると確信しているが、万が一の場合のために、準備をしておかなければ。

伯爵夫人を従わせる方法がひとつだけある。彼女はトミーという少年を息子のようにかわいがっていた。

子どもを人質に取られれば、母親は手足を縛られたも同然だ。

ベルナルドは体をずらし、ポケットから携帯電話を取りだした。武器は没収されたが、電話までは奪われていなかった。彼は暗闇の中で番号を押した。このようなときであっても、彼に忠実な者はいる。

「もしもし《チャオ》？」電話の向こうで声がした。

ベルナルドは手短に指示をくだした。

「おおせのとおりに」相手はそう言って、通話を終了した。

伯爵夫人に対する自分の計画は失敗しない。ベルナルドはそれを慰めとした。

今度は伯爵夫人に踊っていただこう。

どんな犠牲を払おうとかまうものか。

午前六時十分

エリザベスは床にひざまずいて唇に聖杯をあてがわれ、救済と破滅のはざまにいた。頭上からラザロとキリストのモザイク画が彼女を見おろしているが、エリザベスの視線は奇跡の目撃者たちへと吸いよせられた。あれはラザロの姉たち、マルタとベタニアのマリアだ。細かなモザイク片がとらえるふたりの表情には、喜びではなく恐怖が滲んでいる。

あのふたりは、キリストの血を飲んだ弟が灰と化すのを恐れたのだろうか？

エリザベスの視線は、ラザロの姉たちと同様に恐怖の表情を湛え、彼女の唇に聖杯をあてがう者へと落ちた。モザイクに反射した蝋燭の明かりがルーンのこわばった顔を照らして、青白い肌を銀色に変えている。彼女に初めてキスをされたときを除けば、彼がこれほど怯える姿は見たことがなかった。城の暖炉の前で交わしたあの口づけが、運命の歯車を回し、今この場所へとふたりを運んだ。

ルーンの黒みがかった瞳が彼女を見つめた。別れの言葉を告げるのなら今だけれど、彼に言うべき言葉は見つからない。サンギニストたちが集まる前ではなおさらだ。

エリザベスはルーンひとりを見つめ、まわりのすべてを忘れた。

「エゲーシェーゲドレ」杯の縁に唇を当てたまま彼女はささやいた。それはハンガリー語で、一般的な乾杯の言葉だった。〝あなたの健康に〟。

ルーンのまなざしがわずかにやわらいで笑みがよぎる。

「エゲーシェーゲドレ」彼は小さくうなずいて繰り返した。

エリザベスは頭をそらし、彼は聖杯を傾けた。

ワインが舌に流れこむ。

もう後戻りはできない……。

ごくりとのみこむと、皮膚を焼きながら液体が喉の中を伝い落ちた。溶岩をすすっているかのごとき感覚だ。目から涙が噴きだし、彼女は苦痛のあまり背中をのけぞらせた。修道女の衣服は織り目が粗く、生地が胸をこする。エリザベスは両方の腕を大きく広げた。炎が体から手足へと流れて、指先に伝わっていく。全身の血管に火が走った。それは彼女でさえ味わったのことない痛苦だった。

その痛みとともに、ワインの神聖な力が彼女の内側にしみわたり、ストリゴイとしての力を浄化する。聖なる力が彼女の血に流れる穢れと戦うが、勝利を収めることはなかった。悪は完全には燃え尽きず、彼女の中で熾火のようにくすぶりつづけた。

やがてエリザベスは口を開いてあえぎ、余炎を吐きだした。

これに続いて起きることに備えて彼女は身構えた。ルーンの説明では、ワインを飲んだあとは、自分が犯した最も大きな罪の記憶がよみがえるという。彼はそれを悔悛と呼んでいた。それにより、サンギニストはおのが過ちを思い起こし、神の偉大なる恩寵のみが罪深き彼らを救えることを胸に刻むのだそうだ。

最も大きな罪と言われても、多すぎてどれだかわからないわ。

体の中の炎が鎮まると、エリザベスは深々と頭を垂れて、涙の筋がついた顔を両手で覆った。けれど、それは罪の記憶に苦しんでいるからではなかった。

ほっとしているのを隠すためだ。

サンギニストたちに課された試練を彼女は乗り越えた。そして、この手を血で染めた過去の残虐行為の記憶がよみがえることもなかった。胸の中はいつもどおり、すっきりしている。どうやら彼女には悔悛の必要がないらしい。

自分には後悔の念がないからだろうか。

エリザベスは自分のてのひらの中でほくそ笑んだ。

悔悛やその苦しみは、サンギニストたちの心が勝手に作りだした苦行ではないのかしら？

ルーンの手が慰めるように彼女の肩に置かれた。悔悛がどれほど続くものかわからず、エリザベスはそのままじっとしていた。両手で顔を隠して待ちつづける。

やがてルーンの指に力が入った。

そろそろかしらと、エリザベスは哀れな表情を装うよう気をつけて、顔をあげた。

ルーンは顔を輝かせて彼女に手を貸し、立たせた。「きみの内なる善が勝利したんだ、エリザベータ。神の限りない慈悲に感謝を」

エリザベスは彼によりかかった。ストリゴイとしての力をワインに焼かれたせいで、衰弱が著しい。彼女はルーンの手をつかむと、その場に集まった者たちの顔を見回した。ほとんどは無表情なままだが、何人かは驚きを隠せないでいる。

彼女は自分に求められた役目を演じつづけた。ルーンの目をのぞきこむ。「こうして生まれ変わったからには、あなたとの、みんなとの約束を破るわけにはいかないわ。わたしが知っていることを話しましょう、あなたがたの使命の助けとなることを。これをわたしから教会への最初の奉仕とさせてください」

ルーンは彼女をきつく抱きしめた。彼女に感謝するために、そしておそらくは、彼女は本当に生きているのだと自分を安心させるために。

「それでは行こう」彼が言った。

ルーンは彼女を導いて進んだ。ふたりを取り囲むサンギニストたちが、とおりすぎる彼女の肩に触れて入団を歓迎する。しかし、そのうちのひとりはあからさまに唖然とした顔をしていた。その相手は一番最後にエリザベスと向きあった。

シスター・アビゲイルが会釈する。

「わたしのような者があなたの仲間となれて光栄です、シスター」エリザベスは言った。

老修道女は顔を引きつらせて、歓迎の表情らしきものをつくろった。「これから先は茨の道を歩むこととなります、シスター・エリザベス。ご自分の中に歩みつづける力を見出されるように」

エリザベスは厳粛な表情を顔に張りつけた。「ご助言ありがとうございます、シスター」

礼拝所をあとにしながら、エリザベスはこみあげる笑いを必死でこらえた。

神の目をごまかすのは、案外たやすいのではなくて？

14

三月十八日、午前九時四十五分
イタリア、ヴェネツィア

血の伯爵夫人は無事だった……。

その事実をまだ受け入れられず、エリンは一行を率いてサン・マルコ大聖堂の中を横切るかつての伯爵夫人の背中を見つめた。今やサンギニストの一員として認められ、エリザベスは簡素な修道着をまとっている。その変わりようが信じられないまま、エリンは彼女を観察した。身につけているものは質素ながら、胸をそらし、首筋をぴんと伸ばして歩く彼女の姿には、今なお王族の風格が漂う。

それでも、エリザベスはサンギニストの試練に合格したのだ。

エリンは小さく頭を横に振って、これは事実だと認めた。

少なくとも、今はそう認めるしかない。

それにとりあえず、エリザベスはこちらに協力的なようすだ。

「みなさんに見ていただきたいのはこれよ」頭上のアーチを飾る壮麗なモザイクの下でエリザベスは足を止めた。「〝誘惑を受けるキリスト〟と題されるもので、大聖堂の中でも最も繊細なモザイク画のひとつだわ」

ルーンはエリザベスのそばから離れず、影のように付き添っている。まばたきもせずに彼女を見つめ、その表情は安堵と畏怖と……喜びに満ちていた。さんざん苦労をかけられながらも、ルーンは今も伯爵夫人を愛していた。

ジョーダンはエリンから少し離れて立っていた。ルーンのように揺るぎない愛情と抑えきれない思いを湛えた目でこっちを見てくれたらと、エリンは思った。けれども、ジョーダンの視線はモザイク画に注がれている。

「キリストが四十日間荒野で断食したときに、悪魔が三度誘惑したって場面だな」ジョーダンが言った。

「そのとおりよ」エリンは言った。「一番左側では、悪魔は――キリストの前にいる黒い天使ね――空腹ならこの石をパンに変えてみせろとキリストをそそのかしているわ」

クリスチャンがうなずく。「だが、キリストはそれを拒み、〝人はパンのみに生きるのではない、神の口から出るひとつひとつの言葉によって生きるのだ〟と告げた」

エリンは次の図を指さした。「ふたつ目の誘惑では、悪魔はイエスを高いところへ連れていき、ここから飛びおりて、神に救わせてみせろと命じた。けれど、イエスは神を試すのを拒むわ。最後――山の上にキリストが立っている図ね――悪魔は地上のすべての国々をキリストに与えると言った」

「で、キリストにいらないって言われたわけだ」ジョーダンが言葉を引き取った。

「そして悪魔は退散した」エリンは付け加えた。「そのあと、右端の三人の天使がキリストを介抱したのよ」

新たな声が割りこんだ。「重要なのはその数だわ」

エリンが振り返ると、エリザベスは慎ましやかに両手を重ねている。

「どういう意味かしら？」エリンは尋ねた。

「三つの誘惑に三人の天使」エリザベスが説明する。「それに最後の誘惑では、キリストは三つの山の上に立っているでしょう。教会にとって、三は常に重要な数字だった」

「子と父と聖霊もそうね」エリンは言った。

三位一体だ。

エリザベスは重ねていた手を開いて、ルーンとクリスチャン、それから自分自身を示した。

「そしてサンギニストも常に三人組で行動する」

エリンは、ベルナルドが封じた扉を開けるのにも三人のサンギニストの血が必要だったのを思い返した。

〈血の福音書〉の預言も、その中心となるのは三人の人物だ。〈学ぶ女〉、〈戦う男〉、それに〈キリストの騎士〉。

「けれど、このモザイク画に隠されている最も重要な三つ組みはそれではないわ」エリザベスは指さした。「キリストの足の下にある山をよくごらんなさい」

ジョーダンが眉間に皺をよせて目を凝らす。「水の中に泡がぶくぶく立っているように見えるな」

「その泡の中には何があるかしら？」エリザベスが問いかけた。

頭上高くにあるモザイク画を見るのには双眼鏡がほしいところだが、何が描かれているかはわかった。白いモザイク片で表された水の泡に囲まれて、三つの物体が浮いている。

「三つの杯だわ」エリンは自分の声から畏怖を隠しきれなかった。

さまざまな疑問の中から、彼女の心にひとつの希望がわきあがる。あの中のひとつが自分たちが探している〈ルシファーの聖杯〉だろうか？

彼女はエリザベスを振り返った。「けれど、これをわたしたちに見せる目的はなんなの？」

「預言と関係があるかもしれないからよ。このモザイク画の制作を依頼した者たちは、のちに皇帝ルドルフ二世のもとでプラハに集った。当時、プラハ城は〝錬金術師の宮廷〟と呼ばれていたわ」

エリンは思わず眉根をよせた。その話なら、ユダヤ教のラビが泥をこねてゴーレムを作ったとかいう、子ども向けの物語で読んだことがあった。プラハに集められた高名な錬金術師たちは、超自然的な力を研究し、鉛を金に変える方法を模索した。ほかにも彼らは不老不死の秘密を解き明かそうと実験を繰り返したという。

彼女が知るかぎり、それはすべて失敗に終わった。

「あの三つの杯は何を意味しているの？」エリンは尋ねた。

「わたしも具体的なことは知らないわ。けれど、あなたたちが見つけた緑色の石となんらかのつながりがあるのは知っている。あの緑色のダイヤモンドとね」

「どういうつながりだ？」ジョーダンがきいた。

「あの石の歴史も〝錬金術師の宮廷〟までさかのぼる。〝わたしが知っていたひとりの男までね。ストリゴイの本質を学ぶために、わたしがさまざまな実験を行っていたときのことよ」

エリンはその言葉の選択に顔をしかめた。学ぶために。何百人もの少女たちを拷問して殺害した、自身の行為をそのひと言でまとめるエリザベスの冷淡さにぞっとした。

「彼もルドルフが招いた錬金術師のひとりだったわ」エリザベスは続けた。「わたしは、ダイヤモンドに描かれているシンボルを彼に見せてもらい、それを自分の日記に描き写した」

「その男は何者なの?」エリンは尋ねた。

「彼の名前はジョン・ディー」

エリンはエリザベスを見つめたまま目を見開いた。ジョン・ディーといえば、十六世紀英国の有名な学者だ。航海術に関する知識が深く、それによりエリザベス女王が大英帝国の礎を築くのに貢献した。晩年は、占星術と錬金術で世界にその名を知られることとなる。彼が生きていたのは、宗教と魔術、そして科学のあいだの線引きがまだあいまいだった時代だ。

「彼は緑色のダイヤモンドで何をしていたの?」エリンは問いかけた。

「ディーが生涯をかけた研究のひとつは——最終的にはそのせいで彼の信用は失墜したのだけれど——天使との交信だったわ」

天使?

一年前のエリンなら、そんな研究は鼻先で笑ったことだろう。けれど今は——彼女はジョーダンにちらりと目をやった——天使は存在するのを実際に知っていた。

エリザベスは話を続けた。「ディーはその実験のために、透視者《スクライアー》だと自称する若い男、エドワード・ケリーと組んだのよ」

「スクライアー?」ジョーダンが尋ねた。

「いわゆる占い師ね」エリンは説明した。「水晶の球や紅茶の葉とか、ほかにもさまざまなものを使って未来を占うの」

「ケリーの場合は、アメリカ大陸から持ち帰られたと言われる黒曜石を研磨して作った鏡だったわ。彼はその鏡に天使が現れると主張した、というより、ジョン・ディーにそう思いこませたようね。ディーはケリーが天使と交わした対話を特別な文字を使って記録したの」

「それがエノク語ね」エリンは言った。

エリザベスがうなずく。「やがてディーはエドワード・ケリーに不信感を抱くようになり、自分が直接天使と話をしたいと考えるようになった。そのために彼は天界の門を開く方法を模索したわ。その門を通じて天使と交信し、その叡智を人類と分かちあいたいと願ったの」

「だが、今の話のどこが緑の石と関係があるんだ？」ジョーダンが尋ねる。

「確かにね」エリンはつぶやいた。

「その石には天界の門を開く力があったとディーは信じていたのよ。石の中には、闇の力が封じこめられていた。天界との境を貫くほど強烈な力が。そして、ディーが天界の門を開けようとしたその日、惨事が起きたわ。ディーは彼の弟子とともに遺体となって実験室で発見された。その後、ルドルフ皇帝はその石を安全なところに隠したの」

「それをどうしてあなたが知っているの？」エリンは質問した。

伯爵夫人はスカートのひだを伸ばした。「わたしが城に監禁される直前に、皇帝ルドルフ二世から相談があるとの手紙を受け取っていたからよ」

クリスチャンは疑わしげに眉根をよせた。「皇帝を知ってたんですか？」

「言うまでもないことでしょう、わたしは皇帝と親交があったわ」怒りも露わにエリザベスが言い返す。「バートリ家はヨーロッパでも屈指の名家ですもの」

「何も疑うわけじゃありませんよ、シスター」クリスチャンが謝った。

エリザベスははっとわれに返ると、急いでふたたび両手を重ね、慎ましい修道女のふりに戻った。どうやら徐々にメッキがはがれてきたようだ。

「皇帝からわたし宛に書簡が届いたわ」エリザベスは説明した。「当時知られていた中では、善と悪の本質を突きとめようと同様の研究をしていたのは、ディー博士とわたしだけだと皇帝はご存じだったから」

「緑の石の来歴はわかったが、それがおれたちの探索をどう助けるんだ？」ジョーダンは彼女に質問した。

「そのダイヤモンドについて、ディーはわたしに手紙で明かしたよりももっと多くを知っていたんだと思うわ」エリザベスが言った。「あのシンボルについてもね。彼はそれが意味するものを知っていたのではないかしら。彼の実験記録や手記を発見できれば、真実がわかるわ」

エリンはうなずいた。少なくとも、出発点は見つかった。

ルーンはエリザベスに目を注いでいた。実際、彼の視線は伯爵夫人の表情からほとんど離れない。「なぜそれほど不安そうな顔を？」

エリンは伯爵夫人の冷たい顔に目を戻し、彼が言う不安を探してみたが、わからなかった。やはり、ルーンは誰よりもエリザベスをよく知っているのだろう。

「皇帝からの書簡には、ディーと彼の弟子の遺体が発見された状況が細かく記されていた。その描写から推測すると、ディーが開けた門から呼びだされたのは、聖なる天使ではなく、最も邪悪な天使、ルシファーだったらしいの」

エリザベスは自分たちの頭上で、キリストを誘惑する黒い姿を見上げた。全員が彼女の言葉をゆっくりとのみこむあいだ、広い聖堂内に沈黙が満ちた。やがて伯爵夫人はエリンたちにふたたび向きなおった。

「とにかく」エリザベスは警告した。「その石をしっかり保管することね」

ジョーダンが目顔でエリンに確認する。

「彼女に見せてあげて」エリンは指示した。

ジョーダンはポケットからふたつに割れたダイヤモンドをゆっくり取りだした。輝きをはなつ石を見るなり、エリザベスがあとずさる。エリンは彼女の顔に生々しい恐怖の色が浮かぶのを見て取った。今やそれは見間違いようがない。

「空《から》だわ」エリザベスがささやいた。

「空？」エリンはその言葉を繰り返した。

「わたしたちにできることは何ひとつない」エリザベスの声は低く、怯えていた。「あとはもうルシファーの復活に備えるしかないわ」

午前十時三十八分

ルーンは信じられない思いでエリザベータを見つめて嘘を探したが、そこにあるのは純然たる恐怖だけだった。「ルシファー？　あの悪魔の復活が近いと本気で考えているのか？」

「ストリゴイたちに変化が表れているでしょう？」エリザベータの目が彼をじっと見る。

「スピードとパワーが増しているのではなくて？」

ジョーダンは腹部をさすりながらうなずいた。

「けれど、それが何を意味するの？」エリンが尋ねた。

「あなたたちは、自分たちで理解している以上に恐ろしい危険と直面しているという意味よ」

エリザベータは割れた石に指を触れた。「この中身はすでに解きはなたれているわ」

「中に何か入っていたのか？」問いかけながら、ルーンは彼女の手を石から引き離した。もしも、中身がルシファーの血のようなものであれば、エリザベータを近寄らせたくなかった。

「この宝石には忌まわしい力が封印されていた、ジョン・ディーが長い歳月をかけて大勢の者たちから抽出して集めた力が」

「大勢の者？」エリンが問い返す。「それに、忌まわしい力ってなんのことなの？」

「六百人を超えるストリゴイから集めた霊気よ。ディーはストリゴイが絶命する際にその肉体から離れる霊気を集め、このダイヤモンドの中に封印した」エリザベータはルーンに向きなおり、彼の腕を握った。「これまで数多くのストリゴイを殺したあなたなら、彼らが死ぬときに体から黒い煙が出るのを目撃したことがあるでしょう」

ルーンはゆっくりとうなずいた。エリンとほかのふたりに視線を向けると、彼らの表情は思いあたる節があると告げていた。全員がなんらかの機会に目撃しているのだ。

エリンが声をあげた。「あなたの日記には、ガラス張りの棺にストリゴイを閉じこめて殺すさまが描かれていた。その絵ではストリゴイの体から影が立ちのぼっていたわ」

「わたし自身はそこまでしか実験を行うことができなかったわ。けれどディーは、自分で考案したガラス製の装置でその煙を集める方法を考えだした。そして、この緑色の石であれば、濃縮された悪の霊気を内側に封印できることを発見したのよ」

ジョーダンは自分の手にのったふたつのかけらを見おろした。「その中身はすでに外へ出てるってわけか」

「〝ルシファーの枷はゆるみ〟という預言の箇所は、この石が割れたことを指しているのかしら？」エリンが尋ねる。

「それはどうかしら」エリザベータが言った。「けれど、最近になってストリゴイが力を増したのは、確実にそれが原因でしょうね」

「なぜそう思う？」ルーンは問いかけた。

エリザベータは彼に向きなおった。「本当にわからないの？」

ルーンはただ眉根をよせた。

「なぜ自分は不老不死で、人間だったときよりもはるかに強靭なのか、これまで不思議に思ったことはなくて？」

「これは呪いだ」

「簡潔に言えばそうね」彼女は言った。「だけど、この謎に関してさらに深く掘りさげて研究している学者が教会にいてもおかしくないでしょうに」

「あいにくいないようだ。あなたが知っているなら、教えてください」クリスチャンが頼んだ。

エリザベータはどこまで愚かなのと言わんばかりに首を横に振った。「わたしの実験、それに天使に関するディーの研究から、わたしたちはひとつの結論に達したわ。すべてのストリゴイの力はひとりの天使から、闇の天使から分け与えられたものであると」

ルーンは頭上のルシファーのモザイクを見上げた。

エリザベータは彼の視線をたどった。「ストリゴイの死体から立ちのぼった煙が、そのあと地面におりていくのを見たことはなくて？」

彼はゆっくりとうなずいた。「地獄へ戻っていくということか」

「煙の源へ、ルシファーのもとへね」

ルーンは両手をあげて、自分のてのひらを見つめた。この体を動かしているのは悪魔の力で、自分はキリストの聖なる血の恩寵により、その力を抑制できているにすぎないということになる。ルーンの隣にたたずむクリスチャンも、同様に愕然としているようすだった。ふたりとも自身の本当の性質を初めて理解していた。

幸い、エリンがもっと現実的な方向へと質問を切り替えてくれた。「エリザベス、あなたはさっき、空だと言ったでしょう、この中身はすでに解きはなたれていると。中に入っていたのは単に霊気を集めただけのものではないの？」

「ディーはある特定の数のストリゴイを集めて、霊気を抽出した。ぴったり六百六十六となるように」

「聖書に出てくる獣の数ね」エリンが言った。

「その数に達すれば、集められた霊力はひとつに融合し、それ自体が獣を生みだすか、獣を召喚するとディーは考えたようね」

「聖書の獣か」ルーンはつぶやいた。さきほどのエリザベータの怯えようを彼も理解しはじめていた。

「ディーはその獣を使い魔として、天界の門を開けられると信じていた。けれど、それは失敗したわ」

「そして今、その獣がこの世に解きはなたれたのか」ルーンは言った。

エリザベータは両手を合わせて握りしめた。「獣を止めるには、ディーの研究資料を見つけるしかないわ。獣を理解できるのは、それを作りだしたディーだけよ」

「どこから探しはじめるの？」エリンが尋ねる。

「プラハにある彼の実験室ね。まだ存在していればの話だけれど。ディーは秘密を隠すのに長けていたわ。彼の実験室には隠し穴や偽の壁など、さまざまな仕掛けが施されていたものよ。秘密の地下室まであったんですもの。プラハの実験室へ行って、答えを探しましょう」

ルーンはエリンとジョーダンを見た。頼りない手がかりではあるが、たどることができるぐらいにはしっかりとしている。「きみたちふたりはどう思う？」

ジョーダンはエリンに視線を向けた。

彼女がうなずく。「行ってみるだけの価値はあると思うわ。ストリゴイにはすでにさまざまな変化が表れているようだし、わたしたちもただちに出発すべきでしょうね」

「ヘリコプターの準備は任せてくれ」クリスチャンが言った。「それで、どういうメンバーになるんだい？」

エリンは手を動かして、ルーンとジョーダンを示した。「もちろん、預言の三人よ」

エリザベータが背筋をすっと伸ばす。「わたしも同行すべきでしょうね。ディーの実験室を訪問したことがあるし、あの部屋の数々の秘密を知っているわ」

クリスチャンは眉をひょいとあげた。「あなたは騎士団に入ったばかりだ、シスター・エリザベス。サンギニストになったばかりの者は、通常数カ月は修道院に隔離されて、内なる獣の力を抑制するすべを学ぶことになっている。まだ心が不安定な時期だからね」

エリザベータは慎ましく頭を垂れたが、ルーンは彼女の銀色の瞳に怒りがひらめくのを目撃した。「それが教会の方針なら、従わなければなりませんわね。けれど、わたしの助けなしで、この任務が成功するのか不安だわ」

彼らの背後で声があがった。物陰でこの会話を立ち聞きしていた者がいた。

「シスター・エリザベスには預言の三人の力となってもらいましょう」ソフィアが明かりのもとへと進みでる。「彼女のほかに当時のことを知っている者はいないのだし。この任務を成功させたいと願うのなら、危険を冒す覚悟も必要よ」

エリザベータは頭をさげた。「礼を言いますわ、シスター・ソフィア」

「あなたはワインを飲んで無事だった。神があなたを信じるのなら、わたしたちも信じるしかないわ」ソフィアはクリスチャンにうなずきかけた。「そうは言っても、今が不安的な時期だというのは確かよ。だから、わたしも一緒に行って、シスター・エリザベスが誘惑に負けないよう、先輩として手を貸すわ」

「経験者の助けがあれば心強いですわ」エリザベータが言った。

ソフィアが同行を申しでたのは、エリザベータの指導役としてではなく、見張り役としてだろうとルーンは察した。そしておそらくそれは賢明なことだ。いずれにせよ、これでプラハへ行くメンバーが決定した。

クリスチャンがくるりと背を向ける。「ぼくはフライトプランの準備に行くよ。問題がなければ、昼にはプラハに到着だ」

ルーンは彼に続いて扉へと向かいながら、ジョーダンがふたつに割れた緑色の石をポケットにしまうのを見つめ、中身はすでにこの世に解きはなたれたのを思いだした。エリザベータの不安が正しければ、獣が自由になったことになる。

それは一体どんな獣なのだろうか？

15

三月十八日、午前十一時十二分
イタリア、ヴェネツィア

あとどれほど待つのだ……?

レギオンはアーチ道の陰に身を潜めた。日光が当たる広場の先にある巨大な聖堂の正面を、暗がりからじっと観察する。建物の表面を覆う金箔に、真昼の強い日差しが反射して彼の目を焼くが、それでもその場を動かなかった。

何百年も待ったのだ、待つのには慣れている。

レオポルトの体に根をおろして見張りを続ける一方で、レギオンは手を触れて奴隷と化した者たちへと意識を振り向けた。彼らの目をとおして、離れた地から、百もの光景が見えてくる。

……若い娘の引き裂かれた喉から鮮血がほとばしり、黒いアスファルトの道路に広がる……。

……金属製の箱に閉じこめられた男の怯えた目が潤み、夜の獣の鋭い歯が近づくのを見つめる……。

……自分たちの欲望に溺れて、忍びよってくる者にも気づかずに暗い森でからみあう男女……。

視覚を共有するだけでなく、奴隷となったストリゴイの中へ完全に意識を移し、今すぐにでもその体を乗っ取ることもできた。だが、レギオンはこの世における自分の依り代であるこの器に、しっかりと根をおろしていた。自身の闇の中で、細い炎が揺らぐのにふたたび目を凝らす。

そして、炎の中でくすぶるレオポルトの意識から、広場の向こうにある建物の記憶を引きだした。

今やその記憶は彼のものだ。

サン・マルコ大聖堂。

ヴァチカンのそばでサンギニストの神父を奴隷化したレギオンは、ベルナルド枢機卿と呼ばれる者のドアの陰で立ち聞きさせて、緑色の石を持つ〈戦う男〉がヴェネツィアへ向かうことを知ると、神父に命じて自分をここまで移動させた。

レギオンは神父から学んだ預言の言葉を頭の中で繰り返した。

〈預言の三人はともに最後の使命に旅立たねばならない。ルシファーの枷はゆるみ、彼の聖杯は失われたままである。三つの数をすべてそろえ、光をもって新たな聖杯を作ることで、ルシファーを永遠の闇に葬るべし〉

大聖堂の聖なる壁の中で何が行われているのかを知りたいところだが、みずから侵入する危険は冒したくない。

ここは神聖な地だというだけでなく、真昼の強烈な太陽がレギオンを焼こうと脅かした。マントは持ちあわせていない。影の中でさえ、日光が彼の皮膚をちりちりと刺した。もうすぐ太陽に追われて屋内に身を隠すか、運河に流れこむ海の底に潜まねばならないだろう。焼けつく昼のあいだは、冷たい青海原の下で身を休めてもいい。海の美しさがレギオンを引きつけた。悠々と泳ぐ魚たちのきらめきに、エメラルド色の海草のダンス。海の懐に抱かれて、その一部となりたかった。

だが、まだだめだ。

今しばらく留まらねばならない、汚れた運河が流れるこの都に、神の栄光を人間の堕落で継ぎはぎしたこの島に。レギオンが追う三人はあの大聖堂の中に隠れていた。そしてレオポルトの抵抗にもかかわらず、レギオンはゆっくりとさらなる情報を引きだしていた。

三人のうちふたりは人間だ。

〈戦う男〉と〈学ぶ女〉。

三人目は――ルーン・コルザという名の〈キリストの騎士〉は――ほかより遅れて到着した。この男はレオポルトと同じくサンギニストで、それはすなわち、レギオンの手で穢せることを意味していた。

手形さえつければ〈騎士〉は意のままに操れる。

残念ながら、〈戦う男〉と〈学ぶ女〉は奴隷とすることはできないが、レギオンに必要なのは〈騎士〉ひとりだ。

コルザを使って三人の中に潜りこみ、ルシファーを闇に葬れというおぞましい預言を内側から突き崩す。

広場の向こうで重厚な扉が閉まる音が響き、レギオンは視線を向けた。

心音のないサンギニストの一団が、大聖堂から広場へと流れでた。レギオンは彼らの顔を調べた。そしてレオポルトの炎から立ちのぼる煙を深々と吸いこむ。レオポルトは大半の者たちの顔を認識し、その名前と教会での地位を知っていた。

レギオンの視線は、〈戦う男〉と〈学ぶ女〉とともに一団の中央にいる、ひとりの者に据えられた。

ルーン・コルザ。

あの男を服従させて利用しよう。

しかし、獲物は光の中に留まったままだった。ほかに手立てもなく、レギオンは暗がりから離れないようにして、ヴェネツィアの細い通りを進む一行のあとを追った。とおりすぎる家々から、退屈な日々の暮らしを送る人間たちの鼓動が聞こえてくる。だが、彼の注意はひとつの心音に引きつけられた。

〈戦う男〉はすでに死んだはずだった。レギオンはあの男を襲ったストリゴイの記憶をたぐりよせた。やわらかい腹を刺し、冷たい手に熱い血がどっとかかり……。

なのに、〈戦う男〉の心臓は今も動いている。

近くで聞くと、男の心音には奇妙な音が交ざっていた。鈍重な鼓動の背景で、鐘のような高らかな響きがこだましている。

不可解な謎ではあるが、それを解くのはお預けとせねばなるまい。

目的地が近づき、容赦ない日光のもとでサンギニストたちは足取りを速めた。

ここでは〈騎士〉に接近する時間はないようだ。

一団は油のにおいが流れでる建物へと——今や地上のほとんどの場所でこのにおいがする——入っていった。細い羽根のついた機械が屋上に見える。レギオンはレオポルトの記憶を探り、その用途を理解した。

……ヘリコプター、あれが蜂のように空を飛ぶのか……。

多くの制約を克服してきた人間の歴史に、レギオンは微かな畏怖の念を覚えた。彼が宝石に封じられていた数百年のあいだに、人間は多くを征服した。

空さえも。

レギオンは狩りを続行する方法を思案した。じきにあのヘリコプターは日光が燦々と降りそそぐ空へと舞いあがり、預言の三人をここから運び去るだろう。彼らの目的地を突きとめなければならない。

機械の羽根はすでに回転を始めている。

下の建物から、サンギニストが数名出てきた。預言の三人を警護してきた者たちがそれぞれの聖域へ戻っていく。ほとんどは来た道を引き返し、大聖堂へと向かったが、ひとりだけ途中で分かれて別の方角へ歩きだした。

女は、まだ日陰にすっぽりと覆われた運河沿いの道を進んだ。

レギオンは陰から陰へとすばやく移動して、女のあとをつけた。

走りながら、街の喧騒に耳を澄ます――怒鳴り声に笑い声、エンジンのうなり、建設作業場からガンガンと響く騒音。ここでは自然界の音はほとんど聞こえない。鳥の歌声も、木の葉を揺らす風音も。人間はこの島を占領した。現代世界のほとんどをそうしたように。そして自分たちの都合に合わせて土地を変え、自然の庭園を破壊し、調和のもとに暮らしていた生きものを殺した。

おのれの創造物が踏みにじられるのを、たとえ神が赦そうとも、わたしは赦しはしない。

その思いを胸に、レギオンは衣擦れの音へと接近した。背後に立つ狩人にも気づかずに、標的は河岸を歩きつづけている。

レオポルトの記憶から名前を引きだし、声に出して呼びかける。

「シスター・アビゲイル……」

女サンギニストが振り返った。髪は石のような灰色で、それを気難しい顔のまわりからうしろへぐっと引っぱっている。あきらかにいらだっており、その余計な感情が彼女の反応を鈍らせた。恐怖に見開かれたその目に、レギオンの黒い顔が映る。

レギオンは手を突きだして修道女の頬に触れ、手形を焼きつけた。

とたんに女はぐったりと倒れかかり、彼はその体をつかまえて引きよせた。女を抱擁し、その記憶を本のようにめくっていく。

……ロンドンの濡れた街路を母親に手を引かれて歩いていく……。

……飾り気のない真っ白な墓石の前に立ち尽くして、父親に別れを告げる……。

……街頭で手を取り喜ぶ市民。世界大戦が終結した。けれど、あまりに多くを失った。あまりに多くの野原が爆撃されて死体が並んだ……。

……巨大な塊が空から降ってくる。爆弾だ。別の戦争、前よりもさらに大きな戦争だ。人々の暮らしを丸ごと消滅できる武器が登場し……。

……冷たい肌の男、その目は雷雲の色だ。男に血を飲まれたあと、その血を分け与えられ……。

……泥まみれの戦場。目尻のつりあがった茶色い目。爆弾の雨が善も悪も同様に粉々にする。別の戦争、朝鮮半島、雷雲色の目をした男とともに、ここで狩りに興じる……。

……十字架をさげた女に選択肢を与えられる。悔いるか、死ぬか。ワインが唇を焼いて……。

レギオンは胸いっぱいに息を吸い、修道女の人生を自分の中へと取りこんだ。だが、この女の過去に興味はない。彼は女の古い思い出は脇に押しやり、新しい記憶を探った。

……女の顔。波打つ黒髪、銀色の瞳。美しい女だが、アビゲイルの冷たい体は彼女を毛嫌いしている……。

レギオンは女の名前を引きだした。

エリザベス・バートリ伯爵夫人。

この女に用はない。レギオンはしびれを切らして、胸に抱いた女の頭に直接念を注ぎこんだ。

〝あの三人はどこへ向かった？〟

彼の耳のそばでアビゲイルの唇が動く。「プラハへ向かいました」

その地名にレギオンは戦慄した。自身の歴史にかかわる場所、彼が封印された都だ。彼が預言の三人を追いつめる一方で、あの者たちも彼の過去に迫りつつあるらしい。

レギオンは女の頭に問いかけた。

〝なぜだ？〟

静かな言葉が彼の耳に届く。「彼らはジョン・ディーの手記を探しています」

今度は、レギオン自身の記憶が彼をのみこんだ。

……乳のような白髭と、才気走った黒い目の男……。

……その目が、緑色の輝きの外から微笑む。わたしの監獄の番人……。

……苦痛と憎しみがわたしの身を燃やし……。

レギオンはアビゲイルをつかんだまま、腕を伸ばして体を引き離した。修道女の頬には彼の手形がくっきりとついている。これで自分が行かねばならない場所はわかった。

プラハだ。

あのそばにはすでに奴隷たちがおり、彼らを集めてあの古い都へ向かわせるが、レギオンもみずから赴くつもりだった。アビゲイルは日中でも活動できるのだ、彼の移動を手伝うこともできよう。

あの都で、過去の復讐を果たして未来を守り……そして、全人類の希望を粉砕する。

第三部

悪は火のように燃えさかり、茨と棘をなめ尽くし、
森の茂みを炎で包み、煙の柱となって巻きあがる。
――『イザヤ書』第九章十八節

16

三月十八日、午後二時四十分
チェコ共和国上空

ヘリコプターの座席に座り、エリザベスはシートベルトを両方の手で握りしめた。川や森林、街が、目が回るような速さで小さな機体の下を通過する。窓の外に広がるのはおもちゃの世界で、それを見おろす自分はこれからおもちゃで遊ぼうとする子どもだ。

血管の中では、焼けつくワインが闇の力と押し競《くら》べをしていた。それでもエリザベスは、自分がふたたび完全になったのを、数カ月ぶりに正常に戻ったのを感じていた。

これがわたしだ、わたしのあるべき姿。

ルーンのこれまでのさまざまな仕打ちさえ赦せる気がした。今、この場所へと道を示し、導いてくれたのは彼なのだから。

ヴェネツィアからのフライトのあいだ中、ルーンはこちらをじっと見つめていた。彼女が消えてしまうのではないかと心配しているかのように。エリンとジョーダンは向かい側の席に座るなり眠りに落ち、ソフィアとクリスチャンはともにコクピットに座り、果てしない気流に乗せて機体を操作している。

この時代は驚きに満ち溢れている。

せっかくそんな時代に生きているんですもの、わたしはそのすべてを享受するわ。

なだらかな起伏を描く前方の丘陵に、エリザベスは目を走らせた。じきにプラハに到着する。街には往時の面影が残っているだろうか。それともローマの大半の部分と同じように、彼女にはまったく見覚えのない街となってしまっただろうか。正直なところ、気にしてはいない。自分は学び、順応する。永遠に続く変化の流れに乗って。

けれど、ひとりでではない。

トミーの小さな顔が目に浮かんだ。これまでトミーはこの時代について、彼女にたくさん教えてくれた。そのお返しに、今度は彼女が、夜の神秘や血の喜び、もう二度と歳を取ることのない永遠の命について彼に教えてあげよう。

エリザベスは微笑んだ。

こんなに明るい未来があれば、もう太陽は必要ないでしょう?

耳につけているヘッドフォンから、小さな雑音が響いた。クリスチャンの声にエリンとジョーダンは目を覚まし、ルーンは背中を伸ばした。「もうすぐプラハに着陸する」

彼女が微笑んでいるのに気がつき、ルーンの顔にも笑みが浮かんだ。「元気なようだ」

「ええ……すこぶる元気だわ」

ルーンの黒みがかった目は、喜びとやさしさを湛えていた。彼女が騎士団を捨てたら、彼はさぞ傷つくことだろう。それを考えると、自分でも驚くほど胸が締めつけられた。

エリザベスは窓へと視線を戻した。ヘリコプターはガラス張りのモダンな建物や醜いビルの上空を飛んでいるが、さらに前方に、連なる赤いタイル屋根と曲がりくねった狭い街路という、見覚えのある古い街並みが見えてきた。

ヘリコプターは幅の広いヴルタヴァ川の流れに沿って飛び、やがて荘厳なアーチが連なる石造りの橋へと近づいた。すべてが変わったわけではないのを目にして、エリザベスはほっとした。プラハには、塔や歴史的建造物が今も数多く残っているようだ。

「あれはカレル橋ね」彼女の視線に気づいてエリンが言った。

エリザベスは苦笑いを押し殺した。昔は単に〝石の橋〟と呼ばれていたのだけれど。長い橋の上ではぞろぞろと人々が歩いていた。彼女の時代には、馬や馬車がひしめくようにして行き交っていたものだ。

つまり、変わったものもあるというわけね。

ヘリコプターは街の中心を目指し、エリザベスは昔知っていた通りや建物を探して、窓の外に目を凝らした。広場のそばには、ふたつの尖塔を持つティーン教会が見える。市庁舎の壁ではこの街の有名な天文時計オルロイが、今も時を刻んでいた。

エリンが彼女の視線を追う。「あの中世の時計には本当に感嘆するわ。あれを作製した時計職人は、二度と同じものが作れないよう、評議員たちの命令によって目を潰されたと言われているんでしょう」

エリザベスはうなずいた。「熱した火かき棒で目を潰されたわ」

「残酷なもんだな」ジョーダンがぼやいた。「仕事をやり遂げたボーナスとしては最悪だ」

「残酷な時代だったわね」エリザベスは言った。「けれども、その話には続きがあるとも言われているの。時計職人は手探りで塔の中に忍びこみ、精巧な機械を破壊して復讐したあと、そこで死んだ。その後、時計を修理するのに百年かかった」

エリザベスは、独特の美しさを持つ時計の文字盤を見つめた。過去の一部がこうして保存され、今も尊ばれているのはすばらしいことだ。時計職人は死んだものの、彼が生みだした傑作は歳月に朽ちることなく残った。

わたしと同じように。

ヘッドフォンからふたたびクリスチャンの声がした。「あと数分で着陸だ」

ポケットの奥深くで携帯電話が振動し、エリザベスはてのひらで押さえた。ルーンに聞かれたかと心配したが、エンジン音がうるさいうえに、ヘッドフォンを装着しているから大丈夫だったようだ。きっとトミーからだ。なんの電話だろう？　彼女は最悪の事態を恐れて、座ったままそわそわとした。トミーと話がしたい。けれど、そのためには少しのあいだひとりになる必要がある。

携帯電話の振動が止まると、エリザベスは両手を合わせてぎゅっと握り、ヘリコプターが早く着陸するよう祈った。幸い、時間はかからなかった。クリスチャンの言葉どおり、機体は数分後に着地した。それからさらに彼の指示を待ったあと、エリザベスはほかの者たちに続いて外に降り、舗装された硬い地面を横切って、横長の低い建物へと向かった。

ヴェネツィアよりも空気が冷たいが、それでも日光が照りつけてくる。彼女は午後の太陽にてのひらをかざした。ストリゴイなら、たちどころに皮膚が燃えて灰となるところだが、聖なる血が彼女を守っているらしい。しかし、完全にではない。エリザベスの中に残留する闇を、日光がちりちりと焼いた。彼女は手をさげると、ベールが顔に影を落とすようにうつむいた。

ルーンが彼女の動作に気づいた。「時間が経てば、日光にも慣れる」

エリザベスは顔をしかめた。サンギニストといえども、完全に日光を克服しているのではないのだ。昼に生きる彼らは、苦痛にさらされては堪え忍ぶのを繰り返している。彼女はそんな束縛と制限を振り払い……もう一度自由になりたかった。

だが、それは今ではない。

彼女は空港ターミナルへ向かう一行についていった。灰色と白の施設の無機質な醜悪さに眉をひそめる。現代人は色味を恐れているかのようだ。

「顔と手を洗ってきてもいいかしら?」エリザベスはルーンに尋ねた。トミーに電話を返すために、ひとりきりになりたい。「空の旅で気分が悪くなってしまって」

「わたしが一緒に行くわ」ソフィアが申しでた。小柄な女の反応はいやに早く、エリザベスに対する不信を感じさせた。

「それはご親切に、シスター」エリザベスは言った。

ソフィアは細い通路を先だって進み、個室が並ぶ化粧室にまで一緒に入ってきた。エリザベスは洗面台へと行って、温水で手を洗った。ソフィアも隣に並んで顔に水をかけている。そのあいだ、エリザベスは褐色の肌の女を観察した。サンギニストになる前はこの女はどんなふうだったのだろう。家族はいたのだろうか。時の流れの中で彼女はその家族を置き去りにしたのだろうか。聖別されたワインを飲む前は、ストリゴイとしてどんな非道を働いたのだろう。

けれど、女の顔は無表情という仮面をつけたままだった。過去につきまとう痛みをすべて隠しつづけて。それでも、何かあったはずなのはエリザベスにはわかっていた。

わたしたちはみんな、何かにつきまとわれているものですもの。

息子のパルの姿が、明るい笑い声が、エリザベスの心によみがえった。

人は生きていく道のりで、亡霊を集めているだけなのかもしれない。長く生きるほどに、心につきまとう亡霊は増えていく。エリザベスは鏡に映る自分自身を見つめ、涙がひと粒、頬を伝っているのに驚いた。

彼女はそれをぬぐう代わりに利用した。

「ごめんなさい、少しだけひとりにしてもらえるかしら?」ソフィアのほうを向く。

相手はだめだと言いかけたが、エリザベスの涙を見て表情をやわらげた。化粧室内を見回し、窓や逃げ口がないのを確認してから、エリザベスの腕にそっと触れる。「外で待ってるわ」

ソフィアが消えるなり、エリザベスは携帯電話を取りだした。声を聞かれないように蛇口の水を流しつづけ、急いでトミーの番号に電話をかける。

彼はすぐに出た。「エリザベス、かけ直してくれてありがとう。ぎりぎりで間に合ったよ」

トミーの声は落ち着いており、彼女はほっとした。「変わりはないの?」

「とりあえずはね。でも、すごくうれしいよ、もうすぐエリザベスに会えるね」

エリザベスは理解できずに眉根をよせた。サンギニストたちから逃げることができたら、彼女がすぐにトミーのもとへ行こうとしているのを彼が知っているはずはない。「どういう意味かしら?」

「神父さんが迎えに来たんだ。これから一緒にローマへ出発するところだ」

エリザベスは体をこわばらせた。声が硬くなる。「神父?」この知らせを理解しようとするが、頭が混乱した。予想外のことで、何かにおう。そう、これは罠のにおいだ。「トミー、その男と行くのは――」

「ちょっと待って」トミーが声をあげて会話を中断した。背後にいる誰かと言葉を交わすのが聞こえ、ふたたび電話口に戻ってくる。「おばさんが電話を切りなさいだって。迎えの車が到着したんだ。でも、明日会えるね」

彼はうれしくてたまらないようすだが、エリザベスの胸は恐怖で満たされた。

「その神父と一緒に行ってはだめよ！」鋭い声で警告する。

しかし、すでに通話は切れていた。彼女は化粧室の中をうろうろと歩いて、電話をかけ直した。呼びだし音が鳴りつづけるだけで、トミーは出ない。携帯電話を握りしめ、エリザベスは彼がローマに連れてこられる理由を考えた。

ストリゴイによる襲撃の激増を受けて、トミーをヴァチカンで保護するのかしら。

彼女はその可能性を切り捨てた。教会はあの少年にはもうなんの関心も抱いていない。

それならなぜ彼を連れてくるのかしら？　突然、教会がトミーをふたたび重要視する理由は？

そのとき、エリザベスは気がついた。

理由はわたしだ。

教会側は、彼女がトミーをかわいがっているのを知っている。何者かがあの少年を手もとに置いて、人質として使おうとしているのだ。なんの罪もない少年を利用するような聖職者など、思いあたるのはひとりだけだ。監禁されながらも、あの偽善者は自身の権力を行使しているに違いない。

ベルナルド枢機卿。

エリザベスは鏡に拳を打ちつけた。拳を中心に、外側へとひびが走る。

彼女は化粧室のドアに目をやった。外ではソフィアが待っている。かっとなって鏡を割るなんて、軽率な行動だった。トミーを助けたいのなら、もっと利口にならなければ。エリザベスはソフィアがようすを見に来る前にと、水を止めてドアへ急いだ。

通路に出ると、ソフィアは怪訝そうな目で彼女を見た。

エリザベスはベールを整えて、ロザリオに手をすべらせた。銀が指先を微かに焼く。彼女はその痛みを支えに心を静めた。

「もう……大丈夫です、行きましょう」

ふたりはほかの者たちと合流した。

エリンは自分の携帯電話の画面に地図を表示している。これもまた、現代という時代の驚異だ。「ここから旧王宮まではそう遠くないわ。錬金術師たちの実験室は城下にあったんでしょう」

「わたしたちが探している実験室はその中にはないわ。街の中心、天文時計があるそばへ行きましょう」エリザベスはそう言いながら、好機を待とうと心に決めた。

今は待って、観察しよう。

チャンスは必ず訪れる。

そのときがベルナルドの最期だ。

午後三時十分

ターミナルの出口へ向かいながら、エリンは背負ったバックパックを引きあげた。中に入っている〈血の福音書〉が、肩にずしりと食いこむ。ローマに置いてくるべきだったかと、不安が胸をかすめた。ヴァチカンの金庫に預ければ安全だが、彼女の所有物となったこの本を、目の届かないところに置いていくのはいやだった。

今ではこの本を自分の一部のように感じている。

前方では、ルーンが黒のジーンズと黒のロングコートに身を包み、豹のようにしなやかに歩いていた。隣に並ぶ伯爵夫人も、凛とした立ち姿でなめらかに足を運んでいく。本当に、美男美女のお似合いのカップルだ。そう思った瞬間、激しい嫉妬心が胸を突き、エリンは驚いた。自分はルーンの隣にいる女になりたいのだろうか、そんなことが可能だとして？

彼女はジョーダンを見上げた。彼はブルーの瞳で空港内を見回している。警戒しているのはいつものことだが、その肩はさがり、リラックスしているようすだ。角張った顎は金色の無精髭に覆われている。エリンは、ざらりと伸びた髭が彼女の下腹部や胸をかすめる感触を思いだした。

ジョーダンが彼女の視線に気づいて振り向き、エリンは顔を赤くしてうつむいた。

肌寒い外へと足を踏みだすと、エリザベスは顔が隠れるよう、ベールの端を引っぱった。ルーンのコートはフード付きだが、彼はそれをかぶろうとはしない。

エリンはクリスチャンに顔をよせた。「エリザベスのほうが日光に敏感なようだけど、それはなぜなの?」

「サンギニストになったばかりだからね」クリスチャンが説明する。「単に時間の経過によるものか、長年悔悛を重ねた結果かはわからないけど、サンギニストになってから長い人のほうが、日光に慣れているみたいだ」

「自分たちの体でしょう、なのにその仕組みも知らないの?」エリンはサンギニストたちの無関心ぶりに驚いた。「ワインのせいで自分の体にどんな変化が起きているのか、あなたたちは不思議に思わないの?」

クリスチャンの隣から、ソフィアが答えた。「聖書に〝心から主を信頼なさい、自分自身の理解に頼ってはなりません〟とあるでしょう」わずかに険のある声で言う。「だから、わたしたちがあれこれ考えるべきことではないわ」

「ぼくたちは、この体を科学的に解明するためにサンギニストになったんじゃない」クリスチャンがつけ加える。「ぼくたちは信仰のためにこの道を選択したんだ。聖書に、〝信仰とは、望んでいることがらを信じ、目に見えないものを確信することだ〟とあるだろう。見えないものを解明するのは、ぼくたちの使命ではない」

ジョーダンはあきれた顔をした。「サンギニストが自分たちの体についてもっと早くから調べていたら、今頃こんな騒ぎになることもなかったんじゃないのか」

それには誰も反論せず、クリスチャンはテラス席のある小さなカフェを指さした。「ちょっとエネルギーを補給しておこうか？ 今日はまだこれから先が長い」

食べ物でエネルギーを補給する必要があるのはエリンとジョーダンだけだが、クリスチャンの言うとおりだ。少しカフェインが入れば頭がすっきりする……たっぷりなら言うことなしだ。

クリスチャンは注文をしに店内に入り、ジョーダンはテラス席にある小さな丸テーブルをふたつくっつけて、パラソルの陰になるようにした。間もなくクリスチャンが戻ってきた。手にしたトレイには、縁の分厚い陶器のマグカップふたつとペストリーの山がのっている。トレイをおろす前に彼は顔を突きだし、マグカップから立ちのぼるコーヒーの芳香を吸いこんだ。

そして満足そうにため息をつく。

エリンは微笑した。だが、ソフィアがさげすむように唇をひねっているのが目の端に見えた。サンギニストたちは、いかなるものでも人間性の名残は弱さだと決めつけている。だけど、エリンはクリスチャンの人間らしさに親しみを覚えた。それで彼への信頼が深まりはしても、薄れることはない。

彼女はマグカップを両方の手で包みこんでてのひらをあたため、心を落ち着かせてからテーブルを囲む面々を見回す。「ディーの研究資料が見つかったとして、そこから先はどうするの？ みんなで盲人みたいに、闇の中を手探りで進んでいる気分だわ。そろそろそれを変えて、質問しづらいことをはっきり口に出すべきじゃないかしら。たとえば、サンギニストとストリゴイの本質について。このことは預言と深いかかわりがあると思うの」

ジョーダンはうなずいて、クリスチャンとソフィアのふたりを見据えた。「理解不足は失敗を招くもんだ」

「同感ね」エリザベスが声をあげる。「無知が役に立ったためしはこれまでないし、これからもないわ。教会は知らずにいることが多すぎるのよ。二千年もの歴史を持ちながら、最も簡単な質問にも答えられないなんて。ストリゴイの力の源がルシファーであることも知らなかったでしょう？」

「そうね、ほかにも根本的な謎があるわ。サンギニストとなることによって、何が変わるの？」エリンは尋ねた。「あなたたちはなぜワインのみで生きていけるの？」

彼女の疑問から、短いながらも白熱した議論となった。ルーンとソフィアは信仰と神の力だと言って譲らず、エリンとジョーダン、それにエリザベスは、科学的方法で論理的に検証すべきだと主張した。クリスチャンは気の進まないままレフェリー役にされ、両者の共通点を見出そうとした。

結局、意見の隔たりはさらに大きくなって終わった。

エリンは空《から》になったマグカップを押しやった。彼女の皿に残っているのは、ペストリーのくずだけだ。ジョーダンはアップルデニッシュをひと口かじっただけなのに、満腹そうに見える。食べ物はともあれ、少なくとも議論にはもうお腹がいっぱいなのだろう。

「そろそろ行こう」ジョーダンが立ちあがった。

ソフィアが腕時計を確認する。「そうね。つまらない議論で時間を無駄にしたわ」

エリンは言い返そうとして、言葉をのみこんだ。反論したところで、また堂々めぐりになるだけだ。

意外なことに、エリザベスが前向きな言葉をかけてくれた。「サンギニストの謎もこれから先のことも、ディーの実験室へ行けばわかるかもしれなくてよ」

エリンは椅子から立ちあがった。

そうであるよう願おう……さもなければ今度こそ手詰まりになる。

17

三月十八日、午後三時四十分
チェコ共和国、プラハ

ルーンはプラハの旧市街広場の中央にエリザベスと並んでたたずんだ。空には雲がわき、降りはじめた小雨が石畳にぽつぽつと黒いしみをつけていく。

エリザベスは顔をあげて、有名な天文時計の金色の数字やシンボルに目を注いだあと、周辺の建物を見回した。

「で、その男の実験室は正確にはどこにあるんだ?」ジョーダンが尋ねた。

「方角を確かめさせてちょうだい」エリザベスが言った。「この街もすっかり変わってしまったけれど、幸いなことに、変わっていないものも数々あるわ」

ルーンは文字盤上で重なる円盤とローマ数字を見据えた。もうすぐ午後の四時だ。日没まであと二、三時間しかない。

淡いブルーのジャケット姿のエリンが背中を丸めた。「ジョン・ディーの実験室は、プラハ城の〝黄金の小路〟にあるんだと思っていたわ」

「よくご存じないようね」修道女には似つかわしくない、尊大な口調でエリザベスが告げる。「確かに、多くの錬金術師たちがあの小路に実験室を構えていたわ。けれど、最も秘密を要する実験が行われていたのはこの近くよ」

「それは具体的にはどこにあるの？」ソフィアがせかした。

エリザベスは急ぐことなく、時計塔の前から広場のさらに奥へとさがった。方位磁石《コンパス》の針が北を探すように、そこでゆっくりと回る。やがて彼女は背の高いアパートメントのあいだをとおる狭い路地を指さした。

「建物が取り壊されていなければ、実験室はあの先よ」

エリンは心配そうに眉根をよせた。彼女の不安は理解できる。もしも建物自体がなくなっていれば、彼らは無駄足を踏んだだけでなく、ここから先への手がかりを完全に失うのだ。

エリザベスはさっさと歩きだし、全員が急いで彼女を追った。

ソフィアは小走りになって彼女の隣に並び、ルーンはほかの者たちとともにそのうしろについた。

エリンはあたりを見回し、街の歴史に浸っているようすだが、その口から出てきたのはもっと最近の出来事に関する話だった。

「二〇〇二年に」腕を振りながら話す。「プラハは洪水に見舞われたのよ。ヴルタヴァ川の堤防が決壊して、街が浸水した。水が引いたあと、一部の街路が陥没し――わたしの記憶違いでなければこの通りも含まれていたわ――中世に使用されていた地下通路が発見されたの。そこには、地下室や工房……錬金術師の実験室まであったそうよ」エリンはルーンたちを見てから、濡れた石畳に視線を落とした。「何百年にもわたり、おそらく百万もの人々が、何も知らずに地下通路の上を歩いていた。あのときは考古学界でも大きな話題となったわ」

前方で、エリザベスが鋭い声でひとこと言いはなち、ルーンにはそれがハンガリー語の悪態だとわかった。

急いで駆けよると、彼女は壁からさがる木製の看板の前で足を止めている。看板の横では、鮮やかな青色をした両開きの扉が開けはなたれていた。エリザベスは眉間に深々と皺をよせている。看板を金具から引きちぎらんばかりの形相だ。

片方の扉に丸いマークが描かれている。輝く銀色のマークの中には管でつながったふたつのフラスコの絵があり、マークの縁に沿って、錬金術の鏡《スペクルム・アルケミアエ》、プラハ博物館《ムゼウム・プラハ》と書かれていた。

「博物館ですって！」エリザベスが忌々しげに言う。「あなたたちの時代には、秘密の場所を見せもの小屋に変えるものなの？」

「見たところ、そうらしいな」ジョーダンが言った。

ルーンは近くによってみた。扉には錬鉄製の金具で、液体が入った洋なし形のフラスコがいくつかぶらさがっている。フラスコの中身は金色のラベルに記されていた。〝記憶の秘薬〟、〝健康の秘薬〟、〝永遠の若さの秘薬〟。

ルーンは自分の幼い頃を思い返した。昔はよく行商人が、こういう類の怪しげな薬を売っていたものだ。

クリスチャンは拳を腰に当て、うさんくさそうに博物館を眺めている。「ジョン・ディーの研究資料が本当にこんなところに？」

「昔はあったのよ」エリザベスは息巻いた。「ここは見た目はごく普通の家だったわ。入るとすぐに居間があり、その奥が応接室で、錬金術師たちはその部屋で訪問客を迎え、研究について語ったものよ。天文学者のティコ・ブラーエや神秘思想家のラビ・レーヴも訪ねてきたわ。白髭をたくわえた老人たちが、背中を曲げて坩堝《るつぼ》や蒸留器をのぞきこみ、議論を交わした。訪問者の中には、当然ながら、ペテン師も交ざっていたわ。エドワード・ケリーのような金目当ての者がね」

ルーンは目に入った雨を手の甲でぬぐった。「錬金術師たちは何を研究していたんだ？」

エリザベスはベールから雨粒を振り払った。「森羅万象と言えるわね。彼らはさまざまな研究をし、その多くはのちにくだらない妄想だとして否定された。鉛などの卑金属を金に変えると言われていた、賢者の石を作る試みなどはその最たるものだわ。けれど、重要な発見も多々あったのよ」小さな足で石畳を踏みつける。「彼らの発見は歴史の流れの中で失われたわ。現代人の頭では決して理解できない数々の発見がね。そんな英知の館を、あなたたちは子どもだましの見せもの小屋に変えてしまったのよ」

「せっかくここまで来たんだ」クリスチャンは彼女の脇をすり抜けて入り口へと向かった。「中を見るだけ見てみよう」

全員がそれに続き、エリザベスも文句を言いながらついていく。

カウンターの奥からふたりの女性が歓迎した。年配の女性のほうは褐色の髪に白いものが交じり、せっせと手を動かしてビーズのネックレスを作っている。若い女性のほうはその娘らしく、長い羽根箒でガラスケースをなでていた。

ルーンは天井の梁からぶらさがるハーブの束にぶつけないよう頭をさげて、室内を眺めた。どの壁にも木製の棚が並び、あらゆる種類の古書に加え、ガラスや陶器の器が雑然と詰めこまれている。カウンターの右手に大きな木のドアがあるが、今は閉まっていた。

エリザベスは彼の横をとおってカウンターへ直行し、年配の女性に声をかけた。「応接室には入れるのかしら？　それに、地下室も見せていただきたいわ」

「もちろんですわ、シスター」女性は老眼鏡の縁越しにエリザベスを見やり、修道女と白いローマンカラー姿の神父たちという組みあわせをややおもしろそうに眺めた。「有料でツアーをご用意しています」

あっけにとられるエリザベスの横から、クリスチャンが進みでた。「では、六人でお願いします」即座に頼む。「次のツアーは何時からですか?」

「今すぐ始めますわ」

クリスチャンから金を受け取り、年配の女性は大きな長方形のチケットをひとりひとりに手渡した。

若いほうの女性がルーンに微笑みかける。茶色い瞳はやさしげで、年齢は二十五歳ぐらいだろうか。黒みがかった長い髪をうしろでひとつにまとめ、紫色のリボンで結んでいる。裾が膝のはるか上にあるタイトスカートとシャツも同色だ。

エリザベスは彼女とルーンのあいだに割りこんで、体にぴったりとしたその服を不快そうににらみつけた。

「わたしはテレザです」エリザベスの刺々しい視線を無視するように努めながら、若い女性が自己紹介する。「これから錬金術師の実験室へみなさまをご案内します。こちらへどうぞ」

テレザは重たげな鍵を使って、大きな木のドアを開錠した。女性がドアを押し開けると、黴《かび》と湿気のにおいが流れでた。そこに何か別のものを感じ、ルーンのうなじに鳥肌が立った。それはエジプトの砂漠で、砂に埋もれたルシファーの血を拾い集めていたときと同じ感覚だった。

あたりを見回すが、危険な兆候は何もない。ほかのサンギニストたちも、不穏な気配を感じているようすはなかった。

だが、ルーンはエリンのそばへと身をよせた。

午後四時二十四分

ガイドに導かれて、エリンはルーンと並んでドアの奥へ入った。薄暗い廊下は埃っぽく、うしろからついてきたジョーダンが大きなくしゃみをした。彼は黴アレルギーなのかもしれない。その大きな音にルーンは跳びあがり、鋼鉄のような腕で彼女を壁際にどかせた。

ルーンの過剰な反応を見て、ジョーダンが言った。「おれがゲップでもした日には、壁を突き破って避難するんじゃないか」

一行はそのまま廊下を進んだ。エリンは左右の壁に並ぶ油絵を眺めた。たぶん、複製画だ。前方では、テレザがうしろ向きに歩きながら片方の腕をあげた。「こちらに並ぶ肖像画は――」

エリザベスはそれを遮ってひとつひとつの絵画を指さした。「皇帝ルドルフ二世、ティコ・ブラーエ、ラビ・レーヴ、それに皇帝の侍医の……名前が出てこないわ。どれもあまり似ていないわね」

それからガイドを追い抜いて、勝手を知っているかのように奥の部屋のひとつに入っていく。

「シスター！　待ってください！」慌ててテレザがあとを追い、残りの全員もそれについていった。

そこは中くらいの広さの部屋で、エリザベスは中央で足を止めると祈るかのように手を合わせた。けれど、彼女が神に祈りを捧げるところはエリンには想像できなかった。エリザベスの尊大な視線は室内を見回している。

頭上には車輪のような形をしたシャンデリアがさがり、額に角が生えた三つの仮面が、その中央で三方を向いている。

オレンジがかった照明が、大理石の暖炉の前に敷かれた熊の毛皮に光を投げかけていた。エリンの視線は古い書物や頭蓋骨、標本入りのガラス瓶がぎっしりと並ぶ、古めかしい陳列棚へと引きよせられた。

彼女は興味をそそられて近づいた。

この部屋は、四百年前もきっとこんなふうだったに違いない。

エリザベスは天板が花崗岩でできた机に歩みよると、そのうしろにあるカーテンが引かれた窓を見た。そこで振り返って、室内に視線をさまよわせる。「鐘はどこにあるのかしら？」

「鐘ですか？」テレザは戸惑っているようすだ。

「この窓の前にガラス作りの巨大な鐘があったでしょう。人ひとりが中に入って立てるほど大きなものよ」エリザベスは床に片方の膝をついて、タイルを調べた。「以前は鐘が置いてあった場所は、台座部分の床がくぼんでいたわ。ジョン・ディーの第一実験室は地下にあるものだけど、この作業には日光を必要としたから、彼はガラスの鐘をこの部屋に設置させたのよ」

エリンも腰を落として床に指をすべらせた。「このタイルは新しく張り替えたもの？」

テレザがうなずく。「そうだと思います」

エリザベスはふんと鼻を鳴らして立ちあがり、雨に湿った服で手をぬぐった。「鐘はどこへ移動させたの？」

「なんのお話かわかりませんが」テレザが言った。「わたしの知っている限り、ここには最初から鐘なんてありません」

テレザは顔を横に向け、何かぼそりとつぶやいた。どうやらチェコ語の悪態らしい。エリザベスが同じチェコ語でぴしゃりと言い返し、ガイドがひっと息をのむ。

ジョーダンはテレザのそばに進みでると、彼女の腕に触れて安心させた。「せっかくツアーの料金を払ったんだ、このチャーミングな女性がここについて知っていることを聞かせてもらおう」

エリザベスは何か言いたげだったが、代わりに背中で両手を合わせた。鐘があるはずだった場所を見据えて、思案深げな表情を浮かべる。

テレザは気持ちを落ち着かせようと、深呼吸をひとつした。「こ、この部屋で錬金術師たちは訪問者たちと語らいました。けれど、この部屋は単なる応接室ではありません。部屋の四隅をご覧ください。それぞれの壁には錬金術における重要な要素である、土、空気、火、水のシンボルが描かれています」

エリンはひとつひとつのシンボルを確認しながらゆっくり視線をめぐらせた。エリザベスはガイドに背を向けて暖炉へと歩みより、気分が悪いかのように炉棚によりかかった。

こうるさい修道女がそばから離れたのにほっとして、テレザは生き生きと説明を続けた。「それぞれのシンボルから流れこむエネルギーは、部屋の中央にあるあのシャンデリアへと向かいます。そうして集められたエネルギーは、降霊術や錬金術など、さまざまな用途に使われました。こちらの陳列棚をご覧ください、中には……」

エリザベスが暖炉から離れた。エリンは彼女の隣へすっとさがった。

「何をしていたの？」ひそひそと尋ねる。

エリザベスも小声で応じた。「ディーは大理石の炉棚に秘密の穴を作っていたの。緑色のダイヤモンドはかつてそこに隠されていたわ、まだ割れていなかった頃のことよ。その穴を調べてみたの」

「何か見つかった？」

エリザベスは手を開いて、一枚の紙切れを見せた。「これだけだったわ」

そこには見たことのない記号が並んでいる。

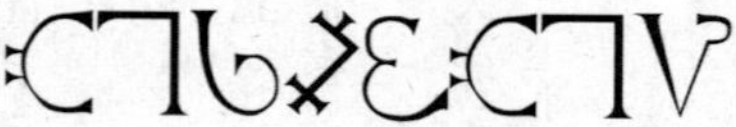

「これはエノク語で記された名前よ」エリザベスが説明した。

エリンは奇妙な文字を見つめた。天使からジョン・ディーに伝えられたという言語の話は知っていたが、見たことはなかった。「誰の名前なの?」

「ベルメイジェル」

エリンは眉根をよせてエリザベスを見つめ返した。聞き覚えのない名前だ。

「ベルメイジェルは、エドワード・ケリーが天界と交信したときに会話をしたとされる天使よ。ディーも最後はケリーを疑うようになり、ふたりの師弟関係は終わった。だけど、ルドルフ皇帝はケリーを高く評価しつづけ、その信頼が揺らぐことはなかったの」

「この紙切れを残したのが誰だかわかる?」

「隠し穴の存在を知っていたのは皇帝とディー、そしてわたしだけだわ。この穴について、皇帝は誰にも知られないようにしていた。秘密を漏らさないよう、この炉棚を作った職人を殺してしまったぐらいですもの。この紙片がディーが残したものなら、彼の死後、皇帝が取りだしたはずよ。そう考えると、これは皇帝自身が隠したものだわ」

「ベルメイジェルについては、ほかに何か知ってる?」エリンは紙切れのほうへうなずきかけた。

「ケリーはふたりの天使と会話をしたとされている。サドサーマは善の天使で光の存在。ベルメイジェルは悪より誕生した闇の天使よ」

もしかすると、これは手がかりになるのかもしれない。エリンたちが探しているのも悪の天使だ。天使の中で最も邪悪なルシファー。

「皇帝が残したものであれば、これはわたしに宛てたメッセージなのかもしれないわね」エリザベスが言った。「何か、わたしだけが理解できるものなのかもしれない」

「皇帝はあなたに何を伝えようとしたの?」エリンは尋ねた。

エリザベスはいらいらと小さく首を横に振った。「あのペテン師のケリーにかかわることに違いないわ。ひょっとすると、わたしをあの男のもとへ、あの男の屋敷へ行かせようとしていたのかしら」

「ケリーはどこに住んでいたの？」

「彼はいくつも屋敷を所有していたわ。そのうちどれかひとつでも残っているかしら？」

エリンはその答えを知っている可能性のある相手を振り返り、手をあげた。「テレザ、ひとつ質問していいかしら？」

ガイドが彼女に向きなおる。「どうぞ、なんでしょうか？」

「ジョン・ディーの研究の協力者にエドワード・ケリーという人がいたでしょう。彼が住んでいた場所はわかるかしら？　その建物が現存するかも知りたいわ」

テレザはうれしそうに大きく目を見開いた。明らかに答えを知っているようすだ。「もちろんです。実は、とても悪名高い場所なんですよ。ファウストゥフ・ドゥーム、または〝ファウストの館〟と呼ばれています。今もカレル広場に建っていますけど、中は一般公開されていません」

エリンはエリザベスに目を向けた。伯爵夫人が小さくうなずく。この場所を知っているようだが、彼女はなぜか不快そうに顔を曇らせた。

テレザはふたたび室内の説明に戻り、エリンは声を潜めてエリザベスに尋ねた。「ファウストの館について、何か知っているの？」

「あれは呪いの館よ。ケリーが移り住む前は、ルドルフ皇帝が招いた占星術師、ヤクブ・クルツィネックがふたりの息子とともに住んでいたわ。のちに、その館に隠されていたとされる財宝をめぐって、下の息子が長男を殺害した。さらにケリーはさまざまな仕掛けを施して屋敷を改造したわ。ひとりでに開く扉や、浮遊する階段、握ると衝撃が走る取っ手などね」

ふんとあざ笑い、先を続ける。「ケリーはただのペテン師よ。だけどあの館は……あの場所が呪われているのは事実だわ。〝ファウストの館〟と呼ばれているのもそのためよ」

「ファウストって、悪魔と契約を交わした博士のこと？」

「ファウストその人があそこに住んでいたと言う者もいるわ。ファウストはあの館の天井を突き破って、地獄へ連れていかれたという話よ」

エリンは疑わしそうに伯爵夫人を見つめた。

エリザベスは肩をすくめた。「ただの迷信かどうかはともあれ、あの館では実際に怪奇現象が起きると噂されていたわ。住人が忽然と姿を消したり、夜中に大きな物音がしたり。奇妙な光も目撃されている」

エリンはエノク語が並ぶ紙切れを指さした。「皇帝はあなたがファウストの館へ向かうようにと、この秘密のメッセージを残したのかしら？　緑色のダイヤモンドは闇の天使とかかわりがあった、そして、その館もそうだわ」

「確かにそうね……」

テレザがひときわ大きな声をあげて、本棚へと近づく。「それでは、次の場所へと移動しましょう」

彼女が押すと、本棚は真横にスライドし、背後の壁から下へと延びる階段が現れた。

ジョーダンは少年のようにはしゃいだ声をあげた。「こいつはかっこいいな！　秘密の通路か」

テレザは階段のおり口に立った。「この階段は秘密の研究室へと続いています。階段の下のほうをよく見ると、壁に大きな鉄の輪がさがっているのがわかりますね。ラビ・レーヴは自分が作りだしたゴーレムが暴れたときには、鎖であそこにつなげたと言われています」

エリンはそのさまを想像して微笑んだが、サンギニストたちは怪訝そうに鉄の輪を見おろしている。ストリゴイや天使は信じても、錬金術師が泥から作りだした巨人、ゴーレムは信じられないらしい。彼らなりに、空想と現実のあいだには線引きがあるのだろう。

テレザが先導して階段をおりていく。

エリザベスはエリンの前を行き、途中にある鉄の輪をつま先で突いた。「くだらないこと」伯爵夫人がささやく。「ディーはこの輪に狼をつないでいたのよ、彼にだけなついていた狼を。ディーが死んだ日、皇帝はこの階段をとおるのに狼を殺さねばならなかったわ」

エリンは最後の数段をおりた。石造りの階段は狭く、ひとりずつしかとおれない。おりきった先は通路となっており、テレザはその奥へと案内した。だが、エリンは足を止めて、すぐ左側にある鉄の扉に目を向けた。監獄の扉みたいに、ちょうど目の高さのところに四角いのぞき窓がある。そこからのぞいてみると、別の通路が見えた。

「その扉の先は」エリンが立ちどまっているのに気がつき、前方からテレザが説明した。「旧市街広場へ続いているんです。プラハが大洪水に見舞われたとき、水が引いたあとにいくつかの地下通路が発見されました。そこから土砂が流れこんできてしまって、かきだすのにひと苦労しました」

さっき話していた洪水のことだなと、ジョーダンがエリンに視線を送る。

テレザは説明を続けた。「この先にある竈《かまど》部屋でも通路が見つかりましたが、そちらはヴルタヴァ川の下をとおって、プラハ城に直結していたんです」

エリザベスがうなずいた。「皇帝が使っていた通路よ。自分の居場所が誰にもわからないよう、皇帝は街の下をとおって移動していたわ」

この話にエリンは魅了されずにはいられなかった。科学と宗教、そして政治が溶けあい、謎と伝説にくるまれていた時代を想像してみる。

一行は通路を進みつづけた。天井が低く、ジョーダンはずっと頭をさげたままだ。ようやく通路が終わってその先の小部屋に入る。中央には鉄製の丸い竈らしきものがでんと鎮座していた。竈には長い注ぎ口のついた金属製のフラスコがいくつものっていて、焚き口の前にはくたびれたふいごが転がっている。どこもかしこも煤に覆われ、天井も壁も、石のタイルが敷きつめられた床さえも真っ黒だ。

ここがテレザが言っていた竈部屋に違いない。奥にはさらに戸口があり、暗い部屋へと続いている。テレザがその方向を指でさした。「この隣の部屋が、錬金術師たちが錬成の実験を、卑金属を金に変える実験をしていた場所です」

エリザベスがつぶやいた。「愚かな話だわ。金を作りだすなんてできるわけがないでしょうに」

それを聞いて、ジョーダンはにやりと彼女を振り返った。「ところが、実際に可能だ。特定の種類の水銀に中性子を照射すると、金が生成される。だがあいにく、手間と費用がかかりすぎて割りに合わないんだ。それに、作られた金も結局は放射性物質だから、数日で崩壊する」

エリザベスは大げさにため息をついた。「現代人の中にも、金の錬成にいまだに取り憑かれている人がいるようね」

「この竈や大きなフラスコはもともとあったものなんですよ」テレザはいにしえの錬金術師たちが作りだそうとした〝永遠の若さの秘薬〟について話を続けている。「この部屋の壁の裏からは、秘密の戸棚が発見されました。そこには秘薬が入った瓶とその調合法が隠されていたんです」

今度はエリンが鼻を鳴らした。「今も作れるってことかしら?」

テレザがにっこりと笑う。「月明かりのもとで摘まれた七十七種の薬草を一年間ワイン漬けにするという、手間暇のかかる方法ですけど、ええ、ちゃんと作ることができました。現在では、ブルノの修道院で作られたものが販売されています」

これにはエリザベスも少し驚いたようすだ。

エリンは四百年前の錬金術師の世界がそのまま閉じこめられた部屋を改めて眺めた。竈やガラスの瓶にしげしげと目を注いで歩きながら、奥にある小さな扉を確かめる。

あれが城への通路ね。

ふいにルーンが身をよせて彼女の腕をつかんだ。振り返ったエリンは、サンギニストたちが天井を見上げて静止しているのに気づいた。エリザベスさえも首を傾けて、鼻先を上に向けている。

「どうした?」ジョーダンが尋ねる。その手は反射的に腰へと動いたが、チェコでは銃の携帯に免許が必要なため、普段そこにあるサブマシンガンは税関をとおることができなかった。

「血だ」上へと続く通路に目をやり、ルーンがささやいた。「血が流れている」

18

三月十八日、午後四時三十九分
チェコ共和国、プラハ

熱い血が舌にからみつく……。

その舌が自分のものでないのはわかっている。レギオンの体は――彼の煙がしっかりと根を張るレオポルトの真っ黒な器は――うなりをあげる車の後部座席に悠然と座っていた。黒塗りのガラスが焼けつく西日を遮っている。日没が近づいているのは感覚でわかった。だが、それまでは彼の手形を持つストリゴイたちに念を送り、彼らの目をとおして眺め、遠くから狩りをするしかない。

彼の前では女サンギニストのアビゲイルがハンドルを握り、汚染された煙を尻からまき散らす巨大な黒馬を走らせている。彼女が太陽を気にするようすはない。ワインの聖なる力が盾となり、サンギニストたちの体は日光から守られていた。

レギオンは決意した。この女のような奴隷をさらに増やし、昼も夜も動ける軍勢を作ろう。来る戦争に向けて、勢力を増強するのだ。

ふたたび口の中に広がる血の味が、レギオンの意識を奴隷の中へと引き戻した。奴隷が年老いた女をむさぼっている狭い部屋は、乾燥した薬草や埃、それに本だらけだ。彼は意識をさらに広げて、別の三人の視界をとらえた。レギオンと感覚を共有する奴隷たちは、暗い通路を静かに移動し、地下に隠れる獲物に接近していた。

レギオンは奴隷化したストリゴイたちをこの街に招集していた。二千年前に記された預言をここで打ち破るために。

〈戦う男〉、〈学ぶ女〉、そして〈キリストの騎士〉。あの三人には休息のときも、無事に身を隠せる場所も与えるものか。

ふたりの人間は始末するが、コルザという名の者は……。

あの男は最強の奴隷となるだろう。

しかし、まずは〈騎士〉を屋外に追いださねば。

レギオンは片方の手をあげ、てのひらの上に巻きあがる黒い渦を凝視した。自分の手形を持つ者たちに命令を送る。

〝全員殺せ……だが〈騎士〉はわたしのために確保しろ〟

午後四時五十分

竈部屋の中で、ジョーダンは自分の背後へとエリンを押しやった。ルーンにソフィア、クリスチャンは刃を抜きはなち、上階へと続く通路に目を据えている。

「何をしているの?」武器に気がつき、テレザは喉もとへと手をやった。

エリンがガイドの反対の手を取る。「わたしのそばにいて」

ジョーダンは手を伸ばし、視界にある唯一の武器をつかんだ。竈に立てかけられた鉄の火かき棒だ。

愛用のサブマシンガンではないが、ダガーだけよりはましだ。

まだ武器の所持を許されていないエリザベスも、彼を見て同様に武装した。フラスコの注ぎ口をつかんでガラスの底を叩き割り、即席のダガーを作る。

展示物を壊されてテレザは息をのんだが、エリンのそばからは離れなかった。

「煙だ」通路へと近づき、ルーンが言った。

ジョーダンはルーンの肩越しにのぞきこんだ。通路の奥に見える階段の上から黒煙が流れ落ちている。上階は火事になっているに違いない。

「母が……」テレザが行こうとするのをエリンが引きとめる。

引きとめたのは正解だった。

煙幕に覆われた階段のおり口から黒い人影がぬっと顔を突きだしたかと思うと、両足を開いてどすんと床に落ちた。筋肉が盛りあがったスキンヘッドの巨漢だ。片方の手には長いナイフを握り、Tシャツは鮮血に染まっている。男は牙を剥き、獲物のにおいを追って顔をあげた。

そのとき、男の喉に五本指の黒痣があるのが見えた。クーマエの洞窟で襲ってきたのと同じ、奴隷化されたストリゴイだ。

ソフィアも気づいて舌打ちをする。

その音を聞きつけて視線をさげるなり、ストリゴイはすさまじい速さで躍りでた。

ルーンが通路へ飛びだし、突っこんでくる獣へと向かっていく。神父は左右の手に銀のカランビットを、長い鉤爪のように湾曲した刃を握っていた。近接したその瞬間、ルーンが刃で切りつけるが、宙を切っただけだ。

ストリゴイは体を伏せて刃をかわし、体をひねってナイフを振りあげた。だが、ルーンの喉を切り裂く寸前、男はナイフを反転させ、その柄をルーンの側頭部に打ちつけた。ルーンは頭から壁に激突した。

ストリゴイはルーンを放置して、ソフィアとクリスチャンに突進した。

エリザベスが不安げな声をあげて前に進みでる。「ルーン……」

ジョーダンはエリンとテレザをさらにうしろへとやった。その背後で古い蝶番がきしむ。彼は一瞬遅れて自分の判断ミスに気づいた。ジョーダンが振り返ると同時に、皇帝の秘密の通路に通じる小さな扉から、黒い人影が飛びこんでくる。

ストリゴイはエリンの手からテレザをもぎ取り、喉に食いついた。ガイドの悲鳴は血とともにのみこまれた。続けて現れたストリゴイが、長剣を手にエリンへとまっすぐ向かう。

ジョーダンの体はすでに反応していた。エリンの腕をつかんで自分の背後へとやり、ストリゴイの長剣を火かき棒で受けとめる。鋼が鉄を叩きつける音が甲高く響く中、ジョーダンの脳裏を疑念がかすめた。

今のおれの反応は、人間にしては速すぎじゃないか。

その謎を考える暇はなかった。ありがたく思うのが精一杯だ。

ストリゴイは思わぬ防御にうなり声をあげ、長剣を引いて身をかがめた。その背後で、もう一匹のストリゴイがテレザの血を飲み干すと、うなり声をあげる口から血の泡を垂らしながら、仲間の加勢にやってきた。今はどちらも彼のスピードとパワーを警戒しているようすだ。

クリスチャンとソフィアがジョーダンの両脇にさっと並ぶ。クリスチャンはコートの下に隠していた長剣を掲げ、ソフィアは両手に一本ずつダガーを握っている。

三対二。こっちが有利だ。

だがそのとき、皇帝の地下通路から化け物のような大男が現れた。

とんだぬか喜びだったな。あっという間に三対三だ。

ジョーダンのうしろで、エリンは自分も戦おうと火ばさみをつかんだ。「明るい日差しの中へ逃げるのよ！」

言うは易しだ。

それに、だんだんと日没が近づいている。

上階に出る通路では、乱闘の音が続いていた。ルーンとエリザベスは一番目の襲撃者とまだやりあっているらしい。つまり、あの通路は塞がれているわけだ。それにどのみち、階段の上は火が回っているだろう。

ジョーダンは目の前にいる三人の敵に集中した。皇帝の通路からは煙が流れこみ、それと一緒に、ガソリンと木が燃えるにおいが運ばれてくる。襲撃者たちは誰も逃さないよう、こっちの通路にも火をはなったらしい。

この一団のリーダー格らしい大男が、ほかのふたりを押しのけて進みでた。その顔は傷だらけで、牙は黄ばんでいる。大男は幅広の剣を頭上に掲げてぐるぐると回した。あまりに速い回転に、銀色の剣がかすんで見えてくる。

クリスチャンが大男に向かって足を踏みだした瞬間、別のストリゴイがあの驚異的なスピードで彼の脚に体当たりし、クリスチャンを床に転がした。もう一匹のストリゴイもソフィアに跳びかかって竈へと叩きつける。

ジョーダンは火かき棒を構えた。大男が派手に剣を回してみせたのは、こっちの目を引きつけるためだったのだ。そうして残りの二匹にサンギニストたちを襲わせ、手強いふたりを先に排除した。

残りはジョーダンとエリンだけとなるように。

それなら、ここから本当の実力を見せてもらおうじゃないか、デカぶつめ。

ジョーダンは大男目がけて跳びあがった。回転する剣に火かき棒を叩きこむ。激突音が鳴りわたり、ジョーダンの肩から踵までしびれが走った。

だが、それは相手も同じだったようだ。

大男は振動する剣を手から落とし、一歩あとずさった。唇をにやりとひねるなり、その巨体をジョーダンにぶつけて、突き飛ばす。それはトラックに跳ねられたかのような衝撃だった。ジョーダンは背中から作業台に打ちつけられ、ガラス瓶が砕け散った。

歯がジョーダンの前腕に沈み、牙が骨にまでめりこむ。

しかし、激痛の代わりに、彼は腕から炎が噴きだすのを感じた。

大男は絶叫して、ジョーダンの腕を離した。顔面をかきむしりながらうしろによろめく。顔の皮膚が膨れあがって焼けはがれ、煮えたぎる黒い血が泡を吹くのをジョーダンは見つめた。大男は床に倒れ、痙攣するその体にみるみる火が広がっていく。

ジョーダンは歯形の残る腕を見おろしてから、もう一度大男へと目を向けた。

おれの血はこいつにとって毒なのか。

恐怖よりも、むしろ安らぎが彼の胸に満ちた。力がさらにわきあがり、まわりの動きが減速してスローモーションのようにゆっくりとなる。耳に聞こえる音が鈍く響いた。視界に金色の靄がかかって、目に映るものすべてが淡い光を帯びる。

ソフィアと戦っていたストリゴイは、大男の姿を見てうろたえ、火のついた通路へと逃げた。クリスチャンは、自分を襲った相手が驚いた隙に、一気に首を切り落とした。

ジョーダンは作業台の上から割れたガラス瓶を拾いあげると、次の瞬間には通路に逃げたストリゴイの背後にいた。相手の首の根をつかみ、耳から耳まで喉を裂いてから、その体をどさりと下に落とす。

彼は腕を引っぱられて振り返った。エリンが煙に咳きこみながら、彼をせかしている。

「建物が崩れるわ！」彼女が叫ぶが、その声はふたりとも水中にいるかのようにくぐもって響いた。「上の床が崩落しかけているの」

ジョーダンは彼女のあとを追い、クリスチャンやソフィアと合流した。

階段へと続く通路では、エリザベスが最初の襲撃者を背後から抱えこみ、ルーンがカランビットを振りおろしている。ジョーダンの目には、神父の腕がゆっくりと動くように見えた。手に握られた刃にひとつひとつの光が映り、黒い血が球を作って宙に浮く。

最後のストリゴイが倒れると、エリンはジョーダンを引っぱって進んだ。ルーンの背後にある、階段下の扉を指さす。「旧市街広場へ通じている扉まで走るわよ！」

彼が見ている前で、天井からオーク材の梁が燃え落ち、石の床にぶつかって火の粉をまき散らした。煙が通路にどっと流れこむ。

「天井が崩れたわ！」エリンが叫んだ。

午後五時二分

エリンは煙に喉を詰まらせた。肺は火で焼かれ、目からは涙が流れでる。気がつくとルーンが横にいて、彼のロングコートをエリンの頭からかぶせていた。幸い、サンギニストに呼吸の必要はない。

「体を低くするんだ」彼が指示する。

エリンは言われたとおりにすると、雨に濡れた上着の襟を引っぱって口を覆い、湿った布越しに呼吸をした。前方ではクリスチャンとソフィアが、焼け落ちた木材や転がる石を、その強靭な体でかき分けている。上階の部屋が徐々に崩れ、火の雨が降りそそいでいた。

通路のさらに先では、唯一残された出口の前でエリザベスが身をかがめている。扉を開けようとしているのだ。彼女の肩の向こうでは炎が階段を包み、巨大な暖炉の焚き口に変えていた。

エリンは声を嗄らして咳きこんだ。ジョーダンは彼女のうしろをゆったりと歩き、煙も火も気にならないかのようだ。巨大なストリゴイの肉体が血の泡を吹くさまが彼女の脳裏によみがえる。エリンはあれと同じ光景を見たことがあった。天使の血がストリゴイの皮膚に付着したときだ。

あれはジョーダンの体が変化しているさらなる証拠だろうか？　そうだとしたら、それは彼女が愛する男性にとって何を意味するのだろう。

金属が引きちぎられる大きな音に、エリンははっと前を見た。

エリザベスは蝶番ごと扉をはぎ取っていた。「急ぎなさい！」肩から火の粉を払いながら叫ぶと、彼女は即座に真っ暗な扉の奥へと消えた。

伯爵夫人はこの騒ぎに乗じて逃亡するのではと、エリンの胸を不安がよぎった。

それでも、責めることはできない。

全員が旧市街広場への通路へと駆けこみ、煙に追われて逃げた。

クリスチャンとソフィアは肩を並べて走り、新たな危険や襲撃を警戒しながら、エリザベスのあとを追った。

ルーンはエリンの背後につき、そのうしろにジョーダンが続く。

背後から届く光が薄れ、エリンはポケットに手を入れて懐中電灯を取りだした。スイッチを入れると、細い光線が闇を貫いた。

エリンは激しく咳きこみ、光線が大きく揺れた。肺の中がまだ燃えている。背後から瓦礫が崩れる音が響いた。錬金術師の館が完全に崩落したのだろう。

前方で扉を叩き壊す音がし、通路にようやく光が流れこんだ。

太陽の光……太陽からの恵みだわ。

エリンは光のほうへと急いだ。一歩進むごとに、空気が新鮮できれいになり、冷たくなった。

出口に近づくと、エリザベスが扉を開けて待っているのが見えた。

逃げなかったのね。

一行は夕日に照らされた路地に転がりでた。血と煤まみれだが、全員無事だ。

エリンは急いで振り返って、ジョーダンと向きあった。通路を逃げるあいだ中、彼はひと言もしゃべらなかった。

彼女が頰に触れても、ジョーダンの目は虚ろで、中空を見据えている。エリンは胸にこみあげる不安を抑えこもうとした。

燃えるような頰に手を置いたまま、問いかける。「ジョーダン、わたしの声が聞こえる？」

彼がまばたきをひとつした。

「ジョーダン……戻ってきて」

もう一度まばたきし、彼の体に震えが走った。徐々に目の焦点が合い、ジョーダンは彼女を見おろした。「エリン……？」

その声は自信がなさげで、まるで彼女が誰なのかよくわからないかのようだ。

「そうよ」傷つき、怯えながら、彼女はそっと言った。「あなたは大丈夫？」

ジョーダンは犬みたいなしぐさでぶるりと頭を振り、まわりの者たちを見回した。「大丈夫……だと思う」

「煙のせいで一時的に方向感覚を失っているんでしょう」エリザベスが言った。

そうは思えなかった。彼の体に何が起きているにしろ、それは煙とは無関係だ。エリンは彼の腕を取ると、破れた袖をめくって大男に噛まれた箇所を調べた。傷はすでに治りはじめていて、裂けた皮膚が癒合している。ほんの数分前ではなく、何日も前に襲われたかのようだ。

上腕から弧を描いて傷口へと伸びる赤いラインを発見し、彼女はさらに不安に駆られた。治りかけの皮膚の縁に赤い渦巻き模様ができている。どこから始まっているのだろうと、エリンは袖を上まで引きあげた。

赤いラインはジョーダンが雷に打たれたときにできた、古い火傷痕から伸びていた。ティーンエージャーの頃、一度死んだしるしにと、彼は皮膚に電流が走った痕にタトゥーを入れた。それは華やかとさえ言えるデザインだった。

けれど、この赤い模様は初めて見る。

指でなぞると、そのラインが熱を発しているのが感じられた。「タトゥーが伸びているわ……」

ジョーダンは腕を引き、袖を振っておろした。

「あなたの体に何が起きているの？」エリンは強い口調できいた。

「さあな」小さく言って横を向く。「始まったのは、トミーがおれに触れて傷が癒えたときだ。最初は、単に焼けるような感覚があっただけだった」

「そのあとは？」

「クーマエでストリゴイに刺されてから、その感覚がどんどん強くなってる。そしてさっき噛まれたときに、それがさらに増した」ジョーダンは彼女と目を合わせようとしない。

エリンは彼の手を取った。少なくとも、彼はそのまま握らせてくれた。

彼女の不安を感じ取ったかのように、ルーンがエリンの背中にそっと触れた。

「行きましょう」遠くでサイレンの音が響き、エリザベスが促す。「もうすぐ日が沈むわ」

だけど、どこへ行けばいいのだろう？

午後五時三十七分

彼の手の者たちがはなった火が建物を包むのを、レギオンは眺めた。灰が舞う空に赤い炎が躍るのを見つめながら、この場所のことを思い返す。この家の一室で、彼は緑色のダイヤモンドに封印されていた。自分の中でもつれあう六百六十六の煙の中から、レギオンは当時の記憶の断片を引きだした。

……白髭の老人が緑色のガラスの向こう側を歩いている……。

……日光に皮膚と骨を焼かれて、あとは煙だけとされた……。

……光に追われ、煙の姿で冷たい石の中に逃げこむ……。

レギオンが身を隠す車の外では、うなりをあげつづける炎がすべてをのみこみ、苦痛きわまりない過去を大量の灰と煙に変えていた。

すばらしい。

彼はアビゲイルに念じた。車はエンジン音を轟かせて縁石から離れ、火事の現場を去った。奴隷たちの目をとおして、敵が自分の軍勢を全滅させたのは見ていた。預言の三人の運命は不明だが、レギオンは逃げ道をひとつしか残しておかなかった。通行可能な通路はひとつだけだ。生きていたなら、敵はそれに飛びこんだことだろう。

追加の軍勢はすでにプラハに召集してあった。大きくなる嵐が、解きはなたれるときを待っている。そのための、残るひとつの要素が満たされるまであとわずかだ。レギオンは黒塗りの窓の外へ目をやり、ぎらつく太陽の輪が没するのを待つ。

昼はおまえたちにくれてやろう。だが、夜はわたしのものだ。

19

三月十八日、午後六時八分
チェコ共和国、プラハ

ルーンはふたたび街路を急いだ。彼の前を歩くエリンは携帯電話でプラハの地図を表示済みだ。

冷えた風が細い通りを吹き抜ける。嵐が近づいていた。彼は遠くの雨のにおいと、雷の火花の気配をとらえた。

街路の先は噴水のある緑の広場だ。緑青のついた銅の看板に、その場所の名前が太いゴシック体で記されている。

「カレル広場」開けた場所にたどり着き、エリンが看板を訳した。

広場の横には高い塔を持つ大きな市庁舎がそそりたつが、ルーンの目をとらえたのは、バロック様式の尖塔がそびえる聖イグナチオ教会だ。このイエズス会の教会に立ちより、休憩を取ることができればいいのだが。クリスチャンは片方の腕を負傷し、ソフィアの顔には擦り傷と青痣が目立つ。エリザベスもベールをなくし、頬の傷を波打つ黒髪で隠していた。

しかし、休んでいる暇はない。

Karlovo náměstí

カレル広場を急ぐあいだにも、空の色はオレンジ色から赤へと褪せ、藍色へと移ろった。日没まであとわずかだ。この街にさらにストリゴイがいるのなら、間もなく出てくるだろう。何者かがあのストリゴイたちを送りこみ、彼らを襲わせたのは間違いない。脅威はなお残存していた。

ここへ来るまでの道すがら、ルーンは追跡者に目を光らせたが、春の街は観光客で溢れ返っていた。街中をそぞろ歩く人々や、レストランで食事をする男女、店でショッピングをする者たちの鼓動が今も聞こえてくる。彼は鼓動のない者たちが立てるもっと密かな音に耳を澄ました。微かな足音、冷たい吐息。獣たちの気配はないが、それでいないと決まったわけではない。おそらく陰に潜んで、太陽が完全に沈むのを待っているのだろう。

ルーンは聖イグナチオ教会に視線を走らせた。この街での最後の場所を調べ終えしだい、あの教会に避難しよう。

「あれがファウストの館のようね」エリンが声をあげた。「広場の南端に見えるあの屋敷よ」

それは四階建ての建物で、一階部分は灰色の石造りだが、そこから上はサーモンピンクに塗られていた。前面の壁にはコリント式円柱を模したレリーフが施されている。近づくと、アーチを描く玄関の上に金色の文字で〝FAUSTUS DUM《ファウストゥフ・ドゥーム》〟と記されているのが見え、ここが悪名高きファウストの館であるのを裏付けた。

エリザベスは、皇帝が彼女への暗号としてあのメッセージを残し、この館へ向かわせようとしたと考えている。ならば、ここにも何か重要なものが隠されている可能性がある。

だが、それはなんだ？

ルーンは警戒をゆるめることなく、建物に近づいていった。ふたたび雨が降りだした。一行は車道をはさみ、館の向かい側で足を止めた。車道を行き交う車は嵐に見舞われる前にと家路を急いでいる。

遠くで雷鳴が轟く中、ジョーダンが館を見上げた。普段の彼に戻ったようだが、博物館での襲撃後から、彼の心音が微妙に変化したことにルーンは気づいていた。ドラムを思わせる重低音に、鐘の響きがわずかに交ざっている。おそらく、その響きは以前からそこにあったのだろう。そして、襲撃時に彼の身に起きたなんらかの変化により、それがさらに顕著になったのだ。

「ケリーとかいう男はよほど羽振りがよかったらしいな。たいした館だ」ジョーダンが言った。

エリンがうなずく。「皇帝ルドルフの後援を受けて、大金をもらっていたそうだもの。それに、この土地自体が呪われているんですって」

「なんだって？」ジョーダンは勢いよく彼女を振り返った。

「ここまで歩きながら、携帯電話を使ってグーグルでこの場所を検索したの」彼女は説明した。「この土地に多神を信仰する民族が住んでいた時代には、ここは死の女神モレナに生け贄を捧げる場所だったそうよ。おそらくそんな歴史のせいで、ファウスト博士の伝説がこの建物と結びついたんでしょうね。それに、エドワード・ケリーが悪の天使ベルメイジェルと交信できると公言していたのも、そんなイメージを定着させたんだわ」

「なんにせよ、おれの目に映るのは高級な屋敷と避雷針ばかりだ」

エリザベスは彼の隣にたたずみ、華奢な手を目の上にかざして雨を避けた。「避雷針って、何かしら？」

ジョーダンは赤いタイル葺きの屋根を指さした。「風向計が見えるだろう。その横にある棒がわかるか？　あれであそこに雷が落ちるようにして、電流を地面に逃がすんだ」

エリザベスは目を輝かせた。「まあ、賢い考えだわ」

その言葉を合図とするかのように、屋根の上に稲妻が走って雷鳴が轟いた。ぐずぐずしている時間はない。

「どうやって中に入るの？」エリンが尋ねる。「一階の窓はすべて金網が張ってあるようだけど」

ルーンは上階を指さした。「わたしが上までのぼって窓から侵入し、内側から玄関を開けよう」

「警報装置はどうするの？」ソフィアが質問する。

クリスチャンは首を横に振った。「この建物は築数百年だ、最近の防犯設備が設置されている可能性は低い。一階の窓は金網で塞がれているし、あとはせいぜい二階の窓にセンサーが取りつけてあるぐらいだろう」上の階を指さす。「三階部分の小さな窓までのぼれば大丈夫なはずだ。あそこに警報器があるとは思えない」

彼の分析を聞いてルーンはうなずいた。あたりをさっと見回す。開けた場所だが、少なくとも今は雨のおかげで人通りがまったくない。ルーンは車の流れが途切れるのを待って車道を渡ると、陰になった一角にある縦樋へと急いだ。

縦樋に指を回して三階までするするとのぼると、そこからは壁から浮きでたレリーフをつかんで濡れた壁面を蜥蜴《とかげ》のごとく横に伝い、一番近くの窓に達した。

そこでしばらく待ち、ふたたび雷鳴が轟くのと同時にガラスに肘を打ちつける。砕けたガラスが音を立てて室内に散らばった。大声があがるのを待ったが、館は静まり返ったままだ。

それでもなお、ルーンは慎重に行動した。割れた窓から手を入れて鍵を開け、窓枠をゆっくりとすべらせる。中は白黴と漆喰のにおいがしたが、何か別のものが彼をぞくりと総毛立たせた。その場に留まって耳を澄まし、警報器が鳴りださないのを確認して、中に飛びこむ。

床に足が触れるよりも先に、体から力が吸い取られるのを感じた。がくりと膝をつき、この館は呪われた土地に立っているとエリンが話していたのを思いだす。

どうやら伝説が真実の場合もあるらしい。

ルーンは十字架を握りしめて精神を統一させた。館の中の空気は氷のごとく冷たく、邪気がぴりぴりと皮膚を刺激する。脅威を探すが、目に見えるものは何もなかった。街灯の明かりが、がらんとした部屋と白く塗られた高い天井、そしてなめらかな漆喰の壁を照らしだした。

守りたまえと祈りの言葉をささやいて、彼は仲間を中へ入れるために階下へと急いだ。この場所から逃げろと、本能がさらに強く命じるのを無視して。

午後六時十九分

錬鉄製の背の高い扉が開いて、ルーンがそれを押さえると、エリザベスは玄関前に集まったほかの者たちの中から前に進みでた。開いた扉の前に立つなり、この地の邪悪さが感じられた。それは蛾を魅了する炎のように彼女を引きよせた。だが、中に足を踏み入れると、炎に焼かれる代わりに、力が波をなして彼女の体に流れこんだ。この土地の穢れが、彼女の血の中に潜む悪をかきたてる。

彼女はルーンが扉の取っ手によりかかっていることに気がついた。膝を折り、かろうじてまっすぐ立っている。

この地の呪いに力を吸い取られてしまったようね。

それはクリスチャンとソフィアも同じだった。ふたりは中に入ると、重荷が肩に落下したかのように、がくりと前のめりになった。

なぜわたしは平気なの？

聖なるワインを飲んで日が浅いせいかと、いぶかりながら視線をめぐらせる。だが、別の理由だというのは察せられた。彼女の心が善か悪かはこれではっきりした。

その答えをごまかすために、エリザベスは壁にてのひらを当てて体を支え、同じ脱力感に襲われたふりをした。

ルーンがそばへ来て腕を差しだす。「この地の呪いのせいだろう」彼は説明した。「われわれの体に流れるキリストの聖なる力を奪うようだ」

彼女はうなずいてみせた。「ああ……なんて恐ろしい」

エリザベスの嘘を見抜いたかのように、ジョーダンは横をとおりすぎながら彼女にちらりと目をやった。

ソフィアが苦しげな声で促す。「さっさと用事を済ませましょう」

「どの部屋から調べるの？」エリンはエリザベスに目を向けた。「ここについては何か知ってる？」

ジョーダンが懐中電灯をつけると、錬鉄製のシャンデリアと白い漆喰の壁が照らしだされた。彼らが立っているのはだだっぴろい玄関ホールで、奥に大広間と螺旋階段が見える。

エリザベスはルーンの腕を離して玄関ホールを進んだ。「ケリーの悪の天使、ベルメイジエルは、彼の前にしか姿を現さなかった」ほかの者たちを振り返る。「なぜなら、そんなものは最初からいなかったからよ。ケリーはペテン師で、ばかげた作り話で金儲けを企んでいた。けれど、ここについてわたしが知っていることはあるわ。そのベルメイジェルが現れるのは、この上にある部屋でのみだった。皇帝があのメッセージをわたしに残したのなら、そこから探すべきでしょうね」

エリンはルーンを守るようにそばについている。その顔はいかにも心配そうだ。「あなたたちが感じている邪気は、どこか特定の場所から発生しているの？　それとも館中に蔓延している感じかしら？」

「上の階のほうが強く感じた」ルーンが答えた。

「これよりひどいのか？」げんなりとした顔でクリスチャンがぼやく。

ルーンがうなずいた。

螺旋階段にたどり着き、エリザベスもそれを感じた。邪気が木製の段を吹きおりてくるかのようだ。サンギニストたちはその邪気にうしろへ押し返されているが、エリザベスはそれとは逆に、両手を広げて階段を駆けあがりたいのをこらえねばならなかった。

「その邪気をたどってみてはどうかしら」エリンが提案する。「この場所の呪いは、預言と何か関係があるかもしれないわ」

「おれたちまで呪われなきゃいいがな」ジョーダンがぼそりと言った。

エリザベスは先に階段をあがって案内した。弱っているふりをして弧を描く手すりをつかみ、体を引きあげるようにしてゆっくりとのぼる。背後に続くサンギニストたちとできる限り歩調を合わせたが、一歩踏みしめるごとに、オーク材の踏み板から悪の力が流れこむのを感じた。

気持ちがはやるのを紛らそうと、エリザベスはそばの壁を観察した。壁は鮮やかな黄土色で、ルネサンス期の絵画が飾られている。一見、ありふれた宮廷画のようだが、よくよく見ると、貴族や貴婦人の衣装をまとっているのは薄笑いを浮かべた悪魔たちで、全員の視線がこちらを向いている。ひとりの悪魔は無邪気な子どもを膝にのせ、もうひとりは一角獣の頭を食べていた。

一行はようやく三階にたどり着いた。ここまで来ると、空気が邪気で振動している。エリザベスは頭をのけぞらせて深呼吸したい気分だったが、焼けつく銀の十字架を握りしめたまま、無表情を保った。

「こっちよ」彼女は言った。「この先の部屋がケリー自身の実験室になっていたわ。そこでベルメイジェルを召喚すると言って、人々をペテンにかけていたのよ」

両開きのドアを開けて、円形の大部屋に案内する。床は白木で、汚れた木の机が部屋の隅に押しやられていた。

「硫黄のようなにおいがする」ルーンは戸枠によりかかり、入るのをためらった。

「硫黄は錬金術で使用される主な元素のひとつですもの」エリザベスは説明し、エリンとジョーダンとともに奥へ進んだ。「そのにおいが建物にしみこんだのでしょう」

筋はとおっているが、エリザベス自身もそれが原因だとは思わなかった。

毒気をはなっているのはこの部屋そのものだわ。

ケリーという人物について、自分は誤解していたのだろうか。あの男は本当に、何か邪悪なものをこの場所に呼びよせてしまったのかもしれない。

ジョーダンが机の引き出しを調べるあいだ、エリンは壁に沿ってぐるりと歩いていた。なめらかな漆喰に描かれた三つの円に気づき、それぞれの下に記されたラテン語を調べる。

それが終わると、エリンは部屋の中央へと戻り、三方の壁にある円を示した。「この三つのフレスコ画は、ディーの応接室で見た錬金術のシンボルとよく似ているわ」一方の壁へとさがり、ブルーのラインが波打つ円形のシンボルを指さして、その下のラテン語を読みあげる。「アクア。水よ」

興味を引かれ、エリザベスもふたつ目のシンボルへと歩みよった。こちらの円の中には、夏の木の葉を思わせる緑色の斑点が散っている。「これはアルボルとあるわ。ラテン語で木や庭園を意味するわね」

ジョーダンが机のそばにある三つ目へと近づく。その円には真っ赤な縦線が何本も走っている。「サングィス」彼は眉間に皺をよせて振り返った。「血だ」

エリンはバックパックからカメラを取りだし、三つのシンボルを写真に収めはじめた。撮影しながら話を続ける。「ジョン・ディーの実験室にはシンボルが四つあった、土、水、空気、そして火よ。この部屋のシンボルは示しているものが違うし、四番目も見当たらないわ」

エリザベスは室内を見回した。壁にはほかにもうひとつ風景画が描かれているだけだ。彼女はその前に行って背中を曲げて、四番目のシンボルが絵の中に隠されていないか調べた。

壁には、雪をかぶった三つの山に囲まれた緑の谷が描かれていた。谷間を流れる小川が暗い湖に注ぎこんでいる。奇妙なことに、絵の上端には血のように真っ赤な太陽が昇っていた。絵の下にはチェコ語で〝ヤルニ・ロヴノデノスト〟と記されている。

エリザベスはその言葉を指でなぞり、声に出して訳した。「春分」

エリンが彼女の隣に並ぶ。「中央にある湖から出ているものは何かしら?」

エリザベスはさらに顔を近づけた。暗い水面から四肢が突きだしている。血塗られた太陽のもとに、無数の悪魔が這いだそうとしていた。

「地獄の蓋が開いたってところだな」ジョーダンはそう言ってエリンに目を向けた。

背中を起こしたエリンは顔色が青ざめている。「まさか、この場所でルシファーが解きはなたれるということなの?　この谷で?」赤い太陽に手を触れる。「ちょうど真上に昇っているわ。そしてこれは春分の日でしょう」彼女は振り返ってほかの者たちを見回した。「つまり、春分の正午に、地獄の門が開くという意味かしら?」

「春分はいつだ?」ジョーダンが尋ねた。

クリスチャンが入り口の近くで答えた。しゃべるのさえつらそうだ。「三月二十日、あさってだ」

「残り二日を切ってるな」ジョーダンは壁の絵をにらみつけた。「しかも、この湖の場所も、現実に存在するのかもわからない」

エリンは三つのシンボルにもう一度視線をめぐらせた。そこに答えを見つけようとしているかのように。彼女なら、おそらく見つけるだろう。この女性が鋭い知性の持ち主であることは、エリザベスにも否定できなかった。

「なぜシンボルは三つだけなの?」エリンがつぶやく。

「錬金術では、トライアングルは重要な意味を持つわ」エリザベスは自分の考えを口にした。

「だからこの三つのシンボルは、そのトライアングルを表しているんじゃないかしら」

エリンは壁のシンボルが描くトライアングルに沿って床を歩きだした。「ディーの実験室では、四つのシンボルから流れこむエネルギーが部屋の中央に、角のある仮面がついたシャンデリアに集まるようになっていた。この部屋にもエネルギーの中心となるものがあったんでしょうね」

エリザベスはうなずいた。「この三つがトライアングルのシンボルを表しているのだとしたら、わたしたちが探すものはその中央にあるんじゃなくて?」

三つのフレスコ画が描く見えないラインの外に全員が移動する。エリンはその中央へと進んだ。「床は板張りね」彼女が言った。「この下に秘密の隠し場所があるのかもしれない。ジョン・ディーのところにあった隠し穴のようなものが」

クリスチャンが進みでて、剣を抜いた。「古い板だから、簡単にはがせると思うよ」

エリンは横にどくと、緊張したようすで腕を組んだ。「中にあるものを壊さないように、慎重にやって――」

大きな金属音とガラスが粉砕される音が階下で響いた。

全員が凍りつく。

うろつき回るいくつもの足音に交ざり、うなり声が小さく聞こえた。エリザベスは部屋の入り口の外にある廊下の窓に視線を投げた。外は闇がおり、街灯だけがぼんやりと明るい。閃光が走って黒雲の輪郭を浮かびあがらせ、雷鳴がごろごろと轟く。

日は沈んだ。そして嵐がそこまで迫っている。

新たな音があがった。聴力の劣るエリンとジョーダンにさえ明確にわかる音だ。血に飢えた獰猛な遠吠えが階下であがり、それに呼応して、ひとつ、またひとつと咆哮が尾を引く。

今度の相手はストリゴイだけではないようだ。

その異様な遠吠えを聞いて、ジョーダンはそれがブラスフェメア化した狼だと、すべてのサンギニストが恐れる凶暴な獣だと気がついた。「やってくれるな。連中はグリムウルフの群れを連れてきてるぞ」

午後六時二十三分

雨が流れる街路にたたずみ、レギオンは眼前にある石造りの建物に両方のてのひらを向けた。焚き火に手をかざすかのようなしぐさだが、この冷たい夜に熱で自分をあたためようとしているのではない。

毒気のしみこんだ建物の心臓部から、どくどくと邪気が送りだされる。それを吸収したかった。ついでに、中にいるすべての魂もだ。

自分の軍勢が――十人を超す屈強なストリゴイたちだ――建物に流れこむのをレギオンは眺めた。共有する感覚から、彼らの四肢に悪の力が注がれ、奥へ進むほどに強さが増すのが感じられた。

日が沈むより前、レギオンは旧市街広場のそばにある地下通路の出口に、見張りを配置しておいた。その奴隷たちの目をとおし、彼の獲物が日光のもとへ逃げだすさまを密かに観察した。彼が送りこんだストリゴイがはなった火に追われて、敵が残された唯一の道をたどったのを。

わたしが誘導したとおりに。

レギオンは物陰や暗い部屋に隠れた大勢の目を使い、旧市街からこの新たな場所、この呪われた建物まで、一行を追跡した。そして今や連中は袋の鼠となった。

自分の中でまだ燃えている炎――レオポルトから、サンギニストたちは逆に力が減退するのがわかった。今夜彼が自分のものにしようと狙う〈騎士〉も含めてだ。預言を完全に打ち壊すため、〈戦う男〉はここで殺し、その血をこの穢れた地への捧げ物にしよう。

レギオンは嵐を見上げた。

もはやおまえたちを守る太陽はない。

建物の入り口で炎がぱっと広がり、彼の注意を下へと引き戻した。レギオンは複数の目をとおして眺めた。ひとつに長く留まることなく、すばやく目から目へと移る。彼はひとりであるのと同時に複数であった。彼にはすべてが見えた。

……破壊された家具が火にくべられる……。

……油があちこちにまかれた……。

……ひとつの炎がみるみる燃えあがり、一階の床を舐める……。

レギオンは獲物を屋根へと追いたて、煙と炎の中で〈騎士〉を手に入れるつもりでいた。今度は逃げ道は与えない。

それを確実にするため、自分の軍勢の中で彼の黒い魂により近いもの、狼たちのボスへと意識を向ける。巨大な獣の中へと意識を移し、レギオンはその獰猛な飢えと、筋肉で覆われた四肢を楽しんだ。巨大な口を開いて、脅威に満ちた咆哮を夜に響かせる。

レギオンは狼の血の奥深くへと命令を送った。

〝狩れ〟

〈下巻につづく〉

〈血の騎士団〉シリーズ・既刊本のお知らせ

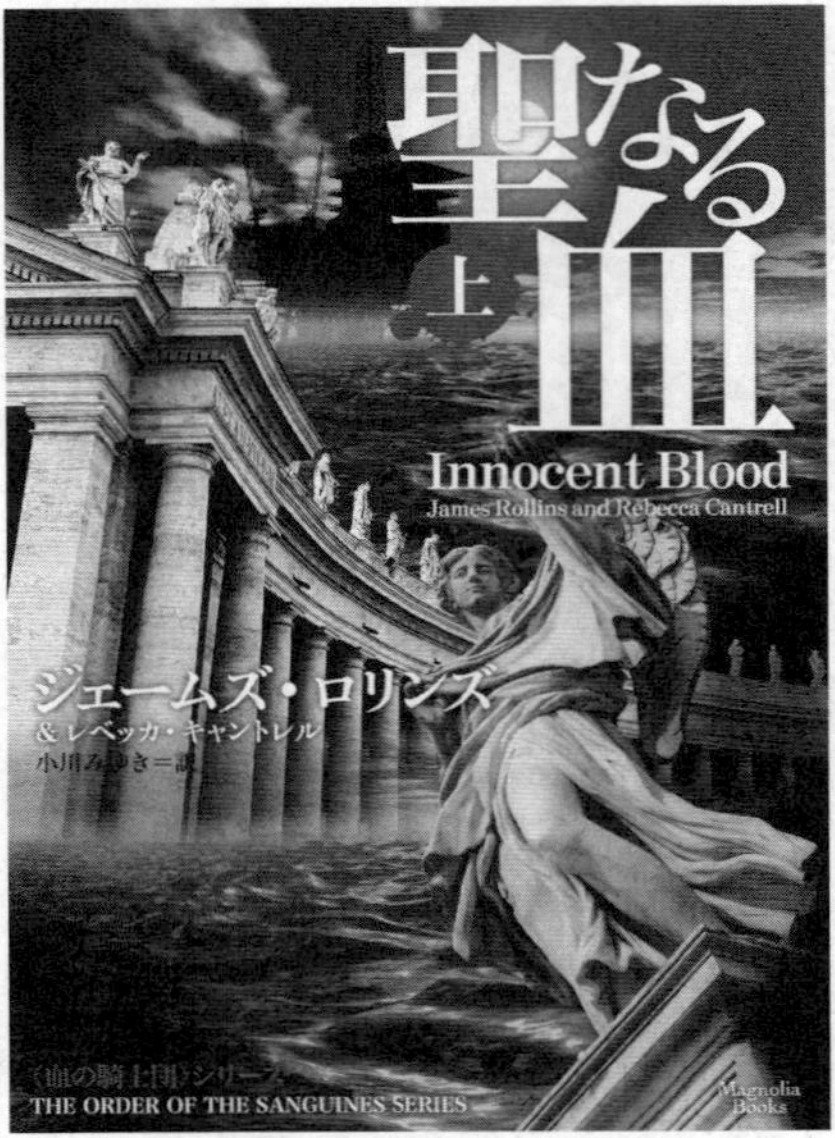

聖なる血　上

ジェームズ・ロリンズ＆レベッカ・キャントレル共著
小川みゆき訳

預言の三人と言われたエリン、ジョーダン、ルーンの一行は、ついに〈血の福音書〉を発見した。しかし、本が明らかにしたのはたった一段落分の文章――聖戦を避けるために、預言の三人は〈最初の天使〉を見つけなくてはならないということだけで、あとは白紙だった。新たな試練がはじまるかと思えたものの、福音書が開かれた直後にルーンが姿を消してしまう。そして、それとほぼ同時に、恐ろしい殺人事件がローマで頻発するようになった。犯人は、姿を消したルーンなのだろうか……？　〈血の騎士団〉シリーズ・第二弾！

定価824円（税別）　　マグノリアブックス

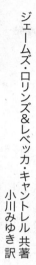

穢れた血　上

2015年12月25日　初版発行

著　者　ジェームズ・ロリンズ&レベッカ・キャントレル
訳　者　小川みゆき
装　丁　杉本欣右
発行人　長嶋うつぎ
発　行　株式会社オークラ出版
〒153-0051　東京都目黒区上目黒1-18-6　NMビル
営　業　TEL:03-3792-2411　FAX:03-3793-7048
編　集　TEL:03-3793-8012　FAX:03-5722-7626
郵便振替　00170-7-581612(加入者名:オークランド)
印　刷　図書印刷株式会社

定価はカバーに表示してあります。
乱丁・落丁はお取り替えいたします。当社営業部までお送りください。

ISBN978-4-7755-2495-4